ROYALLY TRICKED – INGANNO REGALE

MISHA BELL

♠ Mozaika Publications ♠

Copyright © 2022 Misha Bell
www.mishabell.com

Tutti i diritti riservati.

Pubblicato da Mozaika Publications, stampato da Mozaika LLC.
www.mozaikallc.com

Traduzione italiana: Martina Pompeo

Copertina di Najla Qamber Designs
www.najlaqamberdesigns.com

Fotografia di Wander Aguiar
www.wanderbookclub.com

ISBN: 978-1-63142-747-3
Print ISBN: 978-1-63142-748-0

Capitolo Uno

Stringo la presa sul coltello. "Sta' fermo."

La mia vittima (cioè il mio amico Waldo, lo spettatore) sembra a disagio. "Sei sicura di quello che fai?"

Occorre tutta la mia abilità di recitazione, per far apparire la giusta quantità di dubbio sul mio volto. "Basta che non tiri via la mano."

Sta tenendo il palmo contro il mio, come se fossimo rimasti incollati mentre ci stavamo dando un cinque bizzarro. La mia mano è guantata, ovviamente.

Mi guardo intorno. Siamo soli, nell'area all'aperto della caffetteria, e i pedoni che passano per strada non ci prestano attenzione.

Peccato! Adoro gli spettatori.

Come speravo, Waldo scambia il mio sguardo inebetito per nervosismo e la sua mano trema.

Sono una pessima amica, se questo mi diverte così tanto?

1

Domanda stupida. È come chiedere se sono una pessima sorella per aver immerso la mano della mia gemella nell'acqua calda, quella notte, quando le è capitato di bagnare il letto "per qualche motivo."

Sono solo un'amica divertente! E una sorella divertente.

Mi guardo il dorso della mano guantata, per innervosire ulteriormente la mia vittima. "Sto per farlo... ora."

Abbinando le azioni alle parole, sollevo il coltello in un ampio arco drammatico, imitando la scena della doccia di *Psycho*.

Waldo tira via la mano di scatto, prima che la lama raggiunga il bersaglio.

Fiù! Non avrebbe funzionato, se lui non si fosse tirato indietro.

Procedo con il movimento di pugnalata e strillo di finto dolore, prima di passare alla mossa furtiva per completare l'illusione.

La scena risultante parla da sé: il coltello è affondato fino all'elsa nel dorso della mia mano guantata, con la lama che spunta dall'altro lato.

Waldo rimane a bocca aperta e il suo viso magro diventa pallido quasi quanto il mio (come parte del mio personaggio, non espongo la mia pelle al sole da anni).

Prendo la sua reazione come un complimento. Crede sicuramente che mi sia davvero infilzata la mano. La realtà è diversa, ovviamente. La lama che spuntava dal coltello è ora nascosta nell'elsa cava, mentre quella che sporge dal mio palmo è tenuta in posizione da un potente magnete all'interno del mio guanto.

"Aspetta un attimo" esclama Waldo, mentre il suo respiro si stabilizza. "Non c'è sangue."

Prima che lui possa usare dell'altra logica fastidiosa, 'strappo via' il coltello con aria di trionfo e affermo di aver guarito la mia mano con una parola magica.

"Era ovviamente un'illusione" dichiara, sbirciando il coltello.

Lo nascondo in tasca. "Ne sei sicuro?"

Lui mi afferra il polso per ispezionare il guanto: è intatto. Inoltre, quando ho nascosto il coltello, ho lasciato cadere il magnete nella tasca; quindi, come diciamo nella mia professione, sono pulita.

"Fammi vedere il coltello" esige.

Tiro fuori un coltello normale, nascosto nella mia tasca accanto a quello truccato.

Waldo lo esamina, sembrando sempre più confuso. Infine, pronuncia le otto parole preferite di ogni prestigiatore. "Non ho idea di come tu abbia fatto."

Sogghigno. "Allora, potresti essere ancora più sorpreso da questo." Tiro fuori dalla tasca un orologio a righe rosse. "Credo che questo sia tuo."

Ansimando, mi strappa di mano l'oggetto, che gli appartiene. "Come ci sei riuscita?"

"Estremamente bene" replico con aria imperturbabile.

"Holly?" chiede una voce maschile sconosciuta, proveniente dalla strada.

3

Guardo il nuovo arrivato e, improvvisamente, è il mio turno di rimanere a bocca aperta.

Non mi ero resa conto che questo livello di perfezione maschile esistesse al di fuori di Hollywood.

Lineamenti cesellati. Naso romano. Occhi nocciola vagamente felini, che puntano il mio viso in modo predatorio, facendomi sentire come una gazzella in procinto di essere divorata.

Ingoio la sovrabbondanza di saliva nella mia bocca con un sonoro 'gulp'.

Lo sconosciuto ha le spalle larghe, il torso muscoloso ricoperto da una maglietta bianca aderente e, nonostante i jeans strappati che gli calzano bassi sui fianchi stretti, c'è qualcosa di regale in lui... un'impressione avvalorata dallo strano disegno sulla fibbia della sua cintura. Assomiglia a uno stemma che un cavaliere medievale potrebbe apporre sul proprio scudo.

Mi hanno detto che paragono troppo le persone alle celebrità, ma è difficile farlo con questo ragazzo. Forse, se l'amore tra Jake Gyllenhaal e Heath Ledger in *Brokeback Mountain* avesse dato un frutto?

No, lui è addirittura più bello di così.

Rendendomi conto che sto fissando il suo viso troppo intensamente, perché sia considerato educato, abbasso lo sguardo e noto che sta impugnando due cinghie di cuoio. Guinzagli, presumibilmente.

Aspettandomi quasi di vedere delle schiave sessuali consenzienti all'altra estremità di quei guinzagli, vi trovo invece due strani cani.

Almeno, credo che quelle creature siano cani.

Uno sfoggia macchie bianche e nere, che lo fanno sembrare un panda. In realtà, date le dimensioni gigantesche della creatura, non posso escludere la possibilità che si tratti *davvero* di un orso. Inoltre, come se l'aspetto di una specie orsina in via di estinzione non fosse già abbastanza strano, la bestia indossa degli occhialini.

Che sia per problemi di vista, oppure il panda sta andando a fare snowboard?

La seconda creatura è senza occhiali e mi ricorda un koala, solo molto più grande e con una lingua canina a penzoloni.

Mi sforzo di riportare lo sguardo sul loro padrone assurdamente bello. "Ciao" è tutto ciò che riesco a dire. I miei ormoni iperattivi sembrano avermi privata della facoltà di parola.

Lo sconosciuto stringe gli occhi nocciola. "Tu *sei* Holly, vero?"

Questa è la tua occasione, afferma la prestigiatrice che è in me. *Inganna lo sconosciuto sexy! Prendilo per i fondelli!*

Scacciando la lussuria con un eroico sforzo di volontà, mi sfrego (mentalmente) le mani, come un'autentica cattivona. Prima di adottare il mio attuale personaggio dalla pelle pallida e dai capelli corvini, venivo regolarmente scambiata per la mia gemella identica, persino dalle persone più vicine a noi. I nostri volti di forma ovale sono esattamente uguali, con tanto di zigomi alti e naso importante. Sono letteralmente nata per questo specifico inganno.

Aggiungendo un leggerissimo tocco snob alla mia voce, chiedo: "Chi altro potrei essere?"

Ci siamo. Se sa che Holly ha una gemella di nome Gia (cioè, me), esprimerà quel dubbio adesso e io mi arrenderò.

Forse.

Scommetto che riuscirei a raggirarlo, persino se sapesse della mia esistenza.

Lui mi fissa intensamente. "Hai cambiato colore di capelli."

"Cosplay della *Famiglia Addams*" dico con la mia migliore voce da Morticia Addams. Non è la mia bugia più convincente, ma sembra che il ragazzo se la beva comunque. Poi, mi accorgo di un problema: Waldo, che sbatte le palpebre con aria confusa, sta per parlare. Gli do un calcio alla gamba sotto il tavolo e chiedo allegramente allo sconosciuto: "Conosci Waldo?"

Spero che il figo gli tenda la mano e si presenti, permettendomi così di scoprire il suo nome.

La mia manovra malvagia viene sventata dal panda, che tira con i denti la gamba dei pantaloni del figo. Vedendolo, il koala fa altrettanto dall'altra parte, solo che i suoi movimenti sono goffi, da cucciolo, e gli lascia un buco nei pantaloni.

Se è così che i cani ottengono la sua attenzione, non c'è da stupirsi che indossi dei jeans tanto strappati. Inoltre, bleah! Spero che lavi via quella saliva di cane dai pantaloni il prima possibile.

"Un attimo, ragazzi" dice lo sconosciuto ai propri amici pelosi, con un tono caloroso e paterno, che mi agita qualcosa nel petto. "Non vedete che sto parlando con Holly?"

Bingo! Crede che io sia Holly.

Alzando lo sguardo dai cani, lo sconosciuto lancia un'occhiata a Waldo. Anche lui pensa che il mio amico assomigli a Willem Dafoe, però quando interpretava il mentore di Aquaman e non il Green Goblin di *Spider-Man*?

Prima che possa chiederglielo, lo sconosciuto riporta lo sguardo su di me. "Quello non è il tuo ragazzo."

Sbatto le palpebre. Conosce il ragazzo di Holly? Dov'è che mia sorella trova tutti questi bei fusti? Questo qui è ancora più figo del suo Alex.

"Infatti" confermo, impersonando di nuovo lei. "Lui è solo un *amico*."

Il sorrisino malizioso dello sconosciuto è come un guizzo sul mio clitoride. "Non credo che uomini e donne possano essere solo amici."

Possono, eccome. Io e le mie sorelle siamo amiche di un certo ragazzo da sempre, ma lui non ci ha mai provato con nessuna di noi. Certo, è gay, ma comunque...

Waldo si alza in piedi, ferito nella dignità. "Senti, amico, sono allergico ai cani, perciò, se non ti dispiace..."

"Amico?" Gli occhi felini dello sconosciuto sono beffardi, mentre catturano i miei. "Vedi? Non gli piace che io mi stia intromettendo nel suo territorio."

Il calore che mi attraversa non è più lussuria. Che

7

faccia tosta, questo tipo! "Io non sono il territorio di nessuno." E certamente non di Waldo. Anche lui non ci ha mai provato con me, in tutti i diciotto mesi che ci conosciamo.

Waldo diventa rosso in faccia e stringe la presa sul coltello (che non mi aveva restituito).

Sul serio? Il testosterone può rendere qualcuno *così* stupido?

"Ha ragione lei, amico" afferma Waldo, con la sua voce più minacciosa (che, per essere onesti, suona un po' come se stesse facendo un'imitazione di Cookie Monster). "Faresti meglio a smammare."

Lo sconosciuto incurva il labbro superiore, guardandolo. Se è consapevole di quel coltello, non lo dà a vedere. Un'altra vittima dell'avvelenamento da testosterone, senza dubbio.

"Smammare?" Guarda di nuovo me. "Dove hai trovato questo Waldo?"

Ok, basta così. Sono l'unica autorizzata a fare battute su "Dov'è Waldo?" a spese del mio amico.

Lo sconosciuto sexy ha appena superato il limite.

Spingo indietro la sedia e mi alzo in tutta la mia statura di un metro e sessanta. "Che te ne pare di 'levati dalle palle'? È una scelta di parole migliore per te?"

A questo punto, il panda ringhia contro Waldo: un verso minaccioso, che non ci si aspetterebbe da un cane così carino, per quanto enorme. Mi ricorda una notizia di cronaca a proposito un uomo che aveva cercato di abbracciare un panda allo zoo, per poi finire in ospedale, dopo che l'orso spaventato lo aveva attaccato.

Impallidendo, Waldo posa il coltello sul tavolo. È chiaro che ci siano almeno dieci neuroni, dentro quel suo cranio spesso.

Lo sconosciuto accarezza la testa della bestia con gli occhiali e mormora qualcosa di rilassante in una lingua che sembra dell'est europeo.

Uhm. Non aveva alcun accento, quando mi parlava, ma l'inglese dev'essere la sua seconda lingua. Altrimenti, non si sarebbe rivolto ai cani in quell'idioma straniero.

Merda! Con la fortuna che abbiamo, il figo sarà un mafioso russo.

"Siediti" sibilo a Waldo e, con mio sollievo, lui obbedisce.

Mi correggo: venti neuroni.

I bellissimi occhi dello sconosciuto vagano sul mio viso, prima di stringersi di nuovo. "Tu non sei Holly. Lei è gentile." Un accenno di quel sorrisino malizioso gli torna sulle labbra, mentre la sua voce si fa più profonda. "Invece, *tu* sei birichina."

Questo è quanto. Niente più Prestigiatrice Affabile!

Mi avvicino lentamente a lui.

Anche se... forse, non è una buona idea.

Adesso che gli sono più vicina, mi rendo conto di quanto sia alto. E con le spalle larghe. I cani giganti mi avevano confuso la prospettiva, creando l'illusione visiva che il loro padrone fosse di dimensioni normali. Non lo è. Peggio ancora, ha un profumo divino, come di onde marine miste a qualcosa di ineffabilmente maschile.

Un trucco di magia in queste condizioni metterà alla prova tutta la mia abilità.

Aspettate! I cani si arrabbieranno, se mi avvicino così tanto?

Come se mi leggesse nel pensiero, lo sconosciuto impartisce un comando severo e le bestiole si accucciano timidamente dietro di lui.

Quel comando serviva forse a invogliare *me* a comportarmi come una brava cagna obbediente? Perché, in un certo senso, ne ho voglia.

No, col cavolo! Mi atterrò al mio piano, che richiede di arrivare a distanza di borseggio.

"Vuoi vedere quanto so essere birichina?" gli chiedo, con la voce più sensuale che riesco ad avere.

È normale che i suoi occhi si riducano a due fessure, come se fosse un leone?

"Quanto birichina, *myodik?*" mormora lo sconosciuto.

Ha appena detto "my dick" (il mio cazzo)? Ma no! Era una parola in quella lingua che usava con i cani, qualunque fosse. Comunque, il suo cazzo adesso è saldamente nei miei pensieri, il che non facilita la situazione di sovraccarico ormonale.

Scacciando via le immagini a luci rosse, mi lecco intenzionalmente le labbra. "Ti ruberò il portafoglio. Oppure l'orologio. A te la scelta."

La presunta scelta serve a depistarlo, ovviamente. Il mio vero bersaglio non è nessuna di queste due cose, ma non c'è bisogno che lui lo sappia.

Le sue narici si dilatano, mentre gli cade lo sguardo sulle mie labbra. "Si chiama rubare, se mi avverti?"

Se potessi dimenticare le mie preoccupazioni riguardo ai germi e considerare di posare le mie labbra su quelle di qualcun altro, lo farei ora. È l'impulso più forte che abbia mai provato.

"Che c'è?" gli chiedo senza fiato. "Hai paura?"

Si dà qualche pacca sulla tasca destra dei jeans. "Che ne dici di rubarmi il portafoglio?"

Faccio un respiro calmante. "Grazie per avermi mostrato dov'è."

Prima che lui possa rispondere, scavo in quella tasca. Mi serve un notevole depistaggio, per ciò che sto davvero cercando di rubare.

Per le sopracciglia di Houdini! È quello che penso che sia?

Eh già! Non ci si può sbagliare. Mentre gli sfioro il portafoglio con le dita guantate, percepisco qualcos'altro dietro il tessuto dei pantaloni.

Qualcosa di grande e molto duro.

Beh, qualcuno è estremamente felice di essere borseggiato.

Forse stava *davvero* dicendo "my dick", prima?

Faccio del mio meglio per sostenere il suo sguardo e non schiarirmi la gola, improvvisamente secca. "Riesci a sentire che lo sto rubando?"

Mentre parlo, armeggio con la sua cintura per slacciarne la bella fibbia: quello è il mio vero obiettivo.

Le sue palpebre si abbassano e la sua voce si fa più

profonda. "Le tue dita agili sono esattamente dove le desidero."

Merda! Tra i miei guanti e il suo assurdo sex appeal, sto avendo qualche difficoltà con la fibbia.

No, non posso farmi beccare. Sarebbe come rivelare un segreto magico: il più grande tabù che io possa immaginare.

"Queste dita?" gli chiedo con voce vellutata, mentre accarezzo delicatamente la sua erezione attraverso gli strati di tessuto, usando il diversivo creato da questa mossa da zoccola, per tirare più forte la fibbia con l'altra mano, aprendola finalmente.

Mi piacerebbe vedere David Blaine fare *questo*.

Il gemito basso e gutturale dello sconosciuto è animalesco (e mi fa venire i capezzoli così duri, che mi sembrano sul punto di rivoltarsi!). Ora, sembra un leone che sta per spiccare un balzo.

Deglutendo, tiro fuori la mano dalla sua tasca e cerco di rivolgergli un sorriso subdolo. Invece, mi esce vacillante. "Ho cambiato idea. Ti ruberò l'orologio."

Gli afferro il polso e glielo stringo forte, mentre tiro fuori la cintura con l'altra mano.

Sì! Ce l'ho fatta. Nascondendomi la cintura dietro la schiena, metto il broncio, guardandogli l'orologio. "Ripensandoci, credo che ti lascerò tenere i tuoi effetti personali."

Lui sembra trionfante, probabilmente convinto che il suo sex appeal abbia sconfitto le mie abilità di borseggiatrice. Dato che ci era quasi riuscito, non posso biasimarlo per averlo pensato.

Indietreggio con cautela. "Oh, a proposito, hai perso questa?"

Gli mostro il mio premio.

Sgranando gli occhi, sposta lo sguardo avanti e indietro tra la mia mano e i propri pantaloni.

"Come?" chiede.

La domanda è musica per le mie orecchie.

"Estremamente bene" rispondo, ma non riesco nella mia solita spavalderia.

Lui tende la mano, per riprendersi la cintura. "Sei una donna pericolosa."

Mentre avanzo verso di lui per restituirgliela, due cose accadono simultaneamente.

Il panda cerca di attirare nuovamente la sua attenzione, tirandogli la gamba sinistra dei pantaloni. Non volendo essere da meno, il koala fa altrettanto sulla gamba destra; solo che, stavolta, non c'è più la cintura a sorreggere i pantaloni, che scivolano giù.

Giù fino in fondo.

Porca. Vacca.

La più grande erezione nella storia dei falli spunta fuori e (anche se potrebbe trattarsi della mia immaginazione) ammicca verso di me.

È stato senza mutande per tutto questo tempo?

"My dick" sul serio!

Fisso quell'enormità a bocca aperta. Anche se l'ho tastato e ne ho percepito le dimensioni, mentre frugavo nella sua tasca, non l'avrei mai immaginato così.

Liscio.   Dritto.   Deliziosamente   venoso. Praticamente, implora di essere toccato, succhiato o leccato... ma non posso farlo, per motivi che sono difficili da ricordare, in questo momento.

Per portare in giro un pistolone come quello, dovrebbe essere richiesto il porto d'armi! E anche una licenza per usare macchinari pesanti. E una licenza di caccia. Forse, persino una licenza di uccidere, in stile 007...

Dietro di me, sento Waldo sussultare. Poverino! Scommetto che persino *lui* è pronto a mettersi in ginocchio per un assaggio (e, a quanto ne so, è etero).

Non riesco a distogliere lo sguardo.

Se quel cazzo fosse una bacchetta magica, sarebbe uno dei Doni della Morte: quello che Voldemort brandisce alla fine. E se fosse una banana, sarebbe lo spuntino delle dimensioni giuste per King Kong.

Lo sconosciuto dovrebbe diventare rosso per l'imbarazzo e cercare di coprirsi; invece, un sorrisino presuntuoso gli solleva gli angoli delle labbra. "Ti piace quello che vedi?"

Eccome! Talmente tanto, che vorrei tirare fuori il cellulare e scattarmi un selfie con lui.

Con mia enorme (e intendo proprio *enorme* delusione), si tira su i pantaloni. La sua voce è roca. "Come ho detto: birichina. Molto birichina."

Strappandomi la cintura dalle dita prive di forza, se la infila di nuovo nei pantaloni e si allontana con i cani, lasciandomi lì, a bocca aperta.

"Riesci a credere a quel tipo?" mi chiede Waldo, da qualche parte in lontananza, con tono indignato.

No, non ci riesco.

Non riesco a credere a ciò che è appena successo, punto.

Tutto quello che so è che questo non era ciò che avevo in mente, quando ho deciso di prendere per i fondelli quel ragazzo.

Capitolo Due

Il resto dell'uscita con Waldo trascorre nell'annebbiamento. Sono abbastanza sicura che lui passi almeno venti minuti a inveire contro le palle dell'estraneo (in senso letterale e figurato), ma io lo ascolto solo per metà. Non appena è socialmente accettabile, trovo una scusa per andarmene e mi precipito a casa, per videochiamare la mia gemella.

Dato che il ragazzo misterioso la conosce, lei deve sapere chi sia.

Entrando in camera mia, la esamino alla ricerca di un posto in cui sistemare il cellulare, da dove mia sorella non veda gli oggetti da prestigiatrice sparpagliati ovunque. Non voglio che venga qui di persona e si metta a fare la Marie Kondo della situazione.

Trovato!

Mi avvicino a Manny, il manichino su cui pratico i miei trucchi (quelli di magia, s'intende). Rimuovendo la testa inespressiva di Manny, appoggio il telefonino sul suo collo e chiamo Holly.

Nessuna risposta.

Merda!

La chiamo senza il video. Stesso risultato.

Passando ai messaggi di testo, le chiedo di telefonarmi appena è disponibile e aspetto.

E aspetto ancora un po'.

Stufa di aspettare, decido di distrarmi. Ma con cosa?

Di solito, uso ogni momento libero della mia vita per praticare la magia, ma il pene del ragazzo misterioso mi ha ricordato un progetto a cui mi dedico, di tanto in tanto: un tipo di terapia espositiva che mi permetterà, un giorno, di avere rapporti intimi con un uomo.

D'accordo. Lo ammetto. Potrei avere un piccolo problemino. Non ho difficoltà soltanto con le strette di mano senza guanti. Ho anche un problema con i contatti più intimi, per non parlare degli scambi di fluidi corporei di qualsiasi tipo.

Questo non è il massimo per una prestigiatrice (né per un essere umano). Se volessi fare la detective à la Adrian Monk, però, sarei a posto.

Il lato positivo è che le mie probabilità di prendere la dissenteria sono minime o nulle.

Tutto è iniziato durante l'infanzia, quando ho assistito a una cosa orribile: un incidente che ho definito 'Il massacro della cinciallegra zombie'.

I miei genitori hanno una fattoria, dove salvano

animali di ogni sorta, e hanno avuto la brillante idea di dare rifugio a un uccello con il nome scientifico di *Parus major*, più comunemente conosciuto in inglese come *The Great Tit*: la cinciallegra. Questo uccello ha anche un altro nome, in inglese: Zombie Tit, la cinciallegra zombie. Il motivo è quello che ci si aspetterebbe. In natura, questi animali sono assetati di cervelli: cervelli di pipistrello, per la precisione. A quanto pare, però, non sono molto schizzinosi e si nutrono anche del cervello di altri uccelli, compresi i polli, e questa è la scena in cui mi sono imbattuta in quel giorno fatale.

Polli insanguinati, a cui venivano ferocemente cavate le cervella a suon di beccate.

Sangue e cervella ovunque.

Una cinciallegra zombie soddisfatta.

Ho quasi perso la voce, a forza di gridare.

In realtà, eravamo in due ad essere rimaste traumatizzate, quel giorno. Mia sorella Blue, una delle sei gemelle e, quindi, più giovane e più impressionabile di me, è arrivata per prima sulla scena cruenta. Ancora oggi, ha paura degli uccelli. Forse, anche delle 'tits' nel senso di tette. Non gliel'ho mai chiesto.

Io, dal canto mio, non ho problemi con gli uccelli (né con le tette). Però, mi fanno schifo il sangue e le cervella e, da allora, questa avversione si è trasferita a tutti i fluidi corporei e, per estensione, ai germi.

Quindi, sì. Se il concetto di bacio è insondabile per me, vari atti sessuali lo sono ancora di più.

Con un forte sospiro, prendo il mio portatile e apro il primo sito porno che trovo.

Sono pronta per questo?

Inspiro a fondo ed espiro lentamente.

Quello che sto per fare si chiama 'desensibilizzazione sistematica' e l'idea di fondo è ciò che il termine implica: se vedo atti che mi spaventano in un ambiente calmo e controllato, potrei riuscire a trovare il coraggio di affrontarli nella realtà.

Ehi, funziona per la fobia dei ragni e dei serpenti.

Inizio con video di persone che si baciano.

Mantieni la calma. Non pensare al microbiota della saliva. Né a quello della lingua.

Il problema è che, nel porno, nessuno si limita a baciarsi. Si succhiano la faccia a vicenda, in un modo che ricorda i mostri di *Alien*. In generale, guardare porno mi fa l'effetto che i film dell'orrore fanno a chiunque altro.

A proposito di orrore, è ora di alzare la posta in gioco.

Comincio con una scena di sesso tradizionale. La trama, qui, è che lui è un ragazzo che consegna la pizza e lei non può fare a meno di sedurlo.

Già. Certo. È probabile.

Guardarli spogliarsi è accettabile. Non si baciano, il che è un bene (non per la loro relazione fittizia, bensì per la mia impressionabilità). Tuttavia, mentre osservo un pene senza preservativo entrare nella vagina dell'attrice, il mio battito cardiaco accelera di nuovo (e non per l'eccitazione sessuale!).

Merda! Sto andando in iperventilazione?

Respira. Dentro. Fuori. Non sta succedendo a me. Le persone nel video sono adulti consenzienti. Inoltre, le pornostar si sottopongono regolarmente a controlli medici, quindi qual è la cosa peggiore che potrebbe accadere?

I miei mantra non stanno funzionando. Mi viene in mente una manciata di malattie sessualmente trasmissibili con un periodo di incubazione estremamente breve; eppure, secondo le mie ricerche, le pornostar si sottopongono a controlli solo due volte al mese. La semplice matematica stabilisce che, se girassero abbastanza scene, potrebbero infettarsi.

In qualche modo, riesco a stabilizzare il mio respiro.

Bene. Sono pronta per aumentare la dose.

Clicco su un video che mostra una perversione particolarmente inquietante per me: la pioggia dorata.

La trama, qui, è che lei è una MILF e lui è il miglior amico di suo figlio. Il che non ha senso. Lei non dovrebbe essere la sua urologa o qualcosa del genere? Inoltre, MILF sta per "Mom I'd Like to Fuck" (mamma che mi vorrei scopare); quindi, in questo caso, non dovrebbe essere una MILPO, come in "Mom I'd Like to Pee On" (mamma su cui vorrei pisciare)? Oppure, una MILPOM: "Mom I'd Like to Pee On Me" (mamma che vorrei pisciasse su di me)?

In ogni caso, ciò amplifica notevolmente il valore terapeutico di questa sessione. Quando riuscirò a tollerare la visione di una cosa simile, forse sarò pronta per la prima base nel mondo reale.

Speriamo. Magari.

Non appena inizia il video, la sensazione di guardare un film horror s'intensifica.

Certa gente crede che l'urina sia sterile, ma questo non ha senso. Quando una persona ha un'infezione delle vie urinarie, che cosa cercano i medici nel campione di urina? Batteri. Avrebbe senso, se quella roba fosse davvero sterile? No.

Arrivo a metà del video, prima di doverlo spegnere. Non sono ancora del tutto pronta, suppongo.

Mi mordo il labbro, dibattendo se terminare qui la sessione di terapia, ma decido di azzardare ancora una cosa:

il bukkake.

Si tratta di una parola giapponese, che si traduce in "herpes oculare." Almeno, questo è ciò che presumo io, perché il bukkake è un atto in cui un gran numero di uomini eiacula collettivamente su qualcuno (una donna, nella versione che sto per guardare).

La trama, in questo video, è che lei è la sorellastra perversa: un tema porno molto popolare su questo sito.

Ma aspettate! Tralasciando il fatto che alcuni degli uomini siano troppo vecchi per vivere ancora a casa con i genitori, come ha fatto questa famiglia immaginaria a finire con cinquanta figliastri e una figliastra?

Una volta iniziato il bukkake vero e proprio, lo trovo difficile da guardare.

Forse, se mandassi un po' avanti veloce?

No.

Peggio.

In un angolo del video, stanno tenendo un conteggio digitale per comunicare agli spettatori quante volte i ragazzi sono già venuti, nonché quante volte l'attrice ha ingoiato... e siamo a sedici schizzi di sperma e dieci sorsate.

Non dovrebbe sembrare un film dell'orrore a chiunque? A differenza di un normale "facial", il viso della donna è completamente ricoperto da un liquido cremoso, che crea un effetto grottesco.

Stranamente, non ho l'impressione che l'attrice venga sfruttata, anche se potrebbe benissimo esserlo. Forse, perché sembra che lei se la stia spassando alla grande, mentre gli uomini privi di volto si masturbano meccanicamente e senza alcun entusiasmo, come se fosse un lavoro di routine.

Mi chiedo quanto costerebbe assumere così tanti tizi, se uno volesse farlo privatamente a casa propria. Inoltre, questa roba è davvero divertente da guardare per gli uomini etero? Non sono un'esperta, ma sembra che cazzi e sperma siano il piatto principale, qui, con la ragazza quasi come elemento secondario. Inoltre, l'attrice salterà il pasto, dopo questa scena? Quanto è nutriente quella roba? Un vegano può consumarla?

Nota a margine: nessuno di questi cazzi è bello come quello del misterioso sconosciuto. Infatti, nessuno dei cazzi porno che io abbia mai visto può reggere il paragone.

Aspettate! Sto barando. Mi sono dissociata dal video. Devo prestare molta attenzione allo schermo e lavorare sul calmarmi, per ottenere qualche effetto terapeutico.

Apro gli occhi in stile *Arancia Meccanica* e rimango a bocca aperta, di fronte alla maratona di eiaculazioni con ingoio.

Ora, subentra il panico.

Proprio come avviene con l'urina, se un ragazzo ha un'infezione delle vie urinarie, lo sperma può essere contaminato da batteri. Con così tanti uomini, le possibilità di un esito infelice aumentano proporzionalmente.

Spengo il video e stabilizzo il mio respiro.

Sono pronta per la parte più difficile della terapia?

Vado alla categoria di destinazione e la esamino. C'è un video chiamato *Analysis*. La gente si eccita ad analizzare le cose?

No. In realtà, è "Anally Sis", un'altra situazione con sorellastre.

D'accordo. Almeno, questo ha una proporzione più realistica tra sorellastre a fratellastri. Comincio a guardare e mi costringo a fissare l'orifizio spalancato sullo schermo.

Eh già. Eccolo lì. Culo a bocca: una pratica che trovo più inquietante di Freddy Krueger, Michael Myers, Babadook e persino Pee-wee Herman.

Respirare lentamente non mi aiuta affatto, ora. È così che deve sentirsi chi ha la fobia dei clown, guardando *It*.

Il ricevente dev'essere pulitissimo.

No. Non aiuta.

Il donatore deve avere un sistema immunitario estremamente sviluppato.

No.

Spengo il video.

Non riesco a guardarlo. Non sono pronta.

Ehi, almeno non ho urlato! Né avuto un attacco di cuore. Quando ho scoperto cosa significasse l'espressione inglese "toss the salad" (letteralmente, "mescolare l'insalata", ma metaforicamente indica l'anilingus), ho smesso di mangiare ogni genere d'insalata per circa un anno.

Chiudo il portatile e mi sforzo di calmarmi.

Forse, questa è stata una cattiva idea. Forse, non voglio che la mia gemella mi dica chi è quel ragazzo. A che scopo? Non è che possa fare qualcosa con lui. Probabilmente, sarebbe solo frustrante...

Il mio telefono squilla.

Mentre rischio d'inciampare per tornare dal manichino, ammetto con me stessa che *voglio* sapere chi sia.

Ecco perché è un grande sollievo che sia la mia gemella, Holly, a chiamare.

Capitolo Tre

Quasi saltellando dall'impazienza, accetto la videochiamata.

"Ciao" mi saluta Holly, con un caloroso sorriso a illuminarle il volto identico al mio.

Mmm. Quella è un'espressione di beatitudine post-coito? Questo spiegherebbe perché ci ha messo così tanto a richiamarmi.

Come spesso accade, sta elegantemente reggendo una tazza di tè fumante, con il mignolo infuori. L'ampia stanza alle sue spalle non mi è familiare. Probabilmente, è a casa del suo ragazzo (il che conferma ulteriormente la mia teoria del coito).

"Ehi" la saluto, scrutando la cima della sua testa. "Ti sei tinta i capelli?"

Di solito, quando guardo la mia gemella, tutto ciò che risalta sono le nostre somiglianze. Stavolta, però, mi concentro sulle sottili differenze, soprattutto nei nostri volti, e questo mi porta a pensare che il misterioso sconosciuto potesse avere ragione, dopotutto. In confronto all'ingenuità incisa nei tratti innocenti di Holly, io potrei sembrare un po' birichina.

D'altronde, anche una suora potrebbe sembrarlo.

La mia gemella si prende una ciocca di capelli tra le dita e la osserva, accigliandosi. "È lo stesso colore di sempre. Perché me lo chiedi?"

Rubo il portafoglio dalla tasca posteriore di Manny con un movimento fluido, che un normale essere umano (auspicabilmente) non noterebbe. "Mi sembrano più rossi, per qualche motivo."

Lei scuote la testa.

Sogghigno. "Forse, li hai finalmente lavati?"

Lei soffia sul proprio tè con aria esasperata (e so che ha una gran voglia di roteare gli occhi). "Forse, hai dimenticato qual è il nostro colore di capelli naturale, ormai?"

"Ho i peli pubici a ricordarmelo." Rimetto di nascosto il portafoglio nella tasca di Manny (una tecnica chiamata "put-pocketing"). "E non c'è traccia di rosso, lì."

Perde la battaglia contro il roteare d'occhi. "Io... cioè, *noi* abbiamo quella tinta rossa solo sulla testa e solo sotto una certa luce, che potrebbe essere il motivo per cui non l'hai notata."

Mi stringo nelle spalle. "Ti fa sembrare Cate Blanchett all'inizio di *Elizabeth*."

Sembra indecisa se sia stata insultata o meno, il che è strano, considerando quanto le piaccia tutto ciò che è britannico. I suoi occhi leggermente socchiusi sembrano indicare che, alla fin fine, si è offesa. "Beh, *tu* sembri Cate Blanchett nei panni di Hela in *Thor: Ragnarok.*"

"Lo prendo come un complimento. Quella donna più invecchia, più è bella, e quel particolare personaggio era assolutamente tosto."

Lei scuote la testa. "Non era cattiva?"

Il mio sorriso diventa subdolo. "Ah sì? Era la primogenita, perciò questo la rendeva la legittima erede al trono. Stai dicendo che non meritava di governare Asgard, perché era una donna?"

"Una donna assetata di sangue."

Rubo di nuovo il portafoglio. "Suo padre l'ha allevata in modo che diventasse una conquistatrice, ma poi ha fatto marcia indietro sulla politica estera, prima di bandire la poverina. Perché? Lei non è peggiore di Loki, eppure a lui è stato permesso di restare."

Il soffio di Holly sul tè è quasi violento, ora. "Mi hai chiamata perché volevi iniziare un dibattito a caso?"

Siccome l'ho fatto, in passato, non mi sento troppo insultata. "No." Lancio un'occhiata alla porta, per assicurarmi che sia chiusa, perché non voglio che una delle mie coinquiline ascolti la prossima frase. "Ho incontrato qualcuno che conosci e volevo chiederti di lui."

Posa la tazza e avvicina il telefono al viso. "Un *lui*?"

Uhm. L'espressione subdola che contorce i suoi lineamenti mi dà l'impressione di fissarmi in uno specchio a forma di telefono.

Rimetto il portafoglio nella tasca. "Proprio così. Un maschio della specie *Homo sapiens*."

Glielo descrivo, insieme ai dettagli del nostro incontro e, quando arrivo alla parte in cui ho visto la sua enorme bacchetta magica, lei sputa il tè.

"Allora" continuo, quando si riprende. "Sapeva del tuo ragazzo, quindi è qualcuno che..."

"So esattamente chi è."

Sul suo viso, ora, c'è un'espressione assolutamente maliziosa. È quello il mio aspetto, per la maggior parte del tempo? Se è così, farei meglio a tenere quell'espressione sotto controllo, durante le mie esibizioni di magia.

Lei solleva di nuovo la tazza, soffia sul liquido con una lentezza esagerata e beve un sorso con tutta calma.

Sospiro. "Hai intenzione di farmi implorare?"

Ingoia il tè con gusto. "Perché lo vuoi sapere?"

È il mio turno di roteare gli occhi. "Per parafrasare Leonardo DiCaprio in *Django*: quando l'ho visto per la prima volta, aveva la mia curiosità. Ma dopo che ho visto il suo cazzo completamente eretto, ha avuto la mia attenzione."

"D'accordo. Era Tigger." Mi scruta intensamente da sopra la tazza. "Ricordi?"

La guardo a mia volta, senza capire. "Ricordare cosa? È un grande appassionato di Winnie the Pooh?"

Lei ridacchia. "Ho pensato qualcosa di simile, la prima volta che ho sentito quel soprannome. Sospetto che sia stato ribattezzato così, perché saltava da una parte all'altra, da bambino."

Oh. Beh, può saltarmi addosso quando vuole! "Cos'è che dovrei ricordare?"

Il tè riceve un altro soffio dal suono esasperato. "Che mi ero offerta di combinarti un appuntamento con lui."

"Ah sì?"

"Sì." Beve un sorso delicato. "Hai rifiutato. Hai detto che sembrava un puttaniere."

"Oh." Con gesto puramente automatico, rubo l'orologio di Manny, mentre sforzo la memoria. "Intendi il cugino del fratello del ragazzo della tua nuova migliore amica?"

Fino a poco tempo fa, ero preoccupata che la mia gemella fosse asociale. Per anni, sono stata la sua migliore e unica amica, mentre lei è stata una delle tante per me. Sono stata piacevolmente sorpresa, quando ha incontrato un ragazzo ed è diventata amica di sua sorella... e non sono affatto gelosa della loro amicizia. Nemmeno quando parla con estasi di quanto la sua nuova migliore amica sia bella, intelligente e ispiratrice, nonché del fatto che la sua attività di produzione di dildo sia una figata. Holly ha persino ricevuto in dono dalla sua nuova amica qualcosa di simile a un braccialetto dell'amicizia... solo che era un dildo!

Lei guarda con nostalgia il tè, che diminuisce. "Non è un cugino, ma sì, è lui."

Infilo l'orologio nella tasca sinistra dei pantaloni di Manny. "Sarebbe il tipo che ha cercato di ballare con te?"

"Esatto. Immagino che questo significhi che trova la nostra faccia attraente."

Stringo gli occhi. "Non è anche quello che si è strusciato sulla madre del tuo ragazzo?"

Lei sbuffa (ed è un miracolo che il tè non le esca dal naso!). "Hanno solo ballato e, comunque, *lei* si è strusciata su di *lui*."

Sembra plausibile. Se io fossi una donna di mezza età, lui mi trasformerebbe in una panterona in un batter d'occhio. D'altronde, lo troverei allettante a qualsiasi età, persino...

"Dunque." Ora, Holly assomiglia così tanto a nostra madre, che mi aspetto quasi che sputi fuori consigli su come raggiungere un orgasmo adeguato. "Vuoi che te lo presenti?"

Lo voglio?

Il ricordo del fiasco col porno torna alla ribalta. Per calmarmi, rubo di nuovo il portafoglio. Con la massima disinvoltura possibile, rispondo: "No, grazie."

La delusione sul suo volto è in puro stile Ottomamma. "Perché no?"

"Perché è tuttora un puttaniere?"

La piena verità è ovviamente più sottile di così. Holly non sa dei miei problemi di intimità. Ai tempi del liceo, ho creato una delle mie migliori illusioni: ho fatto credere a tutte e sette le mie sorelle di essere sessualmente attiva, quando invece non lo ero affatto. Se avessi detto loro la verità (cioè, che la mia perfettamente ragionevole elusione dei germi m'impediva persino di baciare un ragazzo), mi avrebbero presa in giro, fino a quando i nostri genitori mi avrebbero mandata in terapia. Lo scambio di fluidi è sacrosanto per la nostra Ottomamma, così come per Ottopapà. Certo, Holly non mi avrebbe derisa, ma non è capace di mantenere un segreto (nemmeno se ne andasse della sua stessa vita!), perciò l'ho ingannata insieme alle sei gemelle.

Ora che siamo cresciute, mi vergogno troppo per ammettere, persino con lei, che non ho ancora baciato nessuno. Nessuno sa che sono vergine (una vergine che ha rotto il proprio imene con un dildo molti anni fa, ma pur sempre tale).

"Se cerchi un po' di 'rumpty-tumpty' occasionale, non troverai un partito migliore." Mette giù la tazza di tè.

"Rumpty-tumpty? Sarebbe un altro modo per dire 'scopare'?"

Holly ha frequentato l'università nel Regno Unito e, quando è tornata, parlava come un personaggio dei romanzi di Jane Austen (il che mi ha procurato la gioia di prenderla in giro per un po'). Ora ha perso l'accento, anche se continua a lasciarsi sfuggire qualche inglesismo occasionale (e solitamente affascinante), quindi non posso più sfotterla quanto vorrei.

Crea un cerchio con l'indice e il pollice destro, poi lo penetra con l'indice sinistro. "Infilzare la patata, inzuppare il biscotto, piantare il pisello, il cetriolo o la banana in..."

"Basta" dico severamente. "Le mie scelte alimentari sono già limitate."

31

Sembra compiaciuta. "Scommetto che lui ci starebbe, per un'avventura di una notte."

Certo. Ottima idea. Perdere la verginità con un dio del sesso ed essere rovinata per qualsiasi altro uomo per il resto della mia vita. Non è nemmeno detto che lui vorrebbe essere usato in questo modo, per non parlare di...

"Se può esserti utile" sussurra mia sorella con aria cospiratoria, "è un principe."

"Come, scusa?" Infilo il portafoglio nella tasca di Manny senza alcuna furtività e alzo il volume del telefono. "Che cos'hai detto?"

"Nella sua patria, viene definito *velikiy knyaz*" spiega. "Che si traduce in qualcosa come Gran Principe."

La sua espressione è seria. O ha improvvisamente imparato l'arte della menzogna, o sta dicendo la verità. O, forse, ha finalmente rivisto un episodio di troppo di *Downton Abbey*.

"È un principe?" chiedo, incredula. "Un vero principe?"

"Esatto." Passa la tazza a qualcuno fuori dalla visuale della fotocamera, dicendo qualcosa (probabilmente in russo) che suona come *'chai'*. Tornando a guardare me, afferma: "Se lo sposassi, diventeresti una principessa."

Mentre lo dice, vedo svolgersi un fotomontaggio in stile Disney: io, che mi metto a cantare una canzone su quanto desidero diventare una celebre illusionista; io, che parlo con la mia spalla (probabilmente un animale), che avrà la voce di un famoso comico; io, che scambio l'unico vero bacio con il principe...

"Tieni" dice una voce maschile con un leggero accento russo, mentre una mano gigante che regge una tazza da tè fumante appare nel video.

Avevo ragione. È a casa del suo ragazzo.

"*Spasibo*" risponde lei, con un sorriso adorante.

Quindi, ora, *sa* parlare russo. Fico! Se sono fortunata, prenderà anche un accento russo, così potrò prenderla in giro per questo.

Cullando il suo tè, scruta la telecamera. "Non mi hai sentita? Potresti diventare una principessa, diamine!"

Mi stringo il ponte del naso, troppo distratta dall'argomento in questione, per deridere quel suo "diamine." "Questo non ha alcun senso. Chi appartiene a una famiglia reale, al giorno d'oggi? E se lui è davvero un principe, perché il suo soprannome fa riferimento a una tigre? Non avrebbe più senso un leone? Come il re della giungla?"

"Forse, in Ruskovia, pensano che le tigri siano le regine della giungla." Soffia sulla nuova tazza in modo inquietantemente seducente.

Che stia facendo scena per il suo ragazzo?

Poi, prendo nota del paese che ha menzionato e sollevo il sopracciglio destro. "È un principe della Ruskovia?"

Questo ha senso (per quanto possa averne incontrare un principe in carne ed ossa). Spiegherebbe la lingua dell'Europa dell'Est in cui parlava ai suoi cani, nonché il disegno sulla fibbia della cintura (che, probabilmente, era uno stemma di famiglia). Potrebbe spiegare persino l'atteggiamento presuntuoso.

Lei annuisce. "Hai sentito parlare della Ruskovia?"

È una frecciatina alla mia mancanza di una laurea?

Rubo il portafoglio di Manny: un'impresa a cui nessuna università può prepararti. "Certo. La mia illusionista preferita risiede lì. Rasputina. Ne hai sentito parlare?"

"Da te, credo." Mi guarda i capelli in modo significativo. "Non era lei quella a cui hai rubato queste sembianze da vampira?"

"No" rispondo, indignata.

Non le ho rubate. Ne ho tratto ispirazione. In generale, adoro Rasputina. Se dovessi andare a letto con una donna (scenario da pistola puntata alla testa), sceglierei *lei*.

Rimetto il portafoglio nella tasca ancora una volta. "Il mio personaggio è più vicino a quello di Criss Angel, con una piccola aggiunta di Winona Ryder in *Beetlejuice - Spiritello porcello*."

"Certo" commenta Holly. "In ogni caso, tu e Tigger sareste una bella coppia."

Sbuffo. "Perché mai dovrebbe avere bisogno di me? Ha esaurito le donne nella sua madrepatria?"

"Non ne ho idea, ma se deciderai di fare qualcosa di più che andare semplicemente a letto con lui, devi sapere che è uno scavezzacollo." Procede col raccontarmi delle sue folli bravate, tra cui il BASE JUMPING è la cosa più innocente sulla lista.

"Non preoccuparti" affermo, quando ha concluso. "Non ho intenzione di fare proprio nulla con lui."

Detto questo, se l'obiettivo della mia gemella era quello di spaventarmi e farmi desistere dal desiderare questo ragazzo, l'elenco delle attività che ha praticato ha avuto l'effetto opposto. Ora, mi sto immaginando Tigger come "the Most Interesting Man in the World" (l'uomo più interessante del mondo), quello delle pubblicità della birra Dos Equis. Posso praticamente sentire la voce fuori campo dire: *Il suo unico rimpianto è non sapere cosa si prova ad avere rimpianti. Ha vinto il premio alla carriera... due volte.*

"Sai" continua Holly. "Se tu uscissi con lui, questo renderebbe il tuo imminente incontro con i nostri genitori molto più semplice."

Che Houdini mi aiuti! Me n'ero completamente dimenticata. Non molto tempo fa, Holly mi doveva un favore, perciò le ho chiesto di pranzare con i nostri genitori al posto mio (un compito che è riuscita a rovinare malamente). Ora, oltre a difendermi dalle preoccupazioni indiscrete dei miei genitori sulla mia vita sentimentale, dovrò anche sorbirmi le lamentele di Ottomamma per quell'inganno (piuttosto innocente).

Oh, e questo mi ricorda che Holly mi deve ancora un favore. Dovrò assicurarmi di riscuotere.

"Li *incontrerai*, vero?" mi chiede, con aria colpevole. Senza dubbio, i suoi pensieri andavano nella stessa direzione dei miei.

Sospiro. "Certo. Ma non parlerò loro di Tigger.

L'ultima cosa che voglio è che Ottomamma cerchi di farmi riprodurre."

La mia gemella rabbrividisce.

Ah. Giusto. Non le piace che chiami nostra madre Ottomamma, ma non a causa dell'imprecisione (la mamma ha partorito noi due e, in seguito, le sei gemelle, non otto in una volta). No, semplicemente a Holly non piace il numero otto. O il nove. O il sei. Preferisce i numeri primi, come il cinque. Scommetto che, se avesse avuto il dono della preveggenza, quando noi due eravamo insieme nell'utero della mamma, mi avrebbe soffocata con il cordone ombelicale, pur di assicurarsi che il numero totale delle sorelle Hyman finisse per essere sette. È anche l'unica tra noi a cui non sarebbe dispiaciuto che la mamma avesse generato altre tre sorelle, pur di arrivare a undici.

Il 7-Eleven dev'essere un posto paradisiaco, per lei.

"Quando li incontrerai?" mi chiede.

"Tra qualche giorno."

Ridacchia. "Buona fortuna."

"Grazie." Sgraffigno il portafoglio dalla tasca di Manny ancora una volta. "Ne avrò bisogno."

Lei fa un cenno a qualcuno fuori dalla mia visuale (senza dubbio, il suo ragazzo). "È meglio che vada."

"Un'ultima cosa" le dico. "La lingua ruskoviana è simile al russo?"

"Penso di sì. Perché?"

Mi gratto la nuca. "Vorrei sapere che cosa significa *my-dick* o *me-o-dick*."

Lei sogghigna. "Intendi *myodik*?"

"Penso di sì."

"In russo, significa *miele*" dichiara in tono professorale. "Probabilmente è lo stesso in ruskoviano."

Wow. O ha imparato tutte le parole inerenti all'ora del tè, o il suo vocabolario russo è già considerevole. In ogni caso, l'accento è proprio dietro l'angolo.

Una voce maschile le dice qualcosa che non afferro.

"Ah. Mi riferiscono che, in Russia, non si definisce una donna *myodik*" spiega. "Il miele è un sostantivo maschile."

"Ah sì?"

Significa forse che a Tigger sembro mascolina?

Lei sospira. "Non farmene parlare. Il russo è una lingua difficile da imparare."

"Ma perché il miele è maschile? Le api che lo producono sono femmine, quindi perché le loro secrezioni dovrebbero cambiare genere?"

Annuisce con entusiasmo. "Non c'è logica per i fluidi corporei in russo, punto. Il sangue è femminile, il sudore è maschile, la cacca è neutra. Perché?"

Bleah! Faccio una smorfia e scuoto la testa. "Sono rimasta ancora al miele. È un liquido, quindi non dovrebbe essere 'gender fluid'?"

Lei si lamenta. "A infastidirmi di più sono i fiori. Perché sono maschili? Hanno la forma di vagine e, generalmente, contengono entrambi gli organi sessuali. E, non per stereotipare, ma sono le donne ad amare i fiori, non gli uomini." Una risata maschile risuona dietro la fotocamera, perciò mia sorella guarda la fonte e chiede con tono significativo: "Perché la luna è femminile, ma il sole è neutro? Perché il cucchiaio e la forchetta sono femminili, ma il coltello è maschile?"

"Funziona così e basta" risponde lui. "Non è colpa mia, *kroshka*. Non sei tenuta a impararlo."

"Ecco" brontola lei. "*Kroshka* significa *briciola di pane* ed è femminile. Il pane, in sé, è maschile. Una fetta di pane è comunque maschile, ma non appena si diminuiscono le dimensioni, il genere cambia?"

"Ehi, ti lascio tornare alla linguistica" affermo, allungando la mano verso il cellulare, per terminare la chiamata.

"Aspetta, sorella, scusami." Holly guarda di nuovo nella fotocamera. "Vuoi salutare il mio insegnante di russo?"

Annuisco e il suo ragazzo, Alex, appare alla vista.

L'ho già incontrato, ma caspita! Buon per Holly. Si è aggiudicata un esemplare notevole. Scommetto che Henry Cavill avrebbe quell'aspetto, se venisse scritturato come *Red Son*: una versione di Superman in cui la culla spaziale si è schiantata nella Russia sovietica, anziché nel Kansas.

È strano provare una botta di autostima, sapendo che un uomo del genere frequenterebbe una donna con la mia faccia?

"Ciao" lo saluto. "Sai qualche nuova barzelletta russa?"

Mi rivolge un sorriso sexy. "Suonano alla porta. Il giovane Vovochka va ad aprire e vede un giovanotto con un mazzo di fiori. Lo fissa, pensieroso, e gli dice:

'Ultimamente, vieni spesso a trovare mia sorella. Non ne hai una tua?'."

Dopo che le risatine per la barzelletta si affievoliscono, ci salutiamo. Entrambi i loro arrivederci sono in russo.

Capitolo Quattro

*D*opo quella telefonata, la tentazione di cercare Tigger online è forte, ma la reprimo. Non verrà fuori niente di buono dall'imparare qualcosa di più su di lui (o sul suo cazzo, migliore di quelli nei porno).

Dato che è un principe, lo soprannominerò Sua Durezza Reale.

Recuperato il cellulare dal collo di Manny, gli riattacco la testa. Per distrarmi dai pensieri su Tigger e sulle sue appendici reali, faccio partire la trasposizione cinematografica in CGI de *Il Re Leone*. Tutti quei discorsi sulla Disney e sui felini giganti mi hanno fatto venire voglia di guardarlo.

A metà, metto il video in pausa e faccio una ricerca su una domanda importante: chi vincerebbe, in una lotta tra un leone e una tigre?

La mia ricerca rivela che le tigri sono più forti e più grandi dei leoni. Tuttavia, questi ultimi cacciano in branco, mentre le tigri sono creature solitarie; perciò, se s'incontrassero in natura, la lotta non sarebbe equa. Se questo è vero, perché il leone è considerato il re? Non dovrebbe essere la tigre? In realtà, se la forza è il fattore decisivo, dovrebbe essere l'elefante o, meglio ancora, l'orca assassina.

I leoni, evidentemente, devono avere gli agganci giusti... come i tizi della Disney.

Continuo con il film, ma, ben presto, mi rendo conto che guardarlo è stato un errore. Una canzone mi è rimasta impressa, solo che, nella mia versione di "in the jungle, the mighty jungle", è Tigger che dorme nella giungla stanotte. Dorme con me, preferibilmente.

No, non devo pensare a lui!

Devo pensare a qualcos'altro.

Qualsiasi altra cosa.

Oh, ho trovato. Forse sarà la barzelletta russa ad avermi innescata, ma sembra che ne *Il Re Leone* ci siano degli incesti. Prendete Simba e Nala. Lei potrebbe essere sua sorella o sua cugina. Dopotutto, gli unici maschi nel film sono Mufasa e Scar, che sono fratelli. Per non parlare del fatto che le femmine di un branco di leoni sono generalmente imparentate. Com'è un matrimonio tra i leoni della Disney, comunque? In natura, il leone maschio va a letto con ogni femmina del branco. Avranno un matrimonio aperto anche ne *Il Re Leone*?

Pensare ai felini reali fa sì che un certo principe s'intrufoli di nuovo nella mia mente, insieme a Sua Durezza Reale.

Uff! Sembra che soffermarmi sul sesso tra leoni mi abbia resa soltanto più arrapata!

È il momento di una distrazione cinematografica maggiore: *The Illusionist*, *The Prestige* o *Now You See Me*.

Metto su *The Illusionist*, ma si rivela essere un altro errore. C'è un principe e, benché sia cattivo, la sua presenza mi ricorda Tigger (senza contare che il principe cattivo si chiama Leopold: probabilmente, Leo per gli amici, che in latino significa leone, quindi non così lontano dalle tigri).

Rinunciando ai film, mi esercito in qualche trucco di destrezza manuale.

No. Mi fa pensare a lui. O, almeno, alla mia mano su Sua Durezza Reale.

Disperata, accendo il computer (il maggior dispositivo succhia-tempo noto all'umanità) e apro un'applicazione creata per me da mia sorella Blue, l'altra vittima del trauma del Massacro della Cinciallegra. Uso l'app per modificare alcune immagini di ragazzi a torso nudo su popolari piattaforme internet, sostituendo i capezzoli degli uomini con quelli di pornodive.

Perché? Perché è divertente per me e, in più, sostengo il movimento Free the Nipple, anche se non abbastanza da passare dalle parole ai fatti e andare in topless in un luogo pubblico.

Forse, un giorno. Forse, se avrò la possibilità di fare un grande spettacolo su un palco, potrò far "sparire" i miei capezzoli.

Merda! Ora, mi sto chiedendo come siano i

capezzoli di Tigger e, nel caso, a quelli di quale pornodiva assomiglino di più.

Il mio telefono emette il bip di un messaggio in arrivo.

Serendipità.

Stavo appunto usando l'app di Blue, ed ecco che lei mi chiede di pranzare insieme prossimamente.

È fantastico. Blue è una delle mie preferite tra le sei gemelle. Oltre ad aver assistito insieme a me al Massacro della Cinciallegra, ha una passione per lo spionaggio, che è sorprendentemente simile alla magia.

Le scrivo che ci sto per il pranzo, perciò lei mi comunica dove (un ristorante che non abbia polli nel menù) e quando.

A proposito di cibo, sto morendo di fame.

Entrata in cucina, prendo del latte d'avena dal frigorifero e una confezione di *Frosties* dalla dispensa. Questo sarà un giorno di colazione-per-cena, un evento comune per me e per il resto delle mie coinquiline, artiste affamate.

Mi siedo al tavolo e comincio a ficcarmi cucchiaiate di cibo in bocca, solo per bloccarmi, quando noto la parte anteriore della scatola di cereali.

È semplicemente grrrrrr-andioso! Anche Tony la tigre mi ricorda Tigger.

Devo deviare subito i pensieri.

Perché una tigre è portavoce dei carboidrati? Non dovrebbe lavorare per una catena di bisteccherie, invece? Inoltre, grrr non dovrebbe essere un'espressione di rabbia delle tigri? Tony sembra felice, invece, perciò non dovrebbe fare le fusa?

Le tigri fanno le fusa?

No. Secondo una rapida ricerca su Google, quando sono felici, le tigri emettono un verso che suona come uno sbuffo e viene prodotto soffiando dalle narici.

"Ciao." Una voce familiare mi strappa all'attrattiva dello schermo del cellulare.

"Ciao a te." Sorrido alla mia coinquilina e amica, che è conosciuta nel mondo della magia come La Profesora. Questo perché suo padre era un famoso mago spagnolo conosciuto come El Profesor, ma anche perché, quando si tratta di giochi di prestigio con le carte, lei potrebbe tenere un corso di livello universitario.

Il nome sul suo certificato di nascita è Clarisa, ma preferisce usare il nome più americano di Clarice (forse, perché sente le urla di agnelli macellati di notte, come l'omonima eroina del *Silenzio degli innocenti*...

Perché, altrimenti, avrebbe chiamato il suo gatto Hannibal?).

Nonostante il nome, non assomiglia a Jodie Foster (la Clarice originale), né a Julianne Moore (quella riscritturata per il sequel). L'attrice che mi ricorda di più è Penelope Cruz, in particolare nel personaggio de *I Pirati dei Caraibi*, con tanto di camicia in stile pirata, gilet e cappello con le piume, che fa pensare a tutti che stia andando a un raduno steampunk.

Conoscendo i miei problemi, Clarice mi manda un bacio in aria e io lo ricambio. Poi, si unisce a me nel pasto dei cereali per cena, solo che, nel suo caso, si tratta di Captain Crunch (senza dubbio, perché ha un senso della moda simile a quello della mascotte).

"Vuoi vedere una cosa a cui sto lavorando?" mi chiede.

Ieri, mi ha lasciata esibire per lei per un'ora, quindi è giusto lasciare che ora si eserciti su di me. "Certo. Basta che non debba toccare nulla, finché non ho finito di mangiare."

Tira fuori un mazzo di carte e le mescola come si deve. "Pensa a una carta."

Wow. Solo i migliori tra i migliori maghi di carte iniziano un trucco chiedendoti semplicemente di *pensare* a una carta. Gli altri, per la maggior parte, te ne fanno scegliere una.

"Ne ho una in mente" affermo, pensando al tre di picche.

"Ora, pensa a un numero" mi dice.

Sento i brividi scorrermi lungo il corpo. Se la cosa sta andando nella direzione che penso, resterò sbalordita.

"Fatto" dico con grande esitazione, fissandomi sul diciassette.

"Metterò le carte a faccia in giù sul tavolo" annuncia. "Quando arriviamo al tuo numero, dimmi stop."

È impossibile, dannazione!

Lei comincia a mettere giù le carte, una alla volta.

Conto fino ad arrivare al mio numero e dico: "Stop."

Come può essere la carta a cui ho soltanto pensato?

Non è possibile. Starà per rendere le cose più complicate o qualcosa del genere.

Invece no.

Gira la carta... ed è il fottuto tre di picche!

Provo un senso di stupore travolgente. Mi riporta alla mia infanzia, quando sono stata ingannata per la prima volta da un trucco di magia e ne sono rimasta appassionata a vita.

Un attimo dopo, però, mi vengono in mente i possibili modi in cui avrebbe potuto riuscirci (rovinando il momento). Forse, mi ha influenzata per farmi pensare a quella carta e a quel numero? O ha usato una sorta di messaggio subliminale, per imprimerli in qualche modo nel mio cervello, in stile *Inception*?

Ma quando? Come?

Sono tornata a non averne idea e, benché probabilmente mi svelerebbe come ha fatto, se glielo chiedessi, non voglio: in parte, perché dovrei rivelare qualche mio grande segreto in cambio, ma anche perché è più divertente non saperlo.

A volte.

"È stato incredibile" dico. "Sei davvero La Profesora!"

Lei sorride, raggiante, e raccoglie amorevolmente le carte, prima di nasconderle nella tasca.

La voce che gira tra di noi, sue coinquiline, è che dorma con un mazzo di carte in mano e un altro sotto il cuscino. Non mi stupirei nemmeno, se avesse un vibratore a forma di mazzo di carte. Se esistesse qualcosa come una cart-sessuale, lei lo sarebbe.

"Allora" esordisce Clarice, sembrando estremamente a disagio. "Questo mese è il mio turno di raccogliere i soldi dell'affitto."

E proprio così, ogni caldo riverbero del suo miracolo è svanito.

È passato un bel po', da quando ho avuto qualcosa che assomigliasse a un ingaggio pagato.

"Quanto è grave la situazione, questo mese?" chiedo timidamente.

Lei sospira. "Senza la tua quota, non riusciremo a pagare in tempo e il padrone di casa ci sfratterà di sicuro. Siamo già state in ritardo cinque volte."

Eh già! Grave come temevo. I miei cereali hanno improvvisamente il sapore della scatola in cui erano contenuti.

"Chiamerò i miei contatti in TV" dico. "Magari, qualcuno avrà bisogno di qualcosa."

Anche se ciò che desidero di più è esibirmi, ho guadagnato qualche soldo facendo da consulente per maghi di successo, troppo occupati per inventare nuovi trucchi per il proprio repertorio.

"Grazie." Si alza in piedi. "Mi piace davvero abitare con tutte voi."

Annuisco solennemente. Le mie coinquiline sono per lo più prestigiatrici, ma abbiamo anche una mentalista (che è più o meno la stessa cosa), una giocoliera, una contorsionista e persino una comica. Sono tutte donne che apprezzo molto e che non voglio veder diventare senzatetto, soprattutto per colpa dei *miei* problemi di soldi.

Clarice se ne va e io svuoto la mia ciotola. Poi, la metto nella lavastoviglie e torno di corsa in camera mia, per telefonare e inviare email.

Ore dopo, sono costretta ad ammettere un presentimento di catastrofe imminente.

Sembra non esserci alcun incarico per una maga non molto famosa.

Forse, dovrei trovarmi un lavoro da babbana, dopotutto? Qualcosa come una hostess, una cassiera di banca o un'allevatrice di panda? Sono ruoli difficili da ottenere?

Una cosa è certa: considerando come sta procedendo la mia terapia di esposizione, il mestiere più antico del mondo è fuori discussione, per me. Anche lo spogliarello non funzionerebbe. I pali di metallo su cui si arrampicano quelle donne coraggiose sembrano avere più germi dei corrimano della metropolitana di New York (e *quei* germi sono sul punto di diventare senzienti!).

Sospiro sonoramente.

Se verremo sfrattate, non sarò fregata solo io, ma anche le persone a me più vicine, al di fuori della mia famiglia.

A proposito di famiglia, forse potrei chiedere dei soldi alle mie sorelle o ai miei genitori?

No. Impossibile. Sono stata maledetta con un orgoglio eccessivo. Inoltre, i soldi della famiglia sono vincolati a troppe condizioni. Ottomamma, per esempio, pretenderebbe che la ripagassi con un nipote o due.

Proprio così, no, grazie. Troverò un ingaggio, anche se significasse insegnare a ragazzi adolescenti i principi di base dei giochi di prestigio, o vendere mazzi di carte truccate in un negozio di magia.

Aspettate un attimo! Non avevo controllato che il mazzo di Clarice fosse regolare. Lei sostiene sempre di usare carte normali, ma non è quello che direbbe a prescindere?

In ogni caso, con l'idea dell'insegnamento in mente, navigo sul mio canale YouTube e guardo i commenti sotto il mio video più popolare, quello in cui ho "trattenuto il respiro" sott'acqua per venti minuti.

Come ci si aspetterebbe su internet, il novantanove per cento dei commenti è estremamente scortese: il tema più popolare è quanto io sia scopabile, con il costume da bagno che ho indossato per il numero.

Proprio così, ecco cos'è interessante: le mie tette, non la mia capacità di resistere senza ossigeno (non che fossi senza ossigeno per davvero, ma comunque....)

La buona notizia è che esiste ancora quell'uno per cento di adolescenti che vuole sapere come ho fatto. Per loro, registro un video in cui offro i miei servizi di tutoraggio magico e lo pubblico, nella speranza che qualcuno abbia i genitori ricchi.

È ora di andare a dormire. Solo che, quando mi metto a letto, faccio fatica ad addormentarmi: i pensieri dello sfratto s'intervallano ai ricordi degli occhi di Tigger... e di altre parti. Come Sua Durezza Reale.

Mmm. Dovrei masturbarmi per togliermi questo pensiero?

Per entrare nell'atmosfera, metto un po' di musica sexy: "The Final Countdown" degli Europe. Anche se questa canzone è stata usata in *Arrested Development - Ti presento i miei* per prendere in giro i prestigiatori, io la amo comunque.

Poi, tiro fuori dal comodino il mio fidato dildo e lo osservo, stringendo gli occhi. *Sei troppo piccolo. E troppo semplice. Ho improvvisamente voglia di qualcosa di molto più grande... e più regale.*

Ehi!, m'immagino il povero dildo rispondere. *Non sono le dimensioni dell'oceano che contano, ma le vibrazioni delle onde.*

No.

Prendo il portatile e mando un'email alla mia gemella, chiedendole il link del sito web dove la sua nuova migliore amica vende i propri giocattoli. Voglio comprare il dildo più grande che ha.

Dopo aver cliccato "invia", mi rendo conto del mio errore. Ho bisogno di soldi per l'affitto e il motivo per cui sono nei guai in quel settore è lo shopping frivolo, oltre alla mancanza di ingaggi per spettacoli di magia.

Oh, pazienza. Dovrò farmi bastare il mio piccolo dildo.

Chiamami piccolo ancora una volta e andrò in cortocircuito!

Accendo la vibrazione e penso ai lineamenti cesellati di Tigger.

Boom! Vengo in tempo record.

Vedi? Piccolo, ma potente.

Crogiolandomi nei postumi dell'orgasmo, mi addormento rapidamente, ma faccio sogni strani. Uno mi ricorda *Donnie Darko*, solo che, al posto di un coniglio gigante, c'è il Joker di Batman. Dopodiché, sogno Jake Gyllenhaal che partorisce un bambino concepito insieme ad Heath Ledger.

Capitolo Cinque

_I_l mattino seguente, la prima cosa che faccio è portare il mio computer alla caffetteria dell'altro giorno.

Non è uno stratagemma per imbattermi di nuovo in Tigger. La connessione internet, qui, è più veloce che a casa mia: tutto qua.

Purtroppo, nessuna prospettiva di lavoro si è presentata, nonostante tutte le telefonate e le email che ho inviato.

Inoltre, niente Durezza Reale (non che io sia qui per questo motivo).

Dato che non dovrei spendere i miei pochi soldi per mangiare fuori, torno a casa per un pranzo veloce e cerco un impiego per il resto della giornata.

L'indomani, mi reco di nuovo alla caffetteria (ancora una volta, non nella speranza di incontrare Tigger).

Sto cercando lavoro. Questo è tutto.

Purtroppo, ancora nessuna traccia del suddetto lavoro. Con il cuore pesante, faccio domanda per un posto da cameriera alla caffetteria e in qualche altro ristorante dei dintorni, solo per essere rifiutata in tronco per mancanza di esperienza.

Accidenti a me, per aver passato tutte le mie estati da adolescente a praticare la magia, invece di svolgere i soliti lavori!

Sto per tornare a casa, quando ricevo un messaggio dalla mia gemella:

Io e Bella saremo dalle tue parti. Possiamo passare a trovarti?

Le rispondo di sì e mi affretto a tornare a casa.

Quando ho finito di cenare, mi sono già dimenticata del messaggio di mia sorella, fino a quando qualcuno bussa alla porta della mia camera da letto.

"Sì?" Apro la porta e vedo Harry in piedi sulla soglia.

Una delle mie coinquiline preferite, Harry mi ricorda Meg Ryan in *Harry, ti presento Sally*, solo con gli occhiali tondi. Sfortunatamente, si rifiuta ferventemente di rispondere al nome di Sally. Nata Harriet, sostiene di farsi chiamare Harry per via dei famosi maghi Harry Houdini e Harry Blackstone, ma dati i suoi occhiali, sospetto fortemente che, in realtà, sia per via di Harry Potter.

Prima di conoscerla, il nome Harry mi faceva venire in mente Ottopapà (visto che questo è il suo nome di battesimo), ma si adatta meglio alla mia coinquilina. Non per la prima volta, mi domando se i miei nonni si fossero resi conto che chiamare il loro figlio Harry, con il cognome Hyman, lo facesse sembrare la membrana verginale di uno yeti. Ripensandoci, se lo merita, per aver chiamato la mia povera gemella Holly, dato che anche Holly Hyman suona come la membrana verginale, solo quella di una dea vergine. E non fatemi nemmeno iniziare con Blue e alcune delle altre sei gemelle!

Se non fossero traumatizzate per la lotta a suon di spintoni per farsi spazio in un unico utero, lo sarebbero sicuramente per i loro nomi.

"Hai una visita." Harry sembra scocciata di dover fare da maggiordomo, perciò mi assicuro di ringraziarla, prima di correre alla porta.

Lì, ad aspettarmi, c'è Holly e, con lei, una donna che sembra uscita da una rivista di moda.

Dev'essere Bella, la nuova migliore amica della mia gemella.

Dannazione! È *davvero* stupenda come sostiene mia sorella. Mi ricorda Angelina Jolie in *Maleficent*. In realtà, dato che è russa, non dovrebbe forse ricordarmi Angelina Jolie in (attenzione allo spoiler!) *Salt*?

"Voi due siete proprio gemelle!" esclama Bella, con lo sguardo che sfreccia dal mio viso a quello di Holly.

Mmm. Zero accento.

"Sì" conferma Holly. "Solo che lei è stata cresciuta dai vampiri."

Roteo gli occhi. "Almeno, non sono stata cresciuta a Downton Abbey... da Mary Poppins."

Bella mi sorride. "Tua sorella *è* proprio supercalifra-gilistichespiralidosa."

Ricambio il sorriso. Ora posso capire l'infatuazione di Holly. Se Bella fosse una maga, si aggiungerebbe a Rasputina come donna con cui andrei a letto (di nuovo, nello scenario di una pistola puntata alla testa, ovviamente).

"Dagliela" Holly sussurra alla sua migliore amica.

Era il mio pensiero di prima, o questa frase suona vagamente sessuale?

"Ah, giusto." Bella protende la valigetta che stava tenendo in mano. Assomiglia molto a quella che proiettava un bagliore dorato, quando Jules la apriva in *Pulp Fiction*.

Aspettate! Il coperchio è decorato con genitali disegnati a mano?

Prima che possa domandare, Bella apre la valigetta e io fisso il contenuto con fascino morboso.

Dildo.

Dildo colorati.

Dildo bulbosi.

Dildo sottili.

Dildo piccoli.

Dildo grandi.

Dildo enormi... e persino alcuni oscenamente giganteschi.

Dildo di silicone.

Dildo di vetro.

Dildo di metallo.

Persino alcuni che sembrano fatti di legno, ma che

si spera non lo siano, perché le schegge nella patata non sembrano affatto divertenti.

Holly deve fraintendere la mia espressione, perché sembra avere un tono colpevole, quando dice: "Ho menzionato la tua email a Bella, che ha voluto offrirti una simpatica selezione."

"Giusto" replico, continuando a scrutare la merce fallica in mostra.

"Vibrano tutti" annuncia Bella, con tono che diventa commerciale. "Inoltre, funzionano tutti con l'app di teledildonica Belka, così puoi farti soddisfare dal tuo ragazzo a distanza."

Se avessi un ragazzo (e mi viene in mente una persona molto specifica), vorrei godermi Sua Durezza Reale, invece di un dildo come la comune plebaglia.

"Scegli, dai" mi esorta la mia gemella, con un leggero rossore sulle guance.

Oh. Pensa che farmi portare questa roba da una donna che non ho mai incontrato prima sia imbarazzante per *lei*?

Inoltre, "scegli" fa sembrare il tutto un trucco con le carte.

"Scegli un dildo, uno qualsiasi."

Qualcuno esegue.

"Ora, tieni a mente il tuo dildo."

Quello memorizza il dildo.

"Ora, nascondi il dildo dentro una donna qualsiasi del pubblico."

Quello esegue.

Con grande solennità, il mago individua la donna e tira

fuori il dildo, senza toglierle le mutandine. "È questo il tuo dildo?"

La mia gemella mi guarda con aria preoccupata. "Credo che il suo cervello sia andato in tilt per l'indecisione."

Scuoto la testa e afferro il dildo che si avvicina di più a Sua Durezza Reale per forma e dimensioni, solo che è rosso acceso. Ma, ehi, potrebbe essere il colore della bandiera della Ruskovia! "Questo. Quanto ti devo?"

Bella chiude la valigetta con un forte tonfo. "È un regalo."

"Un regalo?" Tenendo il dildo per l'asta, lo brandisco in aria. "Non è così che ti guadagni da vivere?"

Mi fa l'occhiolino. "Se ti senti in debito con me, puoi sempre dirmi cosa ne pensi. Come una beta tester."

Grandioso. Quella sì che dovrebbe essere una conversazione divertente!

Poi, mi viene un'idea.

Posso ripagarla per il dildo con la mia arte e, già che ci sono, ottenere un'esperienza di performance inestimabile.

Holly si acciglia. Credo che sappia dov'è andata a parare la mia mente (un'impresa di pseudo-telepatia gemellare). Non posso biasimarla per non essere entusiasta. Lei era presente, quando ero solo agli inizi come illusionista, perciò ha assistito a trucchi noiosi, che non sono affatto come i capolavori divertenti che eseguo attualmente.

"Che ne dici se ti mostro un po' di magia?" propongo a Bella, con una voce che potrebbe essere un tantino troppo seducente.

I suoi occhi s'illuminano. "Davvero?"

"Sì." Le accompagno in salotto. "Datemi un secondo."

Mi precipito nella mia stanza, lascio lì il dildo e recupero alcuni oggetti di scena.

Quando torno, eseguo uno spettacolo di mezz'ora per Bella, che si rivela essere la spettatrice ideale: fa "oh" e "ah" in tutti i momenti giusti e chiede "Come hai fatto?" come se intendesse sul serio.

Non passa molto tempo, prima che le mie coinquiline s'intromettano e comincino ad esibirsi per lei nei propri numeri, a cui Bella assiste come una bambina in una fabbrica di caramelle ad Halloween.

Persino la mia gemella stufa della magia sembra divertirsi.

Dopo che Harry ha terminato di eseguire il suo caratteristico trucco della corda, Bella ci ringrazia tutte profusamente, regala un dildo a ciascuna artista e se ne va, con la mia gemella al seguito.

"*Questo* è quello che ha attirato la tua attenzione?" chiedo a Clarice, indicando il dildo che ha scelto: quello di legno lucidato.

Lei fa spallucce. "Si adatta al mio personaggio di scena."

Potrebbe esserci una certa logica. I pirati hanno

gambe di legno, quindi immagino che, se usassero dei dildo, anche questi sarebbero fatti di legno. I loro utilizzatori li chiamerebbero senza dubbio "woodies" (che significa "ligneo", ma anche "erezione") e griderebbero "argh, matey, faster, faster" in preda alla passione.

Sogghigno. "Quindi, hai intenzione di aggiungere un dildo di legno al tuo numero?"

Solleva il mento. "Devi *vivere* il tuo personaggio in ogni momento."

Con questa saggia lezione da *The Prestige* saldamente impressa nelle nostre menti, ci disperdiamo tutte nelle nostre rispettive camere.

Sorrido, mentre chiudo la porta a chiave. Per parafrasare leggermente la mamma di Forrest Gump: la vita è come una valigetta di dildo, non sai mai cosa ti può capitare.

Prima di provare il nuovo giocattolo, decido di fare la brava e controllare ancora una volta le prospettive di lavoro.

Sì! L'email nella mia casella di posta elettronica proviene da un modulo sul mio sito web, uno che è usato solo da potenziali clienti o da gente dei media, come Waldo.

Guardo il campo del mittente e vedo il nome elencato come Anatolio, senza cognome.

Mmm. Non mi suona familiare.

Leggo la prima riga e rabbrividisco: *"Spettabile Amazing Hyman."*

Stupido Waldo!

Si è occupato del servizio sulla mia performance di apnea per la sua rivista e mi ha soprannominata così, nel suo articolo, sostenendo che quello fosse il mio nome d'arte (cosa che non era, fino ad allora). Ancora oggi, Waldo sostiene di non aver avuto intenzione di essere perfido. Hyman è il mio cognome, mentre l'aggettivo "Amazing" è usato da molti maghi nei loro nomi d'arte, come Amazing Kreskin o Amazing Randi.

Amazing Hyman suona molto peggio, però. Mi fa sembrare una supereroina vergine, o assomiglia a qualcosa che qualcuno potrebbe dire in una pubblicità che venda vergini come schiave del sesso (o come vittime sacrificali per draghi). Il fatto che io *sia* effettivamente vergine (imene intatto o meno) peggiora solo la situazione.

D'accordo. Pazienza.

Leggo il resto del breve messaggio di Anatolio. Sostiene che ha visto la mia performance su YouTube, ne è rimasto impressionato e, ora, vuole discutere di un'opportunità correlata.

Intrigante. Soprattutto per l'ultima riga:

Questa è una proposta seria. I soldi non sono un problema. Per favore, fissi un orario e un luogo dove possiamo incontrarci.

Sembra un uomo che ottiene ciò che vuole.

Premo "rispondi" e gli propongo d'incontrarci alla caffetteria che frequento (un luogo pubblico, nell'eventualità che si tratti di un maniaco).

Prima di poter chiudere il portatile, ricevo una risposta:

Va bene domani mattina alle 10?

Sarebbe prima del mio pranzo con Blue, ma due ore dovrebbero essere sufficienti per parlare d'affari, quindi acconsento.

Chi sarà lui?

Cerco maghi con il nome di Anatolio, ma la ricerca non dà alcun risultato. Forse, non è un mago? Ehi, non tutti sono perfetti! L'importante è che io dorma bene stanotte, così domani potrò incantare questo potenziale cliente, per indurlo a offrirmi un grosso compenso.

Dato che un rapporto con un dildo mi ha aiutata a dormire, ieri sera, decido di usare la stessa strategia anche stasera. Inoltre, muoio dalla voglia di provare il mio nuovo amico di silicone.

Prima, le cose importanti. Sterilizzo il dildo meglio che posso, poi ci infilo sopra un preservativo, per sicurezza.

Quando torno a letto, lancio un'occhiata colpevole al mio vecchio dildo.

Oh, non preoccuparti per me. Lascia pure che mi si scarichino le batterie e poi gettami nella spazzatura. Non mi sono mai aspettato lealtà da una persona superficiale come te.

Con un'alzata di spalle, guardo il dildo nuovo.

Molto carino. Bella è un'ottima designer. Mi piace così tanto, infatti, che ho deciso di dargli un nome. Se devo antropomorfizzare i miei giocattoli, tanto vale andare fino in fondo.

Forse, Durezza Reale?

No. Quello è già stato assegnato. Mi viene in mente Il Reggente.

Il Principe Reggente?

Ecco fatto. Scarico l'app necessaria per attivare la vibrazione del Principe Reggente.

Mentre mi eccito, cerco di non pensare a Tigger, specialmente ai suoi occhi nocciola, alle sue spalle larghe, o al suo...

Come non detto.

Mi concedo di visualizzare appieno il principe ruskoviano e vengo di colpo, prima di addormentarmi con un sorriso da ebete sulla faccia.

Capitolo Sei

*A*rrivo alla caffetteria con dieci minuti di anticipo, perché l'ultima cosa che voglio è che io e le mie coinquiline veniamo sfrattate per colpa del mio ritardo.

Accomodandomi a un tavolo fuori, sorseggio il mio caffellatte freddo e osservo i passanti.

"Salve" dice una voce maschile sexy, che mi è familiare.

Alzo lo sguardo e quasi mi strozzo con il caffellatte!

È Tigger, in tutta la sua gloria da Uomo Più Interessante Del Mondo. Inevitabilmente, mi tornano in mente le parole della pubblicità: *"Una volta, ha vissuto un momento imbarazzante, solo per provare come ci si sente. Nei musei, a lui è permesso toccare le opere d'arte. Quando fa l'amore, lo rilevano i sismografi."*

In realtà, Tigger è ancora più figo di quanto ricordassi, probabilmente perché è vestito molto meglio, senza i suoi cani intorno.

I suoi occhi da tigre brillano subdolamente. "Che piacere incontrarti qui."

Balzo in piedi ed eseguo un inchino beffardo. "Vostra Altezzosità Reale. È un onore e un privilegio."

Lui fa un sorrisino. "Sembra che ti sia rimasto impresso."

Roteo gli occhi teatralmente. "Vacci piano, *Tigger*."

"Vedi?" Il suo sorrisino diventa presuntuoso. "Hai chiesto a tua sorella di me."

Merda! Mi ha sgamata. Darò la colpa agli ormoni.

Sentendomi improvvisamente assetata, bevo un enorme sorso del mio caffellatte. Una donna può disidratarsi, se le sue parti intime producono troppo succo? Lo sto chiedendo per un'amica.

Lui si siede al mio tavolo.

"Che stai facendo?" gli chiedo severamente.

"Mi unisco a te. Ovviamente."

Incredibile! "Quanto è grande il tuo dannato ego?"

Lui lancia uno sguardo verso il basso. "Ogni cosa è proporzionata."

Ottimo. Ora, ho l'immagine di Sua Durezza Reale davanti agli occhi della mia mente. E nella bocca della mia mente.

"Quel posto è occupato."

Ecco. Sono orgogliosa di quanto sia stabile la mia voce.

Lui solleva un sopracciglio. "Da chi?"

Stringo gli occhi. "Non sono affari tuoi."

"Oh, penso che siano decisamente affari miei."

Che faccia tosta! "Sul serio. Vattene."

Incrocia le braccia sul petto. "Dov'è Waldo?"

Non riesco ad arrabbiarmi, stavolta. Se qualcuno mi avesse dato un dollaro ogni volta che ho usato quella stessa frase per prendere in giro il mio amico, l'affitto non sarebbe un problema. Eppure, mantengo il mio tono severo. "È a casa, non che siano affari tuoi. Dove sono i tuoi cani?"

"Anche loro a casa. Non li porto agli incontri di lavoro." Mi guarda in modo significativo.

Incontri di lavoro.

Mi sento le dita gelide, nonostante i guanti.

Non può essere lui!

Vero?

"Ah." Stavolta, il suo sorrisino è autocompiaciuto, come quello di un gatto che ha finalmente divorato un canarino fastidioso. "Stai cominciando a capire."

I miei molari si sfregano tra loro. "Qual è il tuo vero nome? Non è Tigger, ovviamente."

"Che maleducato sono!" Mi tende la mano. "Anatolio Cezaroff, al tuo servizio."

Anatolio. Come il nome nell'email del "cliente."

In un silenzio sbigottito, gli stringo la mano.

Anche se c'è un guanto tra di noi, un brivido si diffonde nel mio corpo, vortica tutt'intorno e si deposita nelle mie parti basse.

Dannazione! Se una di quelle creature di *Predator* mi guardasse con la sua vista termica, sarei illuminata come un albero di Natale arrapato.

Con grande sforzo, tiro via la mano. "Perché questa farsa?"

Inclina la testa. "Che cosa intendi?"

"Perché non hai specificato che ci siamo incontrati, quando mi hai mandato l'email? Hai almeno degli affari da discutere, o è uno scherzo?"

"Oh, ho bisogno delle tue abilità uniche, te l'assicuro" afferma.

O la sua faccia da poker è la migliore che io abbia mai visto, o sta dicendo la verità.

"Di qualunque cosa si tratti, è meglio che sia legata alla magia."

I suoi occhi brillano. "Lo è."

Mmm, ok. "Ti costerà... molto."

"Te l'ho detto, i soldi non sono un problema."

Inspiro a fondo ed espiro lentamente. Se non fosse per la mia terribile situazione finanziaria, lo congederei in tronco; tuttavia, per come stanno le cose, ho bisogno di verificare se lui potrebbe effettivamente essere una soluzione per evitare lo sfratto. "D'accordo. Se dobbiamo lavorare insieme, come devo chiamarti? Anatolio? Sua Maestà? Stron..."

"Puoi chiamarmi come vuoi... tranne Nate."

Sorrido, mio malgrado. "Che ne dici di Tony? Come la tigre, hai presente?"

"Se questo significa che lavorerai con me, fa' pure, anche se preferisco semplicemente Tigger." Si sporge in avanti. "È così che mi chiamano le persone vicine a me."

Oh, sì. Voglio essergli vicina. In effetti, voglio gettarmi su di lui, a capofitto.

No, prima la vagina.

Ingoio la bava. "Tigger andrà bene. Ora, cos'è che vuoi?"

Guarda bramosamente la mia tazza.

Tiro un sospiro. "Preferisci prendere un caffè, prima?"

Annuisce.

"Allora, vai" gli dico in tono imperioso, prima di rendermi conto che potrei sembrare sua madre.

"Tu ne vuoi un altro?" mi chiede.

Quando scuoto la testa, si allontana.

Prendo il cellulare e digito "Anatolio Cezaroff" su Google.

Wow! Mia sorella non stava scherzando.

Oltre ad essere un principe, è famoso per le sue bravate. Ci sono accenni a corse (con moto, auto e motoscafi), funambolismo, arrampicate su roccia (con e senza attrezzatura), surf estremo e snowboard.

Forse, è davvero l'uomo di quelle pubblicità. Forse, "una volta ha vinto il Tour-de-France, ma è stato squalificato per aver guidato un monociclo."

Sta tornando con una tazza, perciò nascondo rapidamente il telefono.

Flette con grazia il corpo muscoloso per sedersi e, quando beve un sorso, gli guardo voracemente le labbra. "Che tu ci creda o no, mi sono imbattuto in te online, prima che ci incontrassimo" afferma. "Stavo cercando 'come trattenere il respiro a lungo' e ho visto il tuo video su YouTube. Non ti stavo stalkerando su internet, nello specifico."

Scelgo di *non* crederci, ma lo lascio continuare.

"Non so se tua sorella te ne abbia parlato, ma mi piace fare delle escursioni divertenti, di tanto in tanto, e la prossima è un'immersione libera nel Dyrka" afferma. "Ne hai sentito parlare?"

Scuoto la testa.

Escursioni divertenti? È *proprio* come in quelle pubblicità: *"Ha giocato alla roulette russa con una magnum completamente carica, e ha vinto."*

"Il Dyrka è un famoso lago sotterraneo nella mia patria" spiega. "Lì, l'attrezzatura subacquea è proibita. Ti dice niente tutto questo?"

Scuoto di nuovo la testa. "So solo due cose sulla Ruskovia: la mia maga preferita vive lì, e uno dei loro principi è un pallone gonfiato."

Il suo sorrisino ritorna. "Hai conosciuto mio fratello Kaz?"

"No. Perché? È ancora più un pallone gonfiato di te?"

Lui sorseggia il proprio caffè, mentre io cerco di essere discreta nel fissargli le labbra. "Kaz è l'abbreviazione di Kazimir" spiega, "che significa 'grande e potente distruttore della pace'. Ora, aggiungici il fatto che possiede la più grande catena di alberghi al mondo e che è un principe."

"Che cosa significa il nome Anatolio?" gli chiedo col tono più sarcastico che posso. "Scommetto che vuol dire: 'Le rose si fermano ad annusare *lui*'."

"No" risponde (e, se si accorge che ho appena citato una pubblicità della Dos Equis, non lo dà a vedere). "Il mio nome significa 'colui che viene dall'Oriente'."

"È così che hai preso il soprannome Tigger? Ci sono molte tigri, in Oriente."

"Che ne dici di tornare agli affari in questione?" propone. "Nel caso non fosse ovvio, voglio fare un'immersione libera nel Dyrka."

"Immersione libera. Nel senso di 'immersione senza attrezzatura per la respirazione'."

"Esattamente" conferma. "Dunque, puoi capire perché mi sono rivolto a te."

No. "Sì" mento. Non ho la minima idea di come dovrei aiutarlo con una cosa del genere.

Poi, mi viene in mente.

Il mio video. Lui mi ha vista trattenere il respiro per venti minuti e pensa che possa insegnarglielo per la sua immersione libera.

"Voglio trattenere il respiro per dieci minuti" annuncia, confermando il mio sospetto. "Voglio che tu mi faccia da allenatrice di respirazione."

Bevo un enorme sorso del mio caffellatte, per darmi il tempo di raccogliere le idee.

C'è un problema.

Grosso.

Non ho idea di come trattenere veramente il respiro, almeno non per più di novanta secondi. Quel video non era reale. Cioè, ero in acqua e tutto il resto, ma stavo semplicemente creando l'illusione di non respirare per venti minuti. Non ero abbastanza tosta da provarci per davvero, come David Blaine sostiene di aver fatto.

La mia metodologia era simile al modo in cui il

Mago Mascherato lo faceva nel suo show televisivo: un tubo di respirazione nascosto nell'acqua, una bombola di ossigeno nascosta e molta recitazione. Ciò che rendeva la mia versione migliore era il fatto che non richiedeva che indossassi una maschera raccapricciante e, inoltre, che usavo il mio corpo in costume da bagno come depistaggio, invece di oggettivare un assistente.

Era una trovata per impressionare la rivista di Waldo, niente di più. Ho avuto l'idea guardando *Now You See Me*, in particolare la scena in cui Isla Fisher viene "mangiata dai piranha."

Non volevo nemmeno pensare di eseguire quel numero per davvero, per via di quanto sia pericoloso. È facendo quel numero, che è morta la moglie del personaggio di Hugh Jackman in *The Prestige*. Ok, quella è finzione, ma molti maghi veri sono deceduti eseguendo fughe dall'acqua. E io non voglio ancora morire.

È troppo triste annegare da vergine!

"Allora" dice Tigger. "Lo farai?"

Inghiotto udibilmente la mia bevanda, mentre la maga che è in me si risveglia.

Chissenefrega se hai finto? Lasciagli credere che l'hai fatto per davvero. Così, lo ingannerai due volte. Hai bisogno di soldi per l'affitto e potrai vantarti di avere un principe come cliente.

Lui mi rivolge un sorriso di quelli capaci di incenerire le mutandine. "Di' solo sì."

"Sì" ripeto a pappagallo, anche se non sono sicura di

cosa sto accettando: allenarlo o diventare la signora Tigger. No, *principessa Tigressa.*

"Fantastico!" esclama lui. "Che ne dici di tenere la nostra prima lezione al Chelsea Piers Fitness? Ti farò avere l'accesso."

"Perché?" gli chiedo.

Aggrotta la fronte. "Hanno una piscina."

Rabbrividisco. "Una piscina pubblica? Perché non ci risparmiamo tempo e immergiamo direttamente la testa nel water più vicino?"

Il suo cipiglio diventa più profondo. "Hai un problema con le piscine?"

"Non con le piscine. Il mio problema è con criptosporidiosi, giardiasi, norovirus, shighellosi, legionella, E..."

"Ho afferrato il concetto" dice. Devo dargli merito del fatto che sembra assolutamente serio, mentre di solito le persone hanno un'aria beffarda, dopo che ho (ragionevolmente) spiegato loro questi pericoli. "E se la piscina fosse privata?"

Faccio spallucce. "A condizione che abbia acqua fresca e un'adeguata clorazione, penso che sarei a mio agio a lasciarci entrare *te*."

Il suo sorrisino riappare. "Quindi, sei preoccupata per il *mio* benessere?"

"Non montarti la testa. Devo tenerti in vita, finché non mi paghi."

"Ah già. Certo. E sembra che tu non entrerai in acqua con me?"

È possibile desiderare e temere lo stesso identico

scenario? Una parte di me immagina di fare il bagno nuda con lui (e quella parte è a pochi secondi dal toccarsi sotto il tavolo). Un'altra parte molto più sana di mente, però, immagina di prendere ogni batterio e virus delle piscine conosciuto dalla scienza (e rabbrividisce).

"Non esiste proprio" dichiaro. "Dovresti riempire una piscina con acqua sterile, perché io prenda in considerazione di entrarci. Non appena qualcuno (per quanto il suo sangue sia nobile) entra nella stessa acqua, questa non è più sterile."

Annuisce. "Ne parlerò con mio fratello."

Aggrotto le sopracciglia. "Che cosa c'entra tuo fratello con tutto questo?"

"Alloggio nell'hotel di Kaz. C'è un attico con una piccola piscina, accanto al mio. Sono sicuro che lui mi permetterà di trasferirmi lì e ci cambierà l'acqua secondo necessità."

Un attico in un hotel? Ma certo, è un fottuto principe!

Le mie prospettive finanziarie sembrano migliorare sempre di più.

"Che ne dici?" mi chiede, con gli occhi nocciola che brillano. "Lo facciamo?"

Capitolo Sette

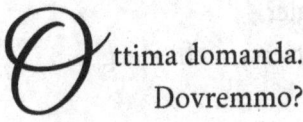ttima domanda.

Dovremmo?

Dovrei?

Per prima cosa, ho un disperato bisogno di soldi. Inoltre, addestrarlo sembra piuttosto eccitante. Sarebbe come domare una tigre, quindi praticamente sarei come Siegfried & Roy. Beh, non *esattamente* come loro, mi auguro. Le cose non sono andate a finire troppo bene per Roy.

Sfortunatamente, c'è anche quella parte di me che non ha idea di cosa diavolo stia facendo. E se lo allenassi male e lui finisse per annegare?

"Ho capito" dice. "Non puoi prenderti l'impegno, senza parlare del compenso."

Per concedermi ancora un po' di tempo per riflettere, bevo un bel sorso del mio caffellatte.

"Che ne pensi di questo?" Tira fuori un biglietto da visita e ci scrive sopra qualcosa.

Quando vedo l'importo, sputo la bevanda (non una delle migliori tecniche di negoziazione).

Con un sorrisino, lui si asciuga le gocce di caffellatte che sono riuscita a schizzargli sulla guancia. "Ho capito. Era una cifra offensiva. Che te ne pare, se la raddoppio?"

Grazie al cielo, non ho più caffellatte con cui strozzarmi. Soldi a parte, non riesco a credere a quanto sia tranquillo, con quelle gocce sulla faccia. Se i ruoli fossero stati invertiti, io ora sarei probabilmente colpevole di omicidio. O è omicidio volontario, quando si tratta di un crimine passionale?

"Era in dollari americani?" riesco a chiedergli.

Annuisce.

Resisto all'impulso di farmi aria con le mani.

"Ok" afferma. "Lo triplico."

Sgrano gli occhi.

"D'accordo, lo quadruplico, ma questa è la mia offerta finale" dice, completamente impassibile.

E va bene, allora. Il mio precedente dilemma morale sembra distante come una coppia divorziata, dopo un'aspra battaglia per la custodia. La maggior parte della gente prenderebbe a pugni la propria nonna per questa cifra, farebbe sesso anale col proprio nemico e, forse, leccherebbe persino i corrimano della metropolitana di New York.

Aggrotta la fronte. "Dico sul serio. Il quadruplo è il massimo a cui posso arrivare, ma visto che stai giocando duro, che ne dici di un bonus al termine dell'addestramento? Completamente a mia discrezione, naturalmente."

"D'accordo" dico, con una sicurezza che non provo. "Lo farò."

"Fantastico." Ecco un'altra espressione (sogghigno) da felino che mangia un canarino. "Qualche addestramento che puoi impartirmi qui e ora?"

Merda! Dovrò davvero inventarmi una sorta di curriculum per lui.

Ma cosa?

Me ne occuperò più tardi. Per ora, decido di bluffare, insegnandogli la respirazione calmante che pratico durante gli esercizi di desensibilizzazione: un'abilità piuttosto utile.

Mi lancio nella descrizione, spiegandogli come dovrebbe inspirare con il naso e lasciare che l'aria gli vada nella pancia, anziché nel petto. A metà, lui alza la mano, come un allievo diligente.

Paradossalmente, il mio stesso respiro accelera. "Sì?"

"Scusa l'interruzione" dice (e sembra serio). "So già tutto quello che c'è da sapere sulla respirazione diaframmatica."

"Davvero?"

È strano immaginarlo usare un esercizio per combattere lo stress e l'ansia. Non sembra il tipo che si lascia turbare da molte cose.

"Sì" conferma. "L'ho imparata come parte dell'addestramento per le immersioni subacquee."

Oh. Non sapevo che potesse essere d'aiuto nelle

immersioni. Ma ehi, almeno, sembra casualmente che io sappia di cosa sto parlando. Evviva!

Questa potrebbe essere la mia più grande illusione fino ad oggi.

"C'è qualcos'altro che puoi insegnarmi in questo momento?" mi chiede.

Merda! Ho esaurito i trucchi. Immagino che dovrò fingere, prima di riuscire.

"Prima di tutto, fammi vedere la tua respirazione di pancia" dico, con tutta l'aria di chi sa di cosa sta parlando.

"Certo." Si appoggia allo schienale della sedia, chiude gli occhi e comincia a respirare lentamente e deliberatamente.

Mi faccio aria con le mani e resisto a vari impulsi inquietanti, come quello di avvicinarmi al suo collo e annusarlo.

Un'espressione deliziosamente serena si posa sul volto di Tigger, un'espressione di cui Buddha sarebbe orgoglioso... a meno che Buddha non ne fosse eccitato, come me.

Mmm.

Quando io ho imparato da sola questa tecnica, un consiglio importante era quello di appoggiarmi una mano sul petto e una sulla pancia, per poi assicurarmi che solo quella sulla pancia si muovesse.

Suppongo che, se avessi imparato con un'insegnante, l'avrebbe fatto lei con le *proprie* mani.

Eh già! Questa non è una voglia inquietante di toccarlo. Niente affatto.

"Ti metterò le mani addosso" sussurro. "D'accordo?"

La sua mascella si contrae e gli si mozza il respiro, mentre annuisce.

"Beccato!" gli dico severamente. "Hai appena respirato di petto. Mantieni il respiro di pancia, qualunque cosa accada."

Lo vedo sforzarsi di recuperare l'espressione serena ed è allora, che gli appoggio la mano sinistra sul petto e la destra sull'addome.

Porca vacca, che muscoli!

I suoi pettorali sono duri come la roccia sotto il mio palmo sinistro, mentre c'è una bella tartaruga sotto il destro.

Non mi vergogno di ammettere che questo momento sarà in primo piano nelle mie fantasie, stasera, quando giocherò con il Principe Reggente.

Merda!

Devo concentrarmi.

Lui sta respirando di nuovo attraverso il petto (ossia, superficialmente) e mi godo la consapevolezza che il mio tocco gli abbia fatto effetto.

"Dovrei sentire *questo* sollevarsi" dico, mentre fondamentalmente gli accarezzo gli addominali.

Si sforza di inspirare qualche boccata d'aria e la sua serenità di prima ritorna.

"Prova a contare fino a due durante l'inspirazione, poi fino a quattro durante l'espirazione."

Esegue in modo esperto.

Gli faccio provare un rapporto diverso (soprattutto, perché non voglio staccare le mani).

Esegue ogni diversa versione di conteggi come un campione (e molto meglio di me).

Lo lascio respirare ancora per qualche minuto. Poi, a malincuore, tolgo le mani. "Sei piuttosto bravo in questo."

Apre gli occhi e si siede più dritto. "Grazie."

"Tuttavia" proseguo, "Voglio che ti eserciti ogni giorno per quaranta minuti."

Non può nuocere, vero?

"Sarà fatto" dice. "Nient'altro?"

"No" rispondo. "Non voglio sommergerti, per il primo giorno."

E non ho idea di cos'altro insegnargli, ecco.

"Non voglio che tu ci vada piano con me" dice.

Lancio un'occhiata al suo inguine (e sgrano gli occhi, alla vista del rigonfiamento che vi scorgo). "Se lo dicessi io a te, ti sentiresti insultato."

I suoi occhi brillano. "Oh, non preoccuparti, *myodik*, non ci andremmo mai piano con te."

Era un plurale maiestatis, o un "noi" nel senso di "Tigger e la Sua Durezza Reale"? Anziché domandargli questo, opto per chiedergli: "Il miele è un sostantivo maschile in ruskoviano?"

"No. Stai pensando al russo." Fa una smorfia. "È una lingua barbara."

"Bene" commento. "Per un attimo, ho pensato stessi insinuando che ho un aspetto mascolino."

Fa scorrere lo sguardo lungo ogni curva del mio corpo e la sua voce diventa roca. "Mascolina è una cosa che non sei proprio."

Sto diventando arrapata a livelli suicidi (sul punto di saltargli addosso proprio qui e ora, al diavolo i germi!).

La lussuria può vincere su tutto?

No. Anche se potesse (ed è un "se" grande quanto Sua Durezza Reale), non dovrei agire di conseguenza, e non solo perché siamo in un luogo pubblico. Sto per fare un po' di grana (di cui ho molto bisogno) e introdurre il sesso in questa equazione potrebbe rovinare tutto.

"Ehi." Stabilisce un contatto visivo magnetico con me, che fa vacillare ulteriormente la mia risolutezza. "Non volevo metterti a disagio."

Scuoto la testa, nella speranza di sgomberarla dagli stupidi ormoni. "Non preoccuparti. Non l'hai fatto."

Le sue labbra s'incurvano in quel sorrisino malizioso. "Bene. Dunque, ho pensato molto a come mi hai rubato la cintura e credo di averlo capito."

Sollevo un sopracciglio. "Illuminami."

"Depistaggio" annuncia con tono compiaciuto.

Lo schernisco. "Questa sarebbe la tua risposta geniale? È come dire 'l'hai fatto essendo furtiva'."

"Già. Anche quello. Furtiva. Esattamente."

"Questa non è una spiegazione."

"Allora, qual è la spiegazione?" mi chiede davvero in fretta.

Sorrido maliziosamente. "Bel tentativo."

Si sistema la cintura. "Scommetto che non riusciresti a farlo di nuovo."

"Un altro bel tentativo. Eseguire un trucco una volta è divertimento, due volte è educazione."

Detto questo, decido qui e ora che gli ruberò comunque la cintura, solo in un momento più opportuno per me.

"È conveniente" commenta.

Mi stringo nelle spalle.

"Scommetto che non riesci a ingannarmi di nuovo... con un altro trucco, cioè."

Resisto all'impulso di chiedergli di sposarmi. Una sfida come questa è ciò per cui vivo. "Che cosa accadrà, quando t'ingannerò?"

Si sporge in avanti. "Farò tutto quello che vuoi."

Se l'idea era quella di rendermi più difficile concentrarmi sulla magia (o sulla respirazione), missione compiuta. Mi sto immaginando che lui mi faccia ogni sorta di cose piacevolmente birichine, le più blande delle quali sono un massaggio ai piedi (può indossare i guanti); un video di lui che si masturba per il mio piacere visivo; io che lo uso come mio assistente sexy...

No. È un cliente.

Dev'essere un rapporto professionale.

"Che ne dici di indossare una camicia con su scritto 'Voglio essere una sirena'?" Mi sfrego le mani come una super-cattiva. "E jeans e mutande ricamate con immagini di sirene."

"Affare fatto" dichiara, lasciando vagare di nuovo lo sguardo su di me. "Tu che cosa farai per me, se indovino come funziona questo trucco?"

Cazzo! Ora, sto arrossendo come una verginella.

Beh, in senso stretto, *sono* una verginella.

Sta sogghignando di nuovo?

Grrr.

Se fossi davvero magica, userei il mio potere per far tornare le mie guance di un colore normale.

No. Come non detto. Se fossi davvero magica, farei sparire tutti i germi dall'esistenza e me la farei con Tigger proprio qui e ora.

Sarebbe consensuale, se usassi la magia per adescarlo?

"Il gatto ti ha mangiato la lingua?" mi chiede.

"No" rispondo. "Un altro felino. Grande. A strisce. Fa rima con Geiger."

"Stai insinuando che una tigre ti ha mangiato la lingua? O Tigger? Nel senso di me? Inoltre, che cos'è un Geiger?"

Lo guardo dall'alto in basso. "Un contatore Geiger misura le radiazioni. Leggi un libro, ogni tanto."

Lui fa tsk-tsks. "Non hai risposto. Che cosa ottengo, se smaschero il tuo trucco?"

"La stessa cosa che otterresti, se non ci riesci: intrattenimento gratuito. Prendere o lasciare."

"Bene" acconsente. "Ingannami."

Che cosa dovrei fare?

Ho alcuni oggetti con me. Tutti i maghi ne hanno. Ma voglio fare qualcosa di più grande, qualcosa che lo faccia davvero schizzare.

Mmm, suonava vagamente sessuale?

In ogni caso, invidio alcune mie coinquiline. Clarice

tirerebbe fuori subito un mazzo di carte, mentre Harry ha sempre con sé abbastanza corda per un trucco o una scena BDSM spontanea; io, invece, devo improvvisare.

Potrei far sparire una delle tazze? Scambiare il caffè con un'altra bevanda? Far sparire una moneta e farla riapparire in una bustina di zucchero?

Ma no! Non è abbastanza.

Una bustina di zucchero nei pantaloni?

No, è troppo simile al furto della cintura.

Poi, mi viene in mente.

Un classico.

Lasciando che il mio personaggio di scena si posi sui miei lineamenti, parlo con tutta la solennità che riesco a padroneggiare. "Vai nella caffetteria e prendi un cucchiaio. Uno di metallo, non di plastica."

Con aria incuriosita, lui obbedisce e poi ritorna con un cucchiaio in mano.

"Ecco." Me lo porge.

Bandendo le immagini di noi che ci accoccoliamo nell'omonima posizione, afferro la posata.

Sollevando il cucchiaio all'altezza dei miei occhi, ordino a Tigger di osservare.

Lui mi guarda fisso, come se cercasse di vedere la mia anima attraverso i miei occhi. O è così o, forse, sta impersonando un'altra pubblicità della Dos Equis, quella in cui *"una volta, ha vinto una gara di sguardi contro il suo stesso riflesso."*

Quando sento di aver costruito abbastanza tensione misteriosa, lascio che l'illusione si dispieghi... e lui vede il cucchiaio piegarsi.

"Wow" mormora, mentre uno sguardo di assoluto e totale stupore gli appare in volto, conferendogli un aspetto quasi fanciullesco.

Mi gonfio di orgoglio. Mi ci è voluto un po', per rendere quest'illusione esattamente come quella scena di *Matrix*.

"Come hai fatto?" mi chiede, fissando il cucchiaio ormai storto.

Gli porgo la posata, affinché possa esaminarla. "Significa che ho vinto?"

"Sì" ammette. "Hai vinto. Ora, svelamelo."

"È molto semplice." Mi sporgo più vicino. "Non c'è nessun cucchiaio."

Lui sospira. "D'accordo. Mi hai fregato due volte. Sento che i vestiti con le sirene non sono più sufficienti. Devi permettermi di offrirti il pranzo oggi."

"Mi vedo con mia sorella per pranzo" replico in automatico.

"Oh" esclama. "Certo."

È delusione quella sul suo viso?

Mi schiarisco la gola. "A proposito, tra poco devo andare."

"Capisco" dice e, stavolta, il suo volto è inespressivo. "Possiamo scambiarci i numeri, prima che tu vada?"

Raccolgo il biglietto da visita su cui aveva scritto la sua prima offerta. "Questo è il tuo numero di cellulare?"

Annuisce.

Inserisco le cifre e lo salvo tra i miei contatti come

"Sua Altezzosità Reale", poi gli mando un messaggio, per fargli avere il mio numero.

Il suo telefono suona.

Com'è mia abitudine in queste situazioni, presto molta attenzione alle sue mani. Essendo una maga, m'impongo di notare e memorizzare i codici pin di tutti quelli che conosco. In questo modo, se avrò l'occasione di rubare il loro telefono, in futuro, potrò esibire il mio "potere" di sbloccarlo "magicamente." Ciò mi permette anche di eseguire trucchi di mentalismo, come ad esempio "pensa a una persona con cui hai parlato di recente" e, poi, annunciare il nome della persona che ho visto nella cronologia delle chiamate recenti. Quest'ultimo trucco ha quasi fatto venire un aneurisma a Waldo, quando l'ho eseguito per lui, qualche settimana fa.

Tigger digita i numeri abbastanza velocemente, ma penso di averli individuati comunque.

Poi, fa scorrere il dito sullo schermo (rendendo invidioso il mio clitoride). "Ti ho inserita. Grazie. Ti farò sapere quando sarò disponibile per la prossima lezione."

"Fa' pure con comodo" dico (e intendo sul serio). Se lui procrastina, mi darà il tempo di elaborare un programma di lezioni di qualche sorta.

Si alza in piedi.

Lo imito.

Sembra sul punto di dire qualcosa.

Valuto se avvicinarmi (come per abbracciarlo) e

rubargli di nuovo la cintura, ma lui non me ne dà la possibilità. Con un inchino cortese, si gira e se ne va.

————

Mentre salgo in taxi, non posso fare a meno di chiedermi se non se ne sia andato un po' troppo bruscamente.

Se è così, perché? Era arrabbiato, perché non potevo andare a pranzo con lui?

Aspettate un attimo! Mi stava forse chiedendo un appuntamento?

No, non può essere. Lui è un principe sexy e io sono una squattrinata incasinata. Perché dovrebbe voler uscire con me?

Non che abbia importanza. Se, per miracolo, mi aveva effettivamente chiesto di uscire, è un bene che io (per quanto accidentalmente) abbia rifiutato.

Lui è un cliente e io ho bisogno di soldi.

Anche se non fosse un cliente, sto evitando le relazioni per concentrarmi sulla mia carriera. Carriera che (se tutto va bene) comporterà di viaggiare per i miei spettacoli, il che non favorisce una relazione. Né tantomeno la mia avversione per i germi... e lui è un puttaniere, che, probabilmente, ne è pieno.

Inoltre, è un principe. Questo significa che è (come direbbero i personaggi di *Downton Abbey* preferiti dalla mia gemella) al di sopra della mia portata. Potrebbe anche non essergli consentito frequentare una persona comune, se non per una breve avventura, a causa dei suoi doveri regali. E, probabilmente, è sotto i riflettori del pubblico, perseguitato dai paparazzi e tutto il resto.

Aspettate: in realtà, quest'ultima parte mi andrebbe bene. La pubblicità potrebbe essere utile per la mia carriera di maga.

Ma no. Uscire con qualcuno è una cattiva idea per me, in generale, e con Tigger sarebbe quasi certamente un disastro. A parte tutte le motivazioni che ho appena elencato, ho il vago sospetto che, se imboccassi questa strada, potrei prendere una delle malattie più spaventose che mi vengono in mente:

la sentimentite.

Il taxi si ferma e mi precipito al ristorante scelto da Blue.

Oh, diavolo, no!

Il cartello accanto alla porta mi fa gelare il sangue.

Tirando fuori il cellulare dalla borsa, scrivo un messaggio a mia sorella:

Dove sei? Non esiste che io mangi (né che entri) in questo ristorante.

Capitolo Otto

*S*ono quasi arrivata, mi risponde Blue. *Qual è il problema?*

Fisso di nuovo il cartello, combattendo la nausea, prima di scrivere furiosamente: *Mi prendi in giro? Se volessi uccidermi, mi farei un'overdose di sonniferi.*

Un taxi giallo accosta lungo il marciapiede e ne balza fuori mia sorella, con un'espressione esasperata in viso.

Dato che le mie sorelle sestine sono monozigote, sono identiche tra loro come lo siamo io e Holly; vale a dire: stesse facce, ma diverse acconciature, distribuzioni del grasso corporeo e cose simili. C'è anche una certa somiglianza tra me e la mia gemella e le sestine. Per la fortuna dei dadi genetici, ci assomigliamo più della maggior parte delle sorelle. Questo potrebbe spiegare perché anche Blue mi ricorda Cate Blanchett, solo nel ruolo in *Heaven*, dove sfoggia un taglio a spazzola.

"Che cosa c'è che non va in questo posto?" mi chiede Blue.

Indico il cartello. "Quello."

Lei sospira. "Sì. Quella è una 'B'."

Il Dipartimento della Salute di New York ispeziona i ristoranti e dà loro un voto da "A" a "C." "A" significa che il locale ha ricevuto da zero a tredici punti per violazioni sanitarie, mentre "B" indica da quattordici a ventisette violazioni. In termini concreti, una "B" si traduce in topi che si strozzano con gli scarafaggi e in scimmie dello zoo che lanciano feci ai clienti. Un voto "C" significa ventotto violazioni o più, quindi m'immagino l'interno di quei ristoranti come un paesaggio post-apocalittico, con ratti mutati e appestati che mangiano il personale, i clienti che si cannibalizzano a vicenda e il cibo che torna in vita come uno zombie.

Stringo gli occhi su di lei. "Come ti sentiresti *tu*, se ti trascinassi da Chick-fil-a?"

Rabbrividisce.

"E da KFC?"

Impallidisce.

"Popeyes. Church's Chicken. Zax..."

"Basta!" esclama. "Troviamo un ristorante valutato con 'A'."

Eh già! La paura di Blue per gli uccelli si estende alla varietà fritta.

Tiro fuori il cellulare. "Dammi un momento."

Non mi fido nemmeno dei posti classificati "A" e, per questo, avevo pregato Blue di scrivermi un'app che analizzasse i dati delle ispezioni, che la città di New York fornisce gratuitamente a tutti. Do all'app la mia posizione e quella mi propone un ristorante vicino con un punteggio zero.

Ahah! Un posto chiamato Pianeta delle Crêpes.

Promettente.

Controllo per assicurarmi che non servano cibo a base di uccelli e scopro che non lo fanno. Preparano persino le crêpes senza uova.

"Che ne pensi?" Mostro il menù a mia sorella.

Sospira teatralmente. "Andiamo."

Dopo una rapida corsa in taxi, entriamo nel Pianeta delle Crêpes e mi guardo intorno con approvazione. Le crêpes vengono preparate davanti a tutti e, inoltre, il tipo che le cuoce lava la crepiera ogni volta e indossa dei guanti nuovi.

Questo potrebbe essere il pranzo più sicuro che io abbia fatto fuori da un bel po'.

Blue ordina per prima, scegliendo una crêpe salata con dentro di tutto.

Rabbrividisco interiormente. Ogni volta che guardo il telegiornale, tengo le orecchie ben aperte per individuare i cibi che procurano malattie di origine alimentare, in modo da poterli eliminare dalla mia dieta. E almeno un paio degli ingredienti nel ripieno della crêpe di Blue sono su quella lista delle cose da non mangiare mai. Non glielo dico, però, perché me lo ha esplicitamente proibito.

Cosa che capisco. Era già abbastanza grave aver rivelato alle mie sorelle che Babbo Natale non esiste (i prestigiatori sono scettici per natura, perciò ho scoperto molto presto questa allegra teoria cospiratoria). Ho anche rovinato loro la fatina dei denti. A proposito, che razza di mente contorta ha inventato quella storia? Una creatura volante soprannaturale interessata ai denti? Scusate, ai denti dei *bambini*, perché così è molto meglio. Che li tenga in una pila da incubo da qualche parte, o se li mangi? E se è la seconda, quanto devono essere duri i denti della fatina dei denti?

Comunque, temo che, se rovinassi il prosciutto e altri cibi di conforto per le mie sorelle, potrebbero finire per linciarmi (come hanno quasi fatto, dopo la rivelazione su Babbo Natale).

Quando è il mio turno di ordinare, prendo la crêpe dolce con ripieni che escono direttamente da un barattolo, come Nutella e miele.

"Desidera lo zucchero alla vaniglia?" mi chiede il tizio.

Per poco non grido: "Diamine, no!" prima di riuscire a pronunciare un più moderato: "No, grazie."

C'è un tipo di aroma di vaniglia che proviene dalle escrezioni anali dei castori. È il motivo per cui sono molto scrupolosa, quando si tratta di ricercare prodotti al gusto di vaniglia, prima di portarmeli vicino alla bocca (e anche il motivo per cui non bevo mai Schnapps svedese).

Quando il nostro cibo è pronto, Blue insiste per pagare per entrambe. Ci accomodiamo a un tavolo in un angolo, portando le nostre crêpes.

Taglio la mia e osservo mia sorella con aspettativa.

"Cosa?" mi chiede lei, sembrando sulla difensiva.

"Lo sai." M'infilo in bocca il boccone di crêpe e mi trattengo dal gemere, quando il sapore intenso e dolce esplode sulle mie papille.

"Sapere cosa?"

Metto giù la forchetta. "Hai pagato." Piego un dito. "Hai voluto condividere un pasto, anziché fare la solita videochiamata." Piego un secondo dito. "O stai per condividere un grosso segreto, o hai bisogno di un favore."

"D'accordo." Infilza la propria crêpe con una forchetta. "Ho bisogno del tuo aiuto."

Non posso evitare un sorriso diabolico. "Per cosa?"

Taglia la crêpe a metà. "Voglio imparare a giocare a poker... e a barare."

Wow. Non è esattamente come chiedermi di insegnarle a scassinare serrature o piegare cucchiai, ma quasi.

"È una grossa richiesta" affermo. "Sai come la penso sulla violazione del codice dei maghi."

Lei sospira. "Immaginavo che l'avresti detto."

"Esigo di sapere il perché."

Sospira in modo ancora più teatrale. "Immaginavo che avresti detto anche questo." Tira fuori il proprio cellulare di lusso, apre un'immagine e me la mostra.

Fischio, mentre fisso lo schermo.

La foto sembra l'allestimento per un film porno di qualche sorta. Un tipo di porno raro, pensato esclusivamente per le donne.

Un gruppo di uomini molto attraenti siede intorno a un tavolo in una specie di sauna, indossando solo asciugamani e (nel caso di uno di loro) occhiali da sole. Il sudore imperla i loro volti cesellati e i loro muscoli sodi si flettono, chiaramente tesi per la concentrazione.

Il livello di testosterone in quella stanza ucciderebbe un cavallo.

Forse, la parte più strana del quadretto è che hanno in mano delle carte da gioco. Questo, combinato con le fiches sul tavolo e il desiderio di mia sorella di imparare il poker, mi suggerisce che quello sia il gioco a cui stanno giocando.

Mi chiedo che cosa penserebbe Clarice di quest'immagine. La vista di così tanti begli uomini con in mano delle carte da gioco potrebbe essere una via d'uscita dalla sua cart-sessualità?

Forse. O potrebbe funzionare al contrario. Se una donna fissasse quest'immagine abbastanza a lungo, potrebbe venirle voglia di comprare un mazzo di carte. Può anche darsi che stia già succedendo a me. Perché, altrimenti, desidero così disperatamente vedere Tigger nudo e con le carte in mano in quella stanza?

Mia sorella tira indietro il telefono.

Alzo lo sguardo. "Ho sentito parlare di Hot yoga, ma mai di Bikram poker."

Lei sorride. "È ironico che tu lo dica. Quello è conosciuto come l'Hot Poker Club."

Ridacchio. "I ragazzi *sono* sexy. Mi farei scopare da uno qualsiasi di loro." Questa è ovviamente una bugia, ma ho mantenuto la finzione fin da quando, al liceo, mi sono fatta passare per una dea del sesso con le mie sorelle. "Infatti, quest'immagine potrebbe essere più sexy di così, soltanto se i loro *assi* non fossero nascosti da quegli asciugamani fortunati."

Lei si acciglia. "Uno di quegli 'assi' è off limits."

"Capito" affermo. "La prima regola dell'Hot Poker Club è 'tieni le tue sporche manacce lontano dal toyboy di tua sorella'."

Questo è anche una specie di motto di famiglia tra noi otto.

Il suo cipiglio scompare. "E la seconda regola è..." All'unisono, diciamo: "Tieni le tue sporche manacce lontano dal toyboy di tua sorella."

Le sorrido. "Quale?"

Indica il ragazzo con gli occhiali da sole.

"Niente male" commento, scrutando il bel manzo. Mi ricorda vagamente Ryan Reynolds, ma con alcuni tratti slavi. "Allora, qual è il piano? Impari a barare e poi lo batti in una bollentissima partita di strip poker?"

Lei rotea gli occhi. "Mi aiuterai?"

Mi mordo il labbro. "Posso, ma non nel modo in cui pensi tu."

Il cipiglio ritorna. "Spiegati."

Agito le mani per mostrare i miei guanti. "La manipolazione delle carte è difficile, quando s'indossa sempre questi. Per peggiorare le cose, la gente vuole sempre toccare le carte del mago, quindi (e mi vergogno ad ammetterlo) non sono così brava in quel ramo della magia."

"Cosa?" Mi guarda come se l'asso di picche mi fosse

appena apparso sulla fronte. "E quei milioni di trucchi con le carte che mi hai fatto vedere?"

Faccio spallucce. "Un famoso mago, una volta, ha detto: 'I trucchi con le carte sono la poesia della magia'. Ovviamente, ne conosco alcuni. Li conosciamo tutti; però, non sono un'esperta e, soprattutto, non quando si tratta di barare a carte."

Stringe gli occhi. "Avevi lasciato intendere che mi avresti aiutata."

"E lo farò." È il mio turno di tirare fuori il cellulare. "Conosco una persona che potrebbe essere una delle più brave al mondo in quello che ti serve." Avvio un video di Clarice, che fa una delle sue dimostrazioni di imbroglio a poker. "Vedi?"

Mentre mia sorella osserva, il suo sguardo diventa calcolatore.

"Mettimi in contatto con lei" afferma, quando il video è finito.

"Ho bisogno di un favore, in cambio" le dico.

Lei mi schernisce. "Un favore solo per mettermi in contatto con qualcuno?"

"Un agente immobiliare non merita forse la propria parcella, per aver messo in contatto un compratore e un venditore? Un agente di viaggio non merita forse..."

"Sai che potrei trovarla da sola, se volessi, vero? L'ho vista in faccia e so che fa parte della tua cerchia ristretta."

È vero. Mia sorella lavora per l'agenzia governativa che ama ascoltare le conversazioni dei cellulari di tutti (o, come dice lei, L'Agenzia che Non C'è); perciò, può localizzare una persona con ancora meno dati a disposizione e, poi, ascoltare probabilmente tutte le sue telefonate.

"Fidati di me" dico con tutta la sicurezza che riesco a manifestare. "Avrai bisogno che ci metta una buona parola con lei."

In verità, però, si sarebbe accaparrata Clarice, non appena avesse pronunciato la parola 'poker'.

"D'accordo." Blue s'infila in bocca un pezzo di crêpe. "Che cosa vuoi?"

Le rivolgo il mio sorriso più subdolo. "Voglio che tu mi scriva un'altra app."

Un'altra smorfia. "Non posso credere che ti serva il mio aiuto per questo. Hai il quoziente intellettivo più alto della famiglia. Perché non impari semplicemente a codificare?"

Eh già, questo è un altro trucchetto con cui le ho ingannate. Gli scienziati hanno studiato le mie sorelle sestine fin da quando sono nate, cercando somiglianze e differenze in tutti i tipi di parametri, e io e la mia gemella siamo state occasionalmente incluse in quella ricerca, che ha comportato test del quoziente intellettivo e cose simili. Così, ho imbrogliato in uno di quei test. Beh, non esattamente imbrogliato: ho solo studiato per il test, mentre le mie sorelle non l'hanno fatto. Così, ho ottenuto un punteggio molto più alto di quello che avrei ottenuto altrimenti. Anche se tutti pensano che questi test misurino solo l'attitudine, questo non è vero.

"Forse non ti servirà nemmeno la codifica per

questo" affermo con tono conciliante. "Voglio incasinare il correttore automatico della gente."

Il suo ghigno ci fa assomigliare ancora di più l'una all'altra. "Con 'gente', intendi creature con il cognome Hyman."

"Proprio così. E le mie coinquiline."

Si gratta il mento.

"Non puoi hackerare i loro cellulari e creare dei comandi rapidi?" le chiedo. "Trasformare *pane* in *pene*, *anno* in *ano* e così via?"

"D'accordo" dice. "Affare fatto. Ma solo perché questo particolare progetto potrebbe piacermi."

"Fantastico. Spero che ciò significhi che mi aiuterai con un'altra cosina."

Solleva un sopracciglio. "Due favori, ora?"

"Questo è banale, per una con le tue risorse" affermo. "Voglio scoprire tutto quello che c'è da sapere su un ragazzo."

Inarca le sopracciglia. "Un ragazzo?"

"Sì, ma niente domande su di lui." Tigger è di mia proprietà e non sono ancora pronta a condividerlo con nessuno, né verbalmente né in altro modo.

"D'accordo. Mandami il suo nome per messaggio e vedrò che cosa riesco a trovare sulla via del ritorno." Dà un morso gigante alla propria crêpe e io seguo il suo esempio.

"Dunque" dico, dopo aver inghiottito. "Ci sono donne nell'Hot Poker Club?"

Lei fa spallucce. "Non che io sappia."

"Non sono ammesse? O sono rare?"

Questo è un argomento un po' delicato per me. La magia è un campo dominato dagli uomini, perciò mi sono sentita sola e sgradita, finché non ho incontrato le mie meravigliose coinquiline.

O Blue è molto pensierosa, o sta masticando attentamente il proprio cibo. "Penso che il poker piaccia di più ai ragazzi."

"È un peccato. Una donna in quel bagno turco è esattamente quello per cui stava combattendo il movimento delle suffragette. È ora di abbattere le barriere della discriminazione."

Solleva la forchetta come fosse uno shottino. "Udite, udite. Mi offro volentieri come tributo."

Sarebbe più consueto usare come tributo una vergine (tipo me), ma non lo dico. Al contrario, devio la conversazione verso i pettegolezzi sul resto della nostra famiglia.

Alla fine, arriviamo all'argomento della presenza in città degli Ottogenitori e della loro richiesta di un incontro.

"Io porterei un ragazzo, se fossi in te" mi dice Blue con saggezza. "Anche se fosse il tuo amico gay. Renderà le cose molto più facili. È quello che spero di fare io."

Ha ragione. La mia gemella ha portato il suo nuovo ragazzo al suo (in realtà, mio) pranzo e sostiene che questo sia stato di grande aiuto, anche se, nel processo, ha finito per danneggiare *me*.

Chi potrei portare?

Waldo?

Ci crederebbero una coppia?

So chi *vorrei* portare... all'incontro con i genitori e ovunque (persino a un appuntamento dal ginecologo).

Tigger.

Mmm. È troppo tardi per aggiungere un favore come tariffa extra per i miei servizi di tutoraggio?

Ma no! Portarlo è una cattiva idea. Ottomamma non è più una giovincella, perciò l'esposizione a una tale concentrazione di figaggine maschile potrebbe far cedere il suo povero cuore.

Blue annuisce consapevolmente. "Stai pensando al tizio su cui mi hai chiesto di investigare?"

"Eh già."

Finisce il proprio cibo, si pulisce le mani e tira fuori il portatile dalla borsa a tracolla. "Come si chiama? Faccio subito una rapida ricerca per te."

"Anatolio Cezaroff" rispondo.

Lei lo digita e le sue sopracciglia si aggrottano.

Oh, merda! Spero davvero che non stia per dirmi che, hackerandolo, ha scoperto che ha una malattia venerea.

O peggio: una moglie.

Capitolo Nove

*B*lue alza lo sguardo dallo schermo, con gli occhi spalancati. "È un principe."

Fiù! È questo che l'ha turbata?

"Beh, sì."

"Un autentico principe?" Si passa la mano sui capelli a spazzola.

"No. Non è autentico. In realtà, è una versione non violenta di Terminator, mandata indietro nel tempo per introdurre di nascosto pillole anticoncezionali schiacciate nel cibo di Sarah Connor."

Con uno sbuffo, lei guarda di nuovo lo schermo e comincia a digitare. Dopo qualche minuto, alza lo sguardo. "L'hai cercato su Google?"

"Un po'."

Indica lo schermo. "Non sono sicura che dovrei riferirti qualcosa di più di questo, soprattutto perché ci sono così tante informazioni pubbliche disponibili. I suoi dati più privati sembrano protetti dal suo governo e non vorrei creare un incidente internazionale, ficcando il naso. Certo, se la Ruskovia nascondesse un gruppo terroristico, *allora* sì che ne potremmo parlare."

"Certo. Ottimo piano. Speriamo che i terroristi s'infiltrino nel suo paese, così potrai stalkerarlo."

Chiude il portatile e lo rimette nella borsa. "Sei tu quella che vuole stalkerarlo."

Taglio la mia crêpe un po' troppo violentemente. "Almeno, non tengo una foto di lui nudo nel mio cellulare."

Lei pugnala ciò che resta del proprio cibo ancor più violentemente, ma resta in silenzio.

"Possiamo cambiare argomento?" chiedo.

Accetta volentieri e torniamo a spettegolare sulla famiglia. In otto sorelle, ne abbiamo fatto praticamente una forma d'arte.

Quando il pranzo è finito, prendo un taxi per tornare a casa e, sulla via del ritorno, cerco Tigger su Google.

Per lo più, gli articoli allungano l'elenco sempre crescente delle sue avventure, di cui trovo che la scalata del Monte Everest sia la più impressionante. Non ho mai scalato una montagna in vita mia, ma è sulla mia lista delle cose da fare (insieme alla scalata della Durezza Reale di Tigger).

Alcuni dei link rimandano a video di lui che fa le sue prodezze, quindi li guardo avidamente.

Interessante. Il più delle volte, sul suo viso, c'è un'espressione di stupore; la stessa che ho visto durante il mio trucco del piegare il cucchiaio.

Leggo altri articoli, fino a quando m'imbatto in uno che mi provoca una dolorosa stretta al cuore nel petto.

Tigger è rimasto ferito mentre faceva base jumping, non molto tempo fa. In realtà, è stato in coma e ci sono volute settimane perché ne uscisse.

Preoccupazione e senso di colpa mi attorcigliano lo stomaco.

Quel poveretto ha rischiato di morire e, ora, io farò parte di un'altra delle sue bravate... fornendogli un falso addestramento.

Se annegasse, non me lo perdonerei mai.

Ripensandoci, chi dice che il mio addestramento debba essere falso? Potrei imparare tutto quello che c'è da sapere sul trattenere il respiro e allenarlo al meglio. Inoltre, potrei sempre dire che la mia opinione professionale è che non dovrebbe immergersi in apnea.

Sì, questo è quanto.

Il senso di colpa è diminuito, ora, e facile da reprimere. In generale, questa sensazione è un evento comune per me, almeno di un tipo specifico che, nel mio settore, chiamiamo "senso di colpa del mago." È quello che proviamo, quando diciamo cose come: "Ti farò scegliere una carta da questo mazzo completamente *ordinario*" (ma il mazzo in questione consiste segretamente di soli assi).

Placato il senso di colpa, riprendo il mio stalking e m'imbatto in alcune immagini sgradite, tra cui una foto in cui Tigger è con una specie di modella su un tappeto rosso e una in cui bacia la mano di una famosa atleta.

D'altra parte, che cosa mi aspettavo?

Dopotutto, è un puttaniere.

Masochisticamente, cerco altre immagini di questo tipo, finché noto qualcosa di interessante.

La rivista di Waldo ha pubblicato parecchie storie sulla famiglia reale ruskoviana.

Prima che io abbia la possibilità di telefonare a Waldo e chiedergli spiegazioni, il taxi si ferma. Pago, mi precipito nell'appartamento e avverto Clarice che mia sorella potrebbe contattarla.

"Grazie per aver pensato a me" dice. "Mi piacerebbe avere un ingaggio."

Le faccio l'occhiolino. "Spero che tu mi sia ancora grata, dopo aver interagito con Blue. Sa essere una peste."

Clarice si toglie il cappello da pirata. "Come te?"

Non degnandola di una risposta, mi dirigo verso la mia stanza, decapito Manny e gli infilo il cellulare nel collo.

È ora di videochiamare Waldo.

Mentre la telefonata suona, mi preparo a lasciare un video-messaggio in segreteria, del tipo: "Mmm... Dov'è Waldo?" ma non ne ho la possibilità, perché lui risponde.

"Ehi, come va?"

"Ehi." Strizzo gli occhi, cercando di dare un senso al suo sfondo mutevole. "Dov'è Waldo oggi?"

Alza gli occhi al cielo. "Ah ah. Quello dietro di me è Central Park." Gira il telefono, in modo che io possa constatare la verità della sua affermazione. "Stavo pranzando con un collega di lavoro e sto per andare a intervistare un famoso albergatore."

"Ricevuto. Ho una domanda di lavoro per te, se hai un secondo."

"Ho un paio di minuti. Spara."

"Quanto ne sai della famiglia reale ruskoviana?"

"Ah" commenta. "Pare che anche tu abbia capito chi fosse quello stronzo maleducato dell'altro giorno."

"Anatolio Cezaroff."

"Esatto" conferma. "Ho chiesto di lui ad alcuni miei colleghi della rivista. Un tipo davvero sgradevole."

Mi acciglio. "Sgradevole?"

Annuisce. "Un totale playboy. Dicono che abbia un'amante diversa ogni sera... e, dopo, non le richiama mai. Inoltre, fa queste bravate pazzesche, senza curarsi di ferire se stesso o qualcun altro nel processo." Guarda in modo significativo la fotocamera del proprio telefono. "Se *io* fossi una donna, gli starei alla larga."

Cazzo! Non voglio che veda l'effetto che mi stanno facendo le sue parole, quindi aggiungo leggerezza alla mia voce. "Se tu fossi una donna, il tuo nome sarebbe Wenda. O Wilma."

Waldo si atteggia, entrando in modalità saccente. "Wenda e Wilma sono le due gemelle, amiche del personaggio immaginario in questione."

"Ma non mi dire?" Decido di fingere che non mi abbia già propinato questa filippica molte volte.

"Il suo vero nome è Wally" continua con una buona dose di amarezza nella voce. "Per qualche ragione insondabile, si fa chiamare Waldo in Nord America.

Non Charlie come in Francia, o Willy come in Norvegia, o Walter come in Germania..."

"O Wang, come in Cina" intervengo, imitando il suo tono. "O Weiner, come in Israele. O Wacko, come in..."

"Sai una cosa, sono piuttosto occupato, quindi me la svigno."

Con questo, riattacca... e io mi sento improvvisamente un'amica di merda.

È possibile che lo stessi canzonando più del normale, come un modo per prendermela con il messaggero. Non mi è piaciuto sentirlo dire quelle cose su Tigger, anche se le sue parole confermano i miei sospetti.

Il mio cellulare riceve un messaggio.

Parli del diavolo... È Tigger.

Hai altri insegnamenti che non richiedano una piscina? mi domanda. *Mio fratello dice che può mettermi a disposizione una stanza con la piscina, ma ci vorranno due giorni per pulirla e riempirla con acqua nuova.*

Sì, rispondo.

La verità è che *spero* di averne, dopo aver condotto qualche ricerca.

Ottimo, scrive lui. *Che ne dici di domani?*

Domani? Questo non mi lascia molto tempo per prepararmi. Inoltre, il mio senso di colpa precedente riemerge.

Poi, mi viene in mente un'idea, che dovrebbe farmi guadagnare più tempo e placare il senso di colpa.

È necessario che un medico ti autorizzi all'immersione libera.

Ecco. Se un medico professionista gli dirà che può tranquillamente trattenere il respiro per lunghi periodi, almeno non rischierò di affogarlo durante il nostro allenamento.

A proposito, ecco un'idea divertente: potrei sottoporlo all'annegamento simulato. In questo modo, otterrebbe tutte le parti divertenti dell'annegamento, ma con un rischio minimo.

Ma no. È possibile che io abbia voglia di fargli una cosa simile solo alla luce della conversazione con Waldo.

Certo, mi risponde. *Dovrei avere pronto il certificato per le 3 del pomeriggio. Ti andrebbe bene?*

Alla faccia di guadagnare tempo extra!

Sì, gli rispondo. Ricordandomi dell'affitto, aggiungo: *Posso avere una parte del pagamento in anticipo? Ho bisogno di coprire alcune spese.*

Nessun problema, mi risponde e, poi, discutiamo del modo di farmi avere i soldi.

Aspetto qualche minuto, prima di controllare il mio conto.

Sì!

L'affitto di questo mese non è più motivo di preoccupazione.

Mando i soldi a Clarice e rifletto su una questione che supera quella dell'affitto: alla luce di tutto quello che ora so sul mio cliente, dovrò stare molto attenta a non sviluppare alcun sentimento per lui.

Posso riuscirci?

Sarà meglio. Il denaro che sto per guadagnare mi

avvicinerà al mio più grande desiderio: il mio personale spettacolo di magia.

Così adeguatamente motivata, mi tuffo nella ricerca sulle immersioni in apnea.

Inizio con il TED Talk di David Blaine in TV sul trattenere il respiro, presumibilmente per davvero.

È interessante. Afferma di aver preso in considerazione l'idea di nascondere un dispositivo di respirazione all'interno del proprio corpo, un modus operandi che trovo affascinante. È un raro caso in cui, come donna, avrei un vantaggio: un posto in più dove nascondere le cose.

Sogghigno, immaginando di ordinare un apposito dildo magico dalla nuova amica della mia gemella. Data la mia breve interazione con lei, le piacerebbe un progetto del genere.

Blaine menziona anche il perflubron, un liquido che si può effettivamente respirare.

No. Non è utile per le immersioni in apnea, a meno che non si possa prosciugare lo specchio d'acqua in cui si ha intenzione di immergersi, per riempirlo di questa fantastica sostanza. Nemmeno un principe è *così* ricco.

Infine, Blaine si addentra nel tema delle immersioni in apnea, spiegando che muoversi esaurisce l'ossigeno. Tuttavia, il problema maggiore del trattenere il respiro è l'accumulo di CO_2 nel sangue.

Prendo nota di fare più ricerche su questo.

Lui prosegue, menzionando un'abilità importante: un tipo di respirazione chiamata 'spurgo' (che non è così disgustosa come sembra e potrebbe tornarmi utile, se mai sarò abbastanza coraggiosa, da tentare di fare una prodezza subacquea per davvero... o un pompino).

Poi, afferma che perdere peso può aiutare a trattenere il respiro.

Evviva! Ho un pretesto per esaminare il corpo di Tigger. Una parte di me era un po' dispiaciuta per il fatto che la piscina (e, quindi, la mancanza di vestiti conseguente) non sarà nel programma di domani.

Aspettate, che cosa sto dicendo? Sto cercando di non sviluppare sentimenti.

Guardo il resto del TED Talk. Poi, mando un messaggio a Tigger per chiedergli se, per caso, possieda una cosa di cui Blaine ha parlato: una tenda ipossica.

No, ma ne ho usata una, quando mi preparavo per scalare l'Everest, mi risponde.

Ottimo, gli scrivo. *Quando sarai pronto, potrei fartici dormire dentro per aumentare la tua produzione di globuli rossi.*

Boom! Sembra proprio che io sappia di cosa sto parlando.

Sarà fatto, mi scrive. *Non vedo l'ora di vederti.*

Non rispondo.

Non è ansioso di vedere me. È ansioso di iniziare il suo allenamento. C'è una differenza, anche se non dovrebbe importarmi, in ogni caso.

Continuo la mia ricerca per il resto della giornata e della mattina seguente.

Quando arriva l'ora di pranzo, ho pronto il programma della lezione. Insegnerò a Tigger a rallentare il ritmo cardiaco, mentre trattiene il respiro;

poi, una cosa chiamata "packing polmonare": un modo per spingere nei polmoni il massimo volume d'aria possibile.

Nell'ora prima di uscire, mi trucco, andandoci più pesante del solito con lo smokey eye, e mi stiro i capelli, finché non mi ricadono sulla schiena come seta nera. Poi, indosso un vestito nero attillato, infilo i piedi nei miei tacchi preferiti e indosso i miei guanti neri più eleganti, prima di guardarmi allo specchio.

Niente male! La mia gemella probabilmente direbbe ancora che sembro una vampira, ma nessuno può negare che le vampire in tiro siano sexy.

Non che io stia cercando di essere sexy. Almeno, non con l'obiettivo di sedurlo. È solo che sto andando in un hotel di lusso e non voglio sembrare una plebea.

Questa è la mia storia e mi ci atterrò.

Il cellulare mi avvisa che il taxi è di sotto. Mi guardo allo specchio per l'ultima volta, prima della partenza.

Ricorda, Gia:

Non.

Sviluppare.

Sentimenti.

Capitolo Dieci

Quando il taxi mi fa scendere, fisso la mia destinazione con incredulità.

Il Palace Hotel ha esattamente l'aspetto che ci si aspetterebbe: quello di un palazzo. Un mix di diversi stili architettonici europei ne ha chiaramente influenzato il design, con un po' di tutto, dal Cremlino a Buckingham Palace. All'interno, l'atrio gigante è coerente con il motivo "ibrido di tutti i palazzi": le icone russe condividono lo spazio con gli affreschi italiani, mentre gli inservienti (probabilmente, facchini) indossano mantelli, bicorni e calzamaglie sgargianti.

Clarice adorerebbe questo posto, specialmente tutti i pappagalli colorati appesi in gabbie decorative. Se non fosse per Hannibal (il suo gatto), Clarice probabilmente avrebbe un pappagallo tutto suo e lo addestrerebbe ad appollaiarsi sulla sua spalla.

Mia sorella Blue, invece, avrebbe un attacco di panico, se finisse qui. I pappagalli per lei sono quello che i clown di Stephen King sono per il resto di noi. Oh, e se Blue potesse in qualche modo sopravvivere alla vista dei pappagalli, i pavoni che vagano nella hall le darebbero il colpo di grazia.

I pavoni non sono forse un cliché dei ricchi?

Quand'ero piccola, pensavo erroneamente che i pavoni (in inglese, "peacocks") si chiamassero "pee-cocks" (pipì-peni), il che non è poi così stupido, se ci si pensa: la pipì proviene dai peni, in fin dei conti. Quando sono cresciuta, ho trovato ironico che questi uccelli (come tutti gli uccelli) non facciano la pipì. Invece, espellono un ibrido di urina e feci da un organo chiamato cloaca. Non hanno nemmeno il pene (di nuovo, solo la suddetta cloaca).

Le mie riflessioni etimologico-ornitologiche sono interrotte da Tigger, che esce dall'ascensore e viene verso di me.

Uhm.

Lo sta facendo davvero.

Indossa una camicia che afferma orgogliosamente "Voglio essere una sirena" e i suoi jeans sono ricamati con immagini di Ariel, prima che le crescessero le gambe. Come ha fatto a procurarseli così in fretta? Non posso credere che vendano jeans per adulti fatti così. A meno che io sia solo disinformata?

Indosserà anche mutande con le sirene?

No, ne dubito. Perché, se fosse vero, come potrei appurarlo? Inoltre, l'ultima volta, era senza biancheria intima.

La cosa sbalorditiva è che, nonostante questo

abbigliamento, lui è sexy come il peccato. Mi ricorda un'altra pubblicità: *"Quando tiene la borsa di una signora, ha un aspetto virile."*

Il fatto che la camicia sia attillata e i pantaloni mettano in mostra le sue gambe muscolose è d'aiuto.

"Ciao" mi saluta, indugiando su di me con uno sguardo accaldato.

Immagino che apprezzi il look da vampira in tiro. Come farebbe chiunque.

Eseguo un inchino. "Vostra Altezzosità Reale. Mi crogiolo nella vostra luce maestosa."

Risponde con un inchino cortese, che non sarebbe fuori luogo in uno dei programmi del Masterpiece Theater preferiti dalla mia gemella. "Mi onorate, Vostra Dolcezza."

"No, l'onore è mio... Vostra Spregevolezza." Sogghigno. "Belle sirene, comunque."

Lui fa un sorrisino. "Non vengo mai meno a una scommessa."

Mi stringo le perle inesistenti. "Non sarebbe degno di un principe, vero?"

"Ora, parli come i miei genitori." Indica l'ascensore. "Il mio attico è solo a una corsa di distanza."

Mi fa strada, permettendomi di ammirargli il culo fasciato dai jeans.

Una volta entrati nell'ascensore, per quanto ampio, non posso evitare la sensazione che lui stia occupando tutto lo spazio.

Non è d'aiuto il fatto che abbia un profumo

MISHA BELL

delizioso, come l'ultima volta: note di onde marine, miste a qualcosa di estremamente leccabile.

Smettila, Gia! Da quella parte, ci sono i sentimenti... e la sifilide.

Grazie al cielo, la salita in ascensore è fortunatamente breve.

Usciamo in un ampio corridoio e svoltiamo a destra.

Un facchino in calzamaglia viene verso di noi, tenendo dei guinzagli attaccati a due cani familiari; nomi in codice: Panda e Koala.

Vedendoci, le bestie si eccitano.

Faccio un passo indietro. "Per favore, non lasciare che mi sbavino in faccia."

Il facchino tira i guinzagli e i cani si limitano a scodinzolare con grande entusiasmo.

"Hai paura dei cani?" mi chiede Tigger.

"Non permetto a nessuno di leccarmi la faccia, ma soprattutto alle creature che mangiano volentieri le feci."

Gli occhi di Tigger vagano con grande interesse sul mio viso. Gli dispiace, forse, che leccarmelo sia ora fuori questione?

I cani ci oltrepassano con grande trambusto e, quando se ne sono andati, Tigger fa scorrere la tessera magnetica di una stanza attraverso il lettore di una porta vicina. "Qui dentro."

Entro nella sua dimora non proprio umile e faccio del mio meglio per non restare imbambolata.

È un'intera suite, completa di cucina a grandezza

naturale. La vista di Central Park dalla vicina vetrata è spettacolare, mentre l'arredamento è sorprendentemente moderno, considerando il tema dell'hotel. La cosa più strana, però, è l'assortimento di composizioni floreali sparse in tutto il soggiorno.

Una dozzina delle sue conquiste femminili ha forse lasciato qui il proprio bouquet di San Valentino?

"Ti piacciono?" mi chiede Tigger, seguendo il mio sguardo.

"Sono bellissime." Vado verso la composizione floreale più vicina e annuso una delle margherite. "È così che tuo fratello decora ogni stanza?"

"Certo che no." Risistema abilmente il bouquet che ho appena annusato, muovendo le mani in uno schema praticato, che mi ricorda una danza. "Queste le faccio io."

Fisso a bocca aperta la composizione riadattata. Sembra ancora più bella di prima (ed era già di livello professionale).

Esamino di nuovo tutti i bouquet. "Hai fatto tu queste composizioni floreali?"

Annuisce. "Pratico una forma d'arte ruskoviana chiamata *kandelabr*. Trae ispirazione dall'*ikebana*."

Detesto la sua dannata faccia da poker. Non ho idea se mi stia prendendo in giro o meno. L'ikebana è l'arte giapponese della disposizione dei fiori: qualcosa che posso facilmente immaginare che faccia una geisha, non questo principe virile e temerario.

Ripensandoci, perché no? Che differenza c'è con qualcosa come il giardinaggio? E quello è unisex.

"Dev'essere un'arte rilassante da praticare" affermo, esaminando i modelli simmetrici e le miscele di colori con rinnovato interesse.

Lui sorride. "È esattamente così. Me l'ha insegnato la mia tata. Il proverbio 'le mani oziose sono l'officina del diavolo' era particolarmente vero nel mio caso, quindi il *kandelabr* è stato una manna dal cielo per tutti quelli che mi circondavano."

Immagino la scena adorabile del piccolo Tigger che gioca con i fiori, e uno sciocco sorriso m'incurva le labbra.

Lui si schiarisce la gola. "Allora... che lezioni hai per me, oggi?"

Giusto. Questa non è una visita di cortesia.

Gli spiego le tecniche di respirazione su cui voglio che si eserciti e lui non sembra minimamente sorpreso da nessuna di esse. In generale, sta prendendo la cosa seriamente; così tanto, che ha preparato alcuni aggeggi medici per misurare le risposte del proprio corpo all'allenamento. Ne riconosco solo due: un misuratore di ossigeno che si mette al dito e un braccialetto per misurare il battito cardiaco.

Su mio suggerimento, si sdraia su un divano vicino e pratica ogni tecnica, man mano che gliela spiego.

Non sono un'esperta, ma penso che lui sia un ottimo studente. Non devo spiegargli niente più di una volta; eccelle subito in ogni tecnica.

Peccato che tutto questo mi ecciti. Quando espira attraverso le labbra serrate, immagino di sentirle sul mio clitoride. Quando fa scivolare il dito nel

114

misuratore dell'ossigeno, vorrei che lo facesse scivolare dentro di me... e così via, per il resto degli esercizi.

"Ottimo lavoro" gli dico, quando sono a corto di cose da insegnargli, e mi sento sull'orlo di un'esplosione di libido. "Ora, c'è solo un'altra cosa. Per favore, alzati."

Balza in piedi e si allunga, come un gatto (o una tigre).

Quando mi avvicino a lui, spalanca gli occhi, ma non dice né fa alcunché; si limita a guardarmi... probabilmente, aspettando l'occasione di saltarmi addosso.

Agendo nel modo più disinvolto possibile, gli sbottono la parte superiore della camicia.

Per la prima volta, oggi, il suo cardiofrequenzimetro inizia a fare bip.

Mentre armeggio col bottone successivo, la maga che è in me non può trattenersi. Furtivamente, con l'altra mano, raggiungo la fibbia della sua cintura con lo stemma di famiglia.

I suoi occhi diventano due fessure decisamente feline.

Gli sbottono l'ultimo bottone della camicia. "Toglitela."

Mentre si sfila l'indumento, decido che è abbastanza distratto, da non vedermi rubare la cintura; quindi, è ciò che faccio, mentre cerco di non fissare la carne maschile liscia e muscolosa palesata al mio sguardo.

Quando la cintura è ormai nascosta dietro la mia schiena, la sua camicia cade a terra.

Deglutisco forte, facendo un passo indietro.

Se avessi un cardiofrequenzimetro addosso, andrebbe in cortocircuito.

Non riesco più a non guardare, e quello che vedo manda una scia di calore dritta al mio clitoride.

Tigger ha i muscoli snelli, possenti e ben definiti di un dio greco. Scommetto che potrebbe sollevarmi alla panca e, se lo facesse, non me la prenderei... anche se mi vengono in mente altre cose (tipo parti del suo corpo) che mi prenderei volentieri.

Ma è salutare avere così poco grasso corporeo? Almeno per le donne, meno del dieci per cento è pericoloso... e lui è probabilmente a livelli da una sola cifra.

Beh, buono per la sua salute o meno, ha un aspetto incredibile, tanto che le mie ovaie vanno in iperattività. O meglio, in iperovaricità.

Un sorriso presuntuoso gli solleva gli angoli delle labbra. "Ti piace quello che vedi?"

Le mie guance avvampano, mentre ripenso all'altra volta in cui aveva pronunciato quella stessa frase: il primo giorno in cui ci siamo incontrati, dopo che Sua Durezza Reale aveva fatto un'apparizione.

Prima che io possa muovere la bocca, Tigger si lancia all'attacco.

Avvicinandosi, china la testa.

Scioccata, indietreggio barcollando. "Che cosa... che cosa stai facendo?"

Il sorriso presuntuoso scompare, sostituito dalla confusione. "Mi dispiace. Pensavo fosse scattato qualcosa."

"Stavi per baciarmi?" La domanda mi esce in uno squittio.

"Scusa." Afferra la camicia e se la rimette su. "Avrei dovuto chiedere, prima di provarci. È solo che mi sembrava... non importa. Colpa mia."

Stava per baciarmi?

Baciare *me*.

Lui.

Scuoto la testa per dissipare la nebbia nel mio cervello. "No, dispiace a me. Non intendevo mandarti segnali contrastanti."

Si abbottona la camicia, mandando le mie ovaie in lutto. "Mi assumo la piena responsabilità."

"No, è colpa mia." Mi mordo il labbro. "Avrei dovuto avvertirti del motivo per cui ti ho chiesto di toglierti la camicia."

Solleva un sopracciglio. "E quale sarebbe il motivo?"

Ingoio la bava rimasta da prima. "Secondo le mie ricerche, perdere peso potrebbe aiutarti a trattenere il respiro più a lungo. Una marcia in più per la tua capacità polmonare."

"E?" Il suo sorrisino è tornato.

"Non hai molto grasso da perdere. Ecco." Tiro fuori la sua cintura da dietro la schiena, senza alcun gesto plateale. Vorrei non averla rubata. "Ricordi che volevi vedere questo trucco ancora una volta? Ora l'hai visto."

Sembra impressionato, mentre prende la cintura.

Poi, un'espressione subdola si forma sul suo volto. "Visto che la cintura è già tolta, ti va di vedere se le mie gambe hanno del grasso da perdere? Sono sicuro che è per questo che me l'hai rubata... e non perché speravi che le cose andassero come l'ultima volta."

Il calore s'insinua nelle mie guance. "Sei di nuovo senza mutande?"

Il suo sorriso si allarga. "Non mi sottraggo alle scommesse. Ti dovevo delle mutande con le sirene, ricordi?"

Ah, già. Grazie al sovraccarico ormonale, me n'ero quasi dimenticata.

"Suppongo di dover controllare, ora." Vorrei sentirmi tanto sicura di me, quanto sembro. "Ma niente baci."

Sembra divertito, mentre si abbassa i pantaloni.

Per il cazzo di Houdini!

Una parte remota di me riconosce che i suoi boxer siano effettivamente decorati con delle sirene, ma il resto di me è concentrato su quanto Sua Durezza Reale stia gonfiando i suddetti boxer. Una delle sirene sembra sdraiata su un cannone da battaglia!

Distolgo lo sguardo e gli scruto le gambe.

Pessima idea (ammesso che l'obiettivo fosse quello di placare la mia eccitazione, cioè).

Le sue gambe sono sexy e muscolose, come la parte superiore del suo corpo, e mi fanno quasi venire voglia di riprendere in considerazione la questione dei baci.

"Un penny per i tuoi pensieri?" mi chiede in modo strascicato.

"Belle sirene" riesco a dire, riportando lo sguardo sul suo viso. "Niente grasso, però. Sembra che perdere peso non farà parte del tuo programma di allenamento. Per favore, rimettiti i pantaloni."

Mentre si riveste, la sua espressione è oscuramente divertita.

"Dunque" dico, facendo del mio meglio per nascondere qualsiasi delusione dalla mia voce. "Ci vediamo la prossima volta?"

"No" risponde, con l'imperiosità che si addice alla sua posizione. "Devi lasciare che ti porti a cena."

Capitolo Undici

*L*o guardo sbattendo le palpebre. "Cena? Come in un appuntamento?"

I suoi occhi brillano. "Solo un piccolo segno del mio apprezzamento per un lavoro ben svolto."

Faccio un passo indietro. "Non sono sicura..."

Inclina la testa. "Pensavo credessi che un uomo e una donna possono essere solo amici. O Waldo ti ha già guastato quella convinzione?"

Metto le mani sui fianchi. "*Possiamo* essere amici."

"Allora, non dovrebbero esserci problemi, se andiamo a cena insieme" afferma tranquillamente. "Ora, dimmi, vuoi che indossi i vestiti con le sirene al ristorante?"

Mi arrendo. "Non se devo farmi vedere con te."

Annuisce e si dirige in una stanza adiacente, probabilmente la camera da letto.

La tentazione di seguirlo di nascosto e guardarlo

cambiarsi è forte, ma sarebbe davvero inquietante, tutto sommato.

Grrr. Perché non ho lasciato che continuasse a indossare i vestiti che aveva? Se si mette tutto in ghingheri, questo sarà più simile a un appuntamento.

Inoltre, perché sono così sollevata dal fatto di essere vestita elegante?

Prima che possa portare avanti questo ragionamento, lui torna, indossando un completo su misura.

Sospiro tra me e me. Se volevo placare la mia lussuria, chiedergli di cambiarsi è stato sicuramente un errore di calcolo. "Come hai fatto a vestirti così in fretta?"

Fa spallucce. "Ho frequentato per alcuni anni la scuola militare in Ruskovia. A quei tempi, avrei potuto vestirmi e rifare il letto nel tempo che ho impiegato per mettermi questo completo."

"Una scuola militare?"

Annuisce seccamente. "I miei genitori mi ci hanno relegato. L'equivalente, al giorno d'oggi, sarebbe probabilmente mettermi sotto Ritalin."

Sposto il peso da un piede all'altro. Vederlo turbato mi mette stranamente a disagio. "Vorrei sapermi cambiare d'abito altrettanto velocemente" dico, per distrarlo. "Una delle illusioni che voglio inscenare per il mio futuro spettacolo prevede un vestito che cambi stile e colore in un batter d'occhio."

Il suo cipiglio si distende. Un punto per le mie astuzie femminili! "Il tuo spettacolo? Raccontami."

"Non c'è molto da dire." Sorrido tristemente. "È solo una cosa che mi piacerebbe fare, un giorno."

"Mi piacerebbe vederlo."

Vorrei poterlo baciare per averlo detto, ma mi accontento di sbattere le ciglia. "Se il mio sogno dovesse mai diventare realtà, t'inviterò."

Sembra pensieroso. "Dovresti conoscere mio fratello."

Inarco un sopracciglio. "Il grande e potente distruttore della pace?"

Lui sbuffa. "Proprio così. Questo è l'hotel di Sua Maestà, perciò sarebbe solo educazione."

Mentre sblocca il proprio telefono, verifico di averne colto il pin correttamente, in precedenza. Sì, proprio così. Lui manda un messaggio, poi va verso un minifrigo e vi rovista dentro.

"Che cosa c'è lì?" Indico la scatola di plastica trasparente che ha in mano.

Si avvicina e me ne mostra il contenuto.

"Che cos'è?" Esamino con disgusto la strana cosa bianca.

"Formaggio." Tigger avvicina la scatola alla mia faccia e io indietreggio di un passo.

Lui la allontana. "Mio fratello è un fanatico del formaggio."

"Ah" commento in modo evasivo.

C'è chi ama le docce dorate e chi mangia il formaggio. Chi sono io, per giudicare?

"Mio fratello è stato molto accomodante a

proposito della camera con piscina" afferma. "Ho pensato di fargli un piccolo regalo."

Non riesco a trattenermi. "Speriamo che il formaggio sia pastorizzato, per uccidere la salmonella; altrimenti, questo regalo potrebbe trasformarsi in un viaggio all'ospedale."

Fa spallucce. "Considerando quanto costa, suppongo che dovrebbe essere sicuro."

"Speriamo anche che il formaggio non abbia sviluppato muffe con micotossine. Potrebbero essere mortali."

Il suo telefono vibra per un messaggio e lui ci dà un'occhiata. "Se c'è qualcuno che sa come consumare il formaggio in modo sicuro, quello è Kaz."

Dato che sono abituata alle opinioni lassiste della gente sulla sicurezza alimentare, mi permetto mentalmente di dissentire.

Lui si avvicina alla porta e me la tiene aperta. "È nella suite in cui sto per trasferirmi."

Attraversiamo il corridoio ed entriamo nella suite in questione.

Wow!

Questo attico è ancora più lussuoso di quello che abbiamo lasciato, ma non è ciò che trovo più interessante.

All'interno, ci sta aspettando un uomo, che sembra il prodotto di una relazione amorosa alla *Brokeback Mountain* ancora più di Tigger, forse a causa della sua espressione cupa.

Mi chiedo se sia perché è passato troppo tempo

dalla sua ultima dose di formaggio! Il formaggio contiene casomorfine: composti simili alla morfina, che si attaccano ai recettori degli oppiacei del cervello. Dopo aver letto l'articolo di giornale che mi ha fatto smettere di colpo con quella roba, ho avuto le voglie per un anno. A proposito, quando ho smesso con il tacchino, ho avuto le voglie solo per un giorno, quell'anno: il giorno del ringraziamento.

Oh, e ho citato il fatto che c'è un orso grizzly accanto al Sig. Tetro e Tenebroso?

Eh già! Un orso sorprendentemente ben educato, che forse è soltanto un cane.

Così, adesso ho visto un cane panda, un cane koala e un cane forse-grizzly. Dov'è il cane orso polare per completare il set?

"Fratello" dice Kaz con voce priva di emozioni.

"Fratello" replica Tigger, eguagliandone il tono. "La stanza è abbastanza pulita e ordinata per te?"

L'espressione sul volto di Kaz sembra dire: "Non lo troviamo divertente" con un plurale maiestatis. "No" risponde ad alta voce. "Ma potrebbe esserlo entro domani."

Mi guardo intorno. Persino la mia gemella, che potrebbe dare del filo da torcere a Marie Kondo, riterrebbe *questa* stanza ordinata.

"Questo è per te." Tigger consegna la scatola al fratello.

Kaz la apre e un odore stranamente familiare (e piuttosto sgradevole) pervade la stanza.

Mentre Kaz annusa l'aria, una calda emozione

attraversa il suo volto taciturno, anche se forse me la sto immaginando.

"Pule?" chiede, chiudendo la scatola.

Stiamo giocando alla parola del giorno? *Penso* sia così, che ho imparato per la prima volta che "pule", in inglese, significa piagnucolare o frignare.

"Precisamente" conferma Tigger con orgoglio. "L'ho fatto arrivare in aereo dalla Serbia apposta per te."

"Grazie mille" dice Kaz.

Mi schiarisco la gola. "Un formaggio dalla Serbia?"

"Dove sono le mie buone maniere?" esclama Tigger. "Kazimir, ti presento Gia. Gia, questo è mio fratello Kaz."

"Un piacere" dice Kaz, con così tanta alterigia, che sono tentata di rivolgergli un inchino sarcastico. "Non hai mai sentito parlare del formaggio Pule?"

Grandioso. Un formaggio che ti fa piagnucolare o frignare.

Qual è il prossimo? Il formaggio isterico?

"È fatto per il sessanta per cento con latte d'asina dei Balcani e per il quaranta per cento con latte di capra" continua Kaz.

Ok, questo spiega l'odore. I miei genitori hanno asini e capre nella loro fattoria e, adesso che conosco il contesto, il formaggio puzza davvero come quello che è.

Gnam! Mettetemi in lista. Magari, buttiamoci dentro anche del latte di puzzola? E qualche scarabeo stercorario.

Di chi è stata l'idea di mungere un'asina, una

creatura che, in inglese, è conosciuta anche come "ass" (culo)? O una capra? D'altronde, chi ha avuto l'idea di mungere una mucca, una creatura bovina con le corna? Che cosa pensano le mucche, quando succede? Senza dubbio, la stessa cosa che penserei io, se stessi allattando e un elefante si avvicinasse a me e usasse la proboscide per mungermi. Inoltre, la persona che ha avuto l'idea della mungitura ha anche pensato: "Ehi, ora che ho finito questo strano atto, perché non bere questo fluido corporeo bianco?" Quale sarà stata la fonte d'ispirazione? Il bukkake? A proposito, esistono culture in cui si consuma lo sperma di toro o di qualsiasi altro animale? So che, in alcune, si mangiano i testicoli (che si trovano nella stessa zona).

Nota per me stessa: condurre qualche ricerca antropologica.

"Gia non è solo un'allenatrice di apnea" annuncia Tigger. "È un'illusionista."

"Ah sì?" Kaz mi guarda con nuovo interesse. "Dove ti esibisci?"

"Sta cercando una sede" spiega Tigger. "È fantastica. Dovresti vedere cosa fa con un cucchiaio!"

Kaz solleva un sopracciglio. "Ci sono delle posate, in cucina."

"Prendine una" gli dice Tigger. "Non te ne pentirai."

Kaz si dirige nella cucina della suite, mentre il suo cane continua a stare seduto come una statua.

Lancio un'occhiataccia a Tigger, con gli occhi stretti come fessure. "Pensi di essere così astuto? So che vuoi solo vedermi ripetere un trucco."

Mi fa l'occhiolino. "Riuscirai a resistere alla tentazione di esibirti davanti a un nuovo spettatore?"

Dannazione! Come fa a conoscermi già così bene?

Kaz torna con una forchetta in mano e sembra più cupo di prima. "Non hanno preparato alcun cucchiaio in cucina." Questo viene affermato con lo stesso tono con cui mi aspetterei che qualcuno pronunciasse qualcosa del tipo: "Il chirurgo ha lasciato il bisturi dentro di te, prima di ricucirti."

"Una forchetta funzionerà ancora meglio" dichiaro.

Con sguardo dubbioso, Kaz mi porge la forchetta e io la tengo in mano con aria drammatica, prima di iniziare. Poi, osservo le loro espressioni, mentre vedono il rebbio centrale piegarsi davanti ai loro occhi.

Come in precedenza, sul volto di Tigger c'è un'espressione stupita. Al contrario, Kaz è completamente illeggibile.

"Wow" mormora Tigger, mentre il rebbio successivo s'inclina.

Kaz continua a mantenere una faccia da poker.

Quando lo stelo della forchetta si piega a metà, però, Kaz sgrana gli occhi e Tigger sussulta.

Porgo loro la forchetta piegata. "Hanno usato la CGI per fare una cosa simile in *Matrix*."

Tigger esamina attentamente la posata e, poi, Kaz fa altrettanto.

"Grazie" dice Kaz, intascandosi la forchetta. "Tra il formaggio e l'intrattenimento, posso quasi perdonare mio fratello per aver cambiato camera ancora una volta."

"Questa è solo la terza volta" precisa Tigger.

"Esattamente" ribatte Kaz.

"Posso vedere la piscina?" chiedo, per disperdere qualsiasi potenziale ostilità. Se questi due assomigliano alle mie sorelle, la situazione potrebbe degenerare in un istante, fino al prendersi per i capelli.

"Da questa parte" dice Kaz, conducendoci a un balcone con un'altra vista mozzafiato. La piscina è lì, con l'acqua che vi gocciola dentro lentamente.

"La sto facendo filtrare tramite osmosi inversa" spiega Kaz, dinnanzi al mio sguardo interrogativo. "Tigger ha detto che dev'essere abbastanza pulita, da poterla bere."

Guardo avidamente l'acqua. Sono troppo fifona per entrare nella maggior parte delle piscine, ma questo è un raro caso in cui nuoterei (cosa che non faccio da quand'ero bambina).

"Ti andrebbe di fare un tuffo, prima del mio allenamento di domani?" mi chiede Tigger.

I principi ruskoviani sono forse telepatici? Vorrei disperatamente rispondere di sì, ma non posso. Dopo la mia nuotata, l'acqua sarebbe contaminata, per lui.

"In effetti, insisto affinché tu lo faccia" continua. "Qualunque tecnica tu voglia farmi eseguire, voglio vederti eseguirla per prima."

Mi mordo il labbro. "Beh, se insisti..."

"Insisto." Tigger incrocia le braccia sul petto e la sua espressione severa lo fa sembrare il gemello di Kaz.

Traggo un respiro profondo. "Domani, farò una

doccia estremamente accurata. E ho un certificato di buona salute."

Kaz lancia al fratello uno sguardo interrogativo e Tigger gli fa un gesto, come a dire "non chiedere."

Suppongo che abbia già capito molto del mio atteggiamento verso i germi.

Il telefono di Tigger vibra ancora una volta e lui abbassa lo sguardo. "Ah, è arrivata la nostra prenotazione per la cena. Sarà meglio andare."

Il mio stomaco brontola a tradimento.

Suppongo che potrei mangiare.

"È stato un piacere conoscerti, Kazimir." Lo saluto con la mano. "Il tuo hotel è impeccabile."

È un accenno di sorriso quello che tocca gli occhi di Kaz?

"Anche per me è stato un piacere conoscerti. Hai un vero talento." Si tamburella la tasca con dentro la forchetta piegata.

Raggiante per l'elogio, lascio che Tigger mi conduca fuori.

L'orso è ancora seduto dove Kaz l'ha lasciato. Deve avere un dottorato onorario di Harvard in "chi è un bravo cane?"

Quando saliamo in ascensore, però, il mio entusiasmo svanisce e la preoccupazione s'insinua. Nonostante ciò che ha detto Tigger sul fatto di cenare in amicizia, questa uscita sembrerà un appuntamento. Qualsiasi pasto con un principe bello come lui lo sarebbe, persino uno da asporto in un fast food.

Sono abbastanza forte, da non beccarmi un'infezione da sentimenti, stasera?

Forse.

Speriamo.

Quando si tratta di Tigger, la mia carne non è l'unica parte di me ad essere infidamente debole.

Capitolo Dodici

Una Lamborghini nera ci aspetta davanti all'ingresso dell'hotel.

Uhm. Mi chiedo se, come nella pubblicità: *"Quando lui guida una macchina fuori dal concessionario, il suo prezzo aumenta di valore."*

Tigger batte sul tempo il parcheggiatore, per aprirmi la portiera.

Dannazione! È anche un gentiluomo? Povere le mie ovaie!

Mentre mi allaccio la cintura di sicurezza, sento un pizzico di preoccupazione di tipo diverso. La cintura è nello stile di un'auto da corsa, il che mi ricorda che Tigger è famoso per battere i record di velocità.

Lui si siede al volante e si allaccia la cintura a propria volta.

"Non andrai veloce, vero?" gli chiedo prudentemente.

Mi rivolge un sorriso. "Questa è Manhattan. Ci sono limiti di velocità."

Tiro un sospiro di sollievo, ma l'aria mi resta bloccata nella trachea, quando Tigger preme l'acceleratore.

Gli pneumatici stridono e l'odore di gomma mi colpisce le narici, mentre la Lamborghini ruggisce sulla strada, dieci volte sopra il limite di velocità.

Pensa forse che quelle pubblicità della birra siano vere?

"Le auto guardano in entrambe le direzioni per assicurarsi che non passi lui, prima di attraversare la strada."

"Una volta, è stato fermato per eccesso di velocità: il poliziotto ha preso la multa."

"Va bene così o devo rallentare?" mi chiede Tigger. Nel tempo che il suono impiega a raggiungere i miei timpani, abbiamo attraversato almeno cinque isolati.

Cazzo! Che cosa c'è che non va in lui? Una volta, ho letto della sindrome di Urbach-Wiethe, un'insolita malattia genetica che fa perdere a una persona qualunque senso della paura. Tigger potrebbe averla contratta? Forse, è presente nella famiglia reale ruskoviana, un po' come l'emofilia nei discendenti della regina Vittoria?

"Gia?" mi chiede. "Stai bene?"

Grugnisco qualcosa in senso negativo.

Mi lancia un'occhiata preoccupata e, se pensavo che la sua guida fosse spaventosa, quando guardava la strada, ora stiamo raggiungendo livelli di terrore equivalenti a entrare in un bagno pubblico. A Staten Island. In quella discarica trasformata in un parco.

La mia faccia dev'essere più pallida del solito, perché Tigger torna a guardare la strada e rallenta l'auto, fino a circa il doppio del limite di velocità. "Scusa. Va meglio, così?"

Le mie parole escono in un sussulto. "Ancora troppo veloce."

Lui rallenta, fino a quando non stiamo più lasciando gli altri veicoli nella polvere.

Finalmente, riprendo fiato. "Grazie. Il ristorante è lontano?"

"In realtà, siamo arrivati." Accosta dolcemente accanto a una vetrina con una scritta in cirillico.

Fiù! Ne sono uscita tutta intera. Inoltre, con mio grande sollievo, il voto dell'ispezione sanitaria accanto alla finestra è un'orgogliosa "A." Altrimenti, avremmo dovuto affrontare una conversazione imbarazzante.

"È russo?" chiedo, accennando all'insegna.

"No. Ruskoviano. Ma il nome avrebbe lo stesso significato, se lo si leggesse in russo."

"Sono lingue simili, giusto?" gli chiedo, dopo che mi ha aperto la portiera.

Si strofina il mento. "Direi che sono simili quanto il francese e lo spagnolo."

"Non ho idea di quanto simili siano." Guardo di nuovo l'insegna, come se ciò potesse aiutarmi.

"Non parli spagnolo? Credevo che la maggior parte degli americani ne sapesse un po'."

Scuoto la testa. "L'ho studiato a scuola, ma ricordo

molto poco. E non ho mai studiato francese. E tu? Che lingue parli?"

"Russo, francese e spagnolo, ovviamente" risponde, per poi continuare a elencare la metà delle lingue parlate in Europa. "Alcune le parlo meno bene di altre. Tutto dipende da quanto tempo ho passato in quel paese."

Ancora una volta, mi ricorda quel tizio della Dos Equis, che "sa parlare russo... in francese." Forse, anche: "È considerato un patrimonio nazionale nei paesi che non ha mai visitato."

Fuori dal ristorante, ci sono due tipi corpulenti, che ci stanno tenendo aperte le porte. Indossano delle calzamaglie, come i facchini dell'albergo di Kaz.

Dev'essere una caratteristica ruskoviana.

Quando siamo a metà strada verso l'entrata, uno strano tipo con una giacca di tweed mi acceca con il flash della sua macchina fotografica dall'aspetto professionale.

Ma che diavolo?

Con un cipiglio arrabbiato, Tigger urla qualcosa ai buttafuori.

Quelli si avventano sul fotografo sconosciuto come due difensori di football.

"Ehi" grida l'uomo, quando il più grosso dei buttafuori gli afferra la macchina fotografica. "Non puoi prenderla."

Il colosso in calzamaglia non risponde nemmeno. Entra semplicemente nel ristorante con la macchina fotografica in mano. L'altro torna al proprio posto, come se niente fosse successo.

"Di che cosa si trattava?" chiedo a Tigger, quando entriamo.

"Paparazzi." Pronuncia la parola con lo stesso disgusto con cui io direi "Escherichia coli."

"Ah." Guardo indietro. "Ha senso. Per un attimo, avevo dimenticato quanto sia importante il vostro Deretano Reale."

Lui mi conduce a un tavolo accogliente, illuminato da candele, e tira infuori una sedia per me. "Mi dispiace. Di solito, sono bravo a schivare quegli avvoltoi, ma questo è stato abbastanza furbo, da tenere d'occhio il ristorante. Deve aver capito che era solo una questione di tempo, prima che io o uno dei miei fratelli avessimo voglia della cucina ruskoviana."

"Non c'è niente di cui scusarsi." Per la prima volta, mi guardo intorno. Ci sono immagini di funghi ovunque. Il tema, qui, deve avere qualcosa a che fare con *Alice nel paese delle meraviglie* o, in modo correlato, con gli allucinogeni.

Tigger aggrotta le sopracciglia. "No, mi dispiace davvero. Chiunque venga visto insieme a me finisce inevitabilmente sulle riviste scandalistiche, di solito in un articolo pieno di bugie."

"Come quelle donne di cui eri in compagnia?" è la domanda che non ho le palle (o le ovaie) di porgli. Invece, opto per: "Non sono minimamente preoccupata."

"No?" Si morde l'interno del labbro (una mossa che mi distrae).

Faccio del mio meglio per concentrarmi. "Qualsiasi pubblicità, per quanto scandalosa, sarebbe ottima per la mia carriera d'illusionista."

Mi rivolge un sorriso caloroso e prende il proprio menù. "È un sollievo."

Anch'io prendo il menù, ma è in ruskoviano.

"Che tipo di ristorante è questo?" gli chiedo.

"Si chiama Crispy Mushroom. Sono specializzati in ogni sorta di piatti a base di funghi, che sono molto popolari in Ruskovia. Ti piacciono i funghi?"

Faccio spallucce. "Sono nella mia lista degli alimenti sicuri, ma li ho sempre visti come un contorno."

"Allora, ti aspetta una bella sorpresa" dice, rivolgendo un cenno a un cameriere in calzamaglia.

Mentre i due iniziano a conversare in ruskoviano, tiro fuori di nascosto il cellulare e controllo l'esatto punteggio di violazioni sanitarie di questo locale.

Ha un punteggio zero, il che è fantastico.

Il cameriere smette di parlare e Tigger si gira verso di me. "Tra le due specialità, potrebbe piacerti la bistecca di Criniera di Leone."

"Leone, non tigre?" gli chiedo con un sorrisino.

Lui sorride di rimando. "I funghi Lion's Mane (Criniera di Leone) sono famosi per i loro benefici sulla salute. Favoriscono la memoria e le capacità cognitive; inoltre, i monaci buddisti li usano da migliaia di anni come aiuto a concentrarsi durante la meditazione."

Guardo il cameriere. "Quest'uomo lavora con voi su commissione?"

Il cameriere fa un passo indietro. "Questo ristorante appartiene a Sua Altezza Reale, Andrej Cezaroff."

Mi sposto sull'orlo della sedia e riporto l'attenzione su Tigger. "Tuo padre?"

Lui scuote la testa. "Fratello."

Lo guardo con curiosità. "Quanto è numerosa la tua famiglia?"

"Ho nove fratelli" risponde Tigger, senza battere ciglio. "Allora, che ne pensi della bistecca di Criniera di Leone?"

Nove? Sembra che le nostre famiglie siano abbastanza simili, anche se scommetto che avere tutti fratelli maschi sia molto diverso dal crescere con un gruppo di ragazze, per non parlare del fatto di vivere in un castello, piuttosto che in una folle fattoria di animali.

Mi rivolgo al cameriere. "I funghi sono ben cotti?"

"Sì, padrona" risponde.

Padrona? E non indosso nemmeno i pantaloni di pelle, oggi! "D'accordo. Li proverò."

Il cameriere fa un inchino e si precipita via.

"Tu che cosa prendi?" chiedo a Tigger.

Pronuncia una parola che suona come Paganini, ma sono sicura che non intenda mangiare un famoso violinista defunto (anche se, con i nobili, non si sa mai: può anche darsi che ne abbiano messo qualcuno in salamoia).

"Ottimo. Questo spiega tutto" commento.

Lui ride. "È un fungo. Credo che in inglese si chiami 'fly agaric', ovvero amanita muscaria."

Mi acciglio. "Cappello rosso, macchie bianche?"

Annuisce.

"Quello su cui stava seduto il bruco in *Alice nel paese delle meraviglie?*"

Si posa un tovagliolo in grembo. "Non esattamente quello, ma sì."

"Non sono velenosi?"

"Non se li fai bollire due volte, cambiando l'acqua ogni volta."

Lo fisso a bocca aperta. "Sembra pericoloso."

Allarga le mani. "Ho mangiato di peggio. Fugu, frutto Ackee, Sannakji, Hákarl... citane uno, e io l'ho provato."

Sollevo enfaticamente il cellulare davanti alla faccia e cerco i piatti appena menzionati.

Eh già! Come pensavo, deve avere la sindrome di Urbach-Wiethe.

Il fugu è doppiamente pazzesco: è sashimi (quindi, carne cruda) e, in più, è fatto con un pesce palla letalmente velenoso. L'ackee, il frutto, non è altrettanto letale, ma può comunque portare al coma e alla morte, se lo si mangia non correttamente maturato. Il sannakji è fatto di tentacoli di polpo vivi, che costituiscono un pericolo di soffocamento; invece, l'hákarl è squalo della Groenlandia curato, un pesce che usa un composto tossico nel proprio organismo come un antigelo naturale e che, se non curato, può portare ad ogni sorta di effetti mortali.

Preoccupata, ora, cerco il fungo Lion's Mane: Criniera di Leone.

No, non è tossico, e i benefici per il cervello sembrano essere veri.

Metto via il cellulare e lancio un'occhiata di disapprovazione a Tigger.

"Non preoccuparti, l'amanita è molto sicura, una volta cucinata" mi dice, cogliendo (a quanto pare) i miei pensieri.

"E se lo chef commettesse un errore?"

Lui minimizza con un cenno della mano. "In realtà, ho mangiato l'amanita cruda, una volta, sotto la supervisione di uno sciamano. Devi solo vomitare al momento giusto e, poi, fai un bel trip allucinogeno."

Stringo gli occhi su di lui. "Quando dici 'al momento giusto', intendi 'prima che ti uccida', vero?"

Sorride. "Se sei così preoccupata, non lo mangerò mai più crudo. I funghi che contengono psilocibina sono molto meglio."

Prima che io possa rispondere, arriva il cibo.

Il suo non ha i riconoscibili cappucci rossi, mentre il mio sembra una specie di carne di un piccolo animale. Quali sono le possibilità che la bistecca di Lion's Mane sia davvero fatta con gattini o cuccioli di leone?

Ne taglio una piccola fetta e me la metto in bocca.

Per le papille gustative di Houdini! Questa è la cosa più buona che abbia mai mangiato. Ha un sapore dolce, intenso, terroso e carnoso, con una consistenza simile a una coda d'aragosta.

Tigger mi sta guardando con bramosia. Devo aver gemuto per il piacere gastronomico.

Faccio del mio meglio per essere più discreta con il prossimo morso, mentre anche lui si tuffa sul proprio cibo.

"Allora" dico, cercando di non guardarlo, mentre mangia la propria scelta velenosa. "Che cosa ci fanno così tanti principi ruskoviani a New York?"

Inghiotte il boccone che stava masticando. "La risposta è insita nella tua domanda. Siamo talmente tanti, che non abbiamo tutti le responsabilità regali che pensi tu. Parlando per me, sono qui per la fisioterapia."

Il mio prossimo pezzo di fungo è insapore. "Ho letto del tuo coma. Qualcosa a proposito di un incidente di base jumping?"

Annuisce. "Si trattava del grattacielo più alto di Mosca. Era tutto fantastico, all'inizio, ma poi... mi sono risvegliato in un ospedale in Ruskovia."

L'espressione cupa sul suo viso mi fa stringere il petto. Non sono un'amante degli abbracci, ma ho disperatamente voglia di stringerlo, finché quella cupezza insolita per lui non se ne sarà andata.

"La tua famiglia dev'essere stata devastata" dico sommessamente.

Solleva la forchetta. "I miei fratelli mi sono stati di gran supporto. I miei genitori avevano più un atteggiamento da 'te l'avevo detto'."

Mi acciglio. "Davvero?"

Ride, ma c'è sicuramente una certa tensione. "I miei mi avevano diseredato molto prima di quell'evento.

'Comportamento sconveniente' è ciò che pensano di quello che ho scelto di fare della mia vita."

Poso la mia mano guantata sulla sua. "So che non è la stessa cosa, ma pochi nella mia famiglia prendono sul serio la mia carriera di prestigiatrice. Pensano che, se non hai una laurea, non farai mai soldi."

Il suo sguardo si concentra su di me e l'intensità dei suoi occhi nocciola mi fa sentire come una cerbiatta nel mirino di una tigre. "Sei una prestigiatrice più talentuosa di tutti quelli che si sono esibiti nel nostro castello. Sono sicuro che hai una carriera straordinaria davanti a te."

Sorrido come un'ebete. Se il suo piano malvagio è quello di usare l'adulazione per infilarsi sotto le mie mutandine, sta funzionando.

Pronto? Non sviluppare sentimenti, ricordi?

La mia euforia svanisce e ritraggo la mano. Per rendere la cosa meno imbarazzante, prendo la saliera e cospargo un po' di sale sul mio piatto. "A proposito di carriere, monetizzi le tue avventure in qualche modo, o ti guadagni da vivere facendo qualcos'altro?"

Merda! Perché gli ho appena ricordato che è stato tagliato fuori dalla ricchezza della sua famiglia?

"Entrambe le cose" risponde e, con mio sollievo, non sembra turbato. "Sono sponsorizzato da innumerevoli marche, ma il mio reddito più sostanzioso proviene dal mio parco a tema."

Inarco le sopracciglia. "Un parco a tema?"

I suoi occhi sono luminosi, mentre annuisce. "Prima che i miei genitori mi tagliassero i fondi, ho sfruttato le conoscenze della mia famiglia per mettere insieme una coalizione di investitori, per costruire un parco avventura a tema ruskoviano nella mia patria. C'è di tutto, dalle montagne russe, alle giostre 3D, alle esperienze del tipo 'essere un membro della famiglia reale per un giorno'."

"Oh, wow. Che cosa ti ha portato a decidere di fare una cosa simile?"

"Volevo che il grande pubblico provasse la scarica di adrenalina e il senso di stupore che provo io, con le mie varie attività." Sorride. "Mi sarei accontentato di andare in pari coi conti, ma l'impresa ha avuto successo oltre ogni aspettativa. La gente viene in Ruskovia per visitare il mio parco, un po' come i turisti vanno a Orlando per Disney World."

Uhm. Quindi, è un imprenditore di successo, non solo un playboy in cerca di emozioni. Immagino che abbia senso. Altrimenti, come potrebbe pagarmi così bene, se è stato diseredato?

Inoltre, avevo ragione, quando pensavo di aver visto lo stupore sul suo volto, durante le sue prodezze.

La cosa interessante è che ho notato la stessa espressione, quando ha assistito alla mia magia. Non mi stava solo lusingando, quando si è complimentato per le mie capacità d'illusionismo.

Incapace di trattenermi, vado in cerca di un altro complimento. "Anch'io cerco di dare alla gente un senso di stupore con la mia magia. Un po' meno di una scarica di adrenalina."

"E ci riesci" dice seriamente. "Penso che la tua

magia farà molto bene al mondo. La gente tende a perdere il senso di stupore, crescendo, ed è un peccato."

Wow. Non avevo mai pensato che le arti magiche servissero a qualcosa di più che fornire intrattenimento. Però, lui ha ragione. Se eseguita correttamente, la magia *può* regalare a un adulto il senso di meraviglia di un bambino, anche solo per un momento.

Lui infilza con la forchetta un pezzo di 'non voglio pensare a cosa sia'. "È per questo che hai deciso di diventare una prestigiatrice?"

Taglio un altro pezzo della mia bistecca di funghi, mentre ci rifletto su. "L'interesse mi è sorto dopo aver assistito a uno spettacolo di magia. Quando ho provato ad eseguire un trucco io stessa, ho scoperto che mi piaceva l'attenzione. In seguito, è diventata questione di far provare alla gente stupore, meraviglia, incanto e ammirazione. Per me, è importante anche diventare una famosa maga *femmina*."

Inarca un sopracciglio. "Perché?"

"Per rendere meglio l'idea, di solito chiedo alle persone di fare un piccolo esperimento mentale. Vuoi provare?"

Annuisce.

"Primo passo: immagina di essere una bambina" gli dico con un sorriso.

Chiude gli occhi e sul suo viso cala un'espressione di profonda concentrazione. Con una vocina acuta, dice: "Fatto."

Reprimo una risata. Starà immaginando di avere le

treccine? Di saltare la corda? Di borseggiare il bullo della porta accanto?

"Ora, rispondi rapidamente alle mie domande, senza pensarci troppo" gli dico. "Comincia col nominare uno scienziato maschio."

"Einstein" dice, ancora con quella voce da ragazzina.

"Ora, nomina una scienziata femmina."

"Madame Curie" risponde, rimanendo nel personaggio.

"Un mago maschio."

"David Blaine" risponde senza esitazione.

"Una maga femmina."

Apre la bocca, poi la chiude. Le sue sopracciglia si aggrottano. Infine, apre gli occhi e mi guarda con frustrazione.

"Rasputina" dico, immaginando che la conosca, dato che risiede nella sua patria.

Si dà uno schiaffo sulla fronte. "Hai ragione!" esclama con la sua voce normale.

"La difficoltà che hai avuto è il punto" affermo. "Non ci sono ancora nomi noti."

"Capisco. E tu vuoi essere quel nome noto, per ispirare le ragazze a diventare prestigiatrici?"

"Esattamente. Proprio come Rasputina e le altre pioniere che hanno ispirato *me*. È ora di abbattere le barriere della discriminazione."

Lui annuisce con approvazione. "Scommetto qualsiasi cosa che riuscirai nel tuo nobile scopo."

"Lo spero proprio." Uno sciame di farfalle rovista

nel mio stomaco, anche se probabilmente dovrei dire "uno stormo di colombe", dato che i maghi sono noti per far apparire colombe dal nulla.

Personalmente, io non eseguirei trucchi con le colombe (né con i conigli), per motivi di igiene. Non piegherei nemmeno i cucchiai, se facessero la cacca! Ripensandoci, anche se qualcuno creasse geneticamente delle colombe che non defecano, non potrei usarle. Blue non verrebbe mai a trovarmi e, oltretutto, sarebbe solo questione di tempo, prima che il gatto di Clarice, Hannibal, divori le mie povere aiutanti per cena... con un buon Chianti.

L'espressione di Tigger diventa sorniona. "A proposito delle tue abilità, puoi eseguire un altro trucco, stasera?" Adocchia una forchetta vicina.

"Niente ripetizioni e niente oggetti di scena, durante un pasto" dichiaro.

Sembra un bambino a cui è stato negato il dessert.

"Tuttavia, *potrei* eseguire un trucco di mentalismo per te. È un tipo di magia che ha a che fare con la mente."

I suoi occhi brillano di eccitazione. "Per favore."

"D'accordo. Pensa a due forme semplici, una dentro l'altra, come un cuore dentro un quadrato." Disegno l'esempio nell'aria.

"Fatto" dice.

"Ora, immagina una carta da gioco qualsiasi dentro la forma interna."

"Ricevuto" dice, con aria inquieta (una reazione comune per uno spettatore, a questo punto).

Allungo teatralmente una mano in avanti e mi porto l'altra alla tempia, impersonando il Professor X. Essere un mago (o un mentalista) è molto simile ad essere un attore che ha assunto il ruolo di un mago o di un mentalista, o così disse il famoso Robert-Houdin.

Agendo come se avessi catturato il pensiero di Tigger, annuncio solennemente: "Stai pensando alla Regina di Cuori dentro un triangolo all'interno di un cerchio."

Tigger lascia cadere la forchetta.

Il mio sorriso è diabolico.

"Come?" sussurra.

"Piuttosto bene" rispondo.

Prende di nuovo la forchetta. "Sei una donna pericolosa."

"Non dimenticartelo."

Prima che possa supplicarmi di rivelargli i miei segreti, cambio argomento, chiedendogli dei suoi fratelli.

Condivide con entusiasmo degli aneddoti del suo passato, come la volta in cui i suoi fratelli e un cugino formarono insieme una squadra di calcio.

"E tu?" mi chiede. "Hai fratelli o sorelle, oltre a Holly?"

Gli racconto delle sei gemelle e di come le cose diventassero folli, con otto ragazze in una fattoria piena di animali esotici di ogni sorta.

Ci alterniamo nel raccontarci storie (che sono sorprendentemente simili, nonostante siamo cresciuti in paesi diversi e con diversi background socioeconomici).

"Credo che un branco di fratelli possa provocare lo stesso caos, indipendentemente dal sesso" afferma.

"Un branco è il sostantivo collettivo giusto, in questo caso?" gli chiedo, mentre mangio l'ultimo boccone sul mio piatto.

"Forse, uno stormo?" Fa un cenno al cameriere.

"Quello vale per gli uccelli e per i fratelli." Sogghigno. "Con le sorelle, è una mandria... come con le mucche."

Il cameriere si avvicina in fretta e conversa con Tigger in ruskoviano.

"Dessert?" mi chiede Tigger.

Annuisco, soprattutto perché sono curiosa di sapere se sarà a base di funghi. L'unico ingrediente più strano sarebbe l'aglio.

Eh già! Il dessert è una crème brûlée di caramello e funghi porcini con gelato al tè verde. Con mia sorpresa, è cremoso, tostato e mi dà una sensazione calda e piacevole.

Poteva andare peggio. La mia gemella anglofila, una volta, mi ha servito un budino britannico chiamato 'Spotted Dick' (pene maculato)... e non aveva nemmeno una forma fallica!

La bevanda simile al caffè servita qui è (guarda caso) anch'essa a base di funghi... e mi piace. Se parlassi ruskoviano, potrei anche tornare in questo posto (ammesso che me lo possa permettere).

Mentre ci gustiamo il dessert e l'infuso di funghi,

Tigger mi racconta delle storie sulle tradizioni ruskoviane. Si scopre che hanno una festa che ricorda la Tomatina in Spagna, ma, invece dei pomodori, si tirano addosso l'uva matura.

"Perché?" gli chiedo.

Fa spallucce. "Perché abbiamo un festival dell'orso?"

"Fammi indovinare. La gente si traveste da orso?"

Fa un sorrisino. "E mangia cibo per orsi, come il *myodik*."

Lo sguardo divorante che mi rivolge mi fa quasi strozzare con un pezzo di fungo porcino (anche se, quando me lo immagino a leccare il mio vasetto di miele, è più simile a un felino che a un orso).

Mi schiarisco la gola. "È per questo che i tuoi cani sembrano orsi?"

Mangia l'ultimo boccone del proprio dessert. "Non ci ho mai pensato, ma è possibile. Il cane di Kaz ha l'aspetto tipico di una razza ruskoviana chiamata *Misha*, originariamente allevata per la famiglia reale."

"Allora, come hai fatto a finire con un panda e un koala?" gli chiedo.

Lui sorride. "Caradog è il nome di quello che deve portare gli occhiali correttivi, che è un normale Misha. Si dà il caso che abbia semplicemente una colorazione insolita. Mefistofele, invece, ha l'aspetto che ha, perché non è un purosangue."

"Hai chiamato un cane Mefistofele? Non è come chiedergli di essere un combinaguai?"

Ridacchia. "Non ha bisogno di incoraggiamento in

quel senso. Essendo il mio bambino peloso, era destinato ad essere un combinaguai."

Ho appena ovulato? Dev'essere colpa delle immagini inopportune di un piccolo combinaguai mezzo-Gia e mezzo-Tigger, che scorrazza in giro, causando ogni sorta di marachella.

Questo è ridicolo. Dovrebbe esserci una sorta di vaccino contro i sentimenti!

Decisa a mantenere la calma, spingo via il mio piatto vuoto e sorseggio enfaticamente quel che rimane del mio "caffè" ai funghi.

"Pronta a tornare a casa?" mi chiede lui, cogliendo l'antifona.

Fingo uno sbadiglio. "Sì. sono piuttosto stanca."

Stanca di sbavare per lui.

Gli comunico il mio indirizzo, mentre ci portano il conto. Lui rifiuta la mia offerta di dividere l'importo e, in un batter d'occhio, mi riporta alla sua auto suicida.

Con mio grande stupore, stavolta, rispetta il limite di velocità fin dall'inizio. Nonostante ciò, la mia frequenza cardiaca è alta, come quando Tigger guidava come una comparsa di *Fast and Furious*.

Che cosa mi sta succedendo? Che quella singola corsa mi abbia condizionata a temere la sua macchina?

Non impiego molto a capire cosa stia realmente accadendo.

Anche se la mia mente è fermamente impostata sul mantra "La nostra cena non era un appuntamento", il mio cuore (come altri organi, vitali e non) evidentemente non ha recepito il messaggio. In difesa del mio cuore, la cena è stata piuttosto simile a un appuntamento (più di quanto non lo fosse stata la maggior parte di quelli veri che ho avuto). Il fulcro del mio sovraccarico di adrenalina è semplice da capire, ora.

Ci stiamo avvicinando a quella parte di un appuntamento in cui, in passato, le cose andavano sempre a finire malissimo per me.

Il bacio di fine serata. O, piuttosto, la mancanza di tale bacio.

Questo è il momento in cui tutti i ragazzi con cui sono uscita hanno capito che non valevo la pena e mi hanno scaricata.

Deglutisco e pratico una tecnica di respirazione che ho recentemente insegnato al mio studente super-sexy.

No. Non funziona. E nemmeno ricordare al mio cuore (e agli altri organi) che questo non era un appuntamento.

"Va tutto bene?" mi chiede Tigger.

Dannazione! L'auto non si sta più muovendo.

Guardo fuori dal finestrino.

Eh già! Casa dolce casa. Ci siamo forse teletrasportati qui?

"Alla grande" rispondo tardivamente.

Slacciandomi la cintura di sicurezza di alta qualità, colgo il suo sguardo felino e lo stormo di colombe mi scatena una rivolta nello stomaco.

Lui slaccia la propria cintura senza distogliere lo sguardo da me. "Sono stato davvero bene."

Accidenti a lui! Questa è la più tipica battuta post-appuntamento e pre-bacio.

"Anch'io" replico (l'eufemismo della mia vita).

Lui preme un pulsante e le serrature dell'auto si sbloccano.

Nessuno dei due si muove.

Vattene!

Apri la portiera.

Smettila di fissarlo.

Rimango incollata al sedile, come se fossi ipnotizzata (e conosco la sensazione, dato che una delle mie coinquiline è un'ipnotizzatrice).

Lentamente, sempre più lentamente, una forza simile alla gravità mi tira verso di lui.

Ma che diamine?

Anche lui si sporge verso di me. Non è immune a qualsiasi fisica, chimica o follia di massa ci sia in gioco qui.

Succederà, finalmente? Per un secondo, mi concedo di sperarci.

Se mai esistesse un momento in cui la lussuria potrebbe vincere le mie fobie, sarebbe questo. Da quando l'ho visto nudo in ogni sua parte, sono diventata una macchina produci-ormoni che cammina, parla ed è pronta ad esplodere a qualsiasi provocazione (in più di un modo).

Le nostre labbra, ora, sono a un centimetro di distanza.

Per le palle di Houdini! Ci baceremo davvero?

Capitolo Tredici

Due cose accadono contemporaneamente.

Lui comincia a mormorare qualcosa, ma non sento cosa, perché il mio istinto di evitare i germi entra in azione e mi ritraggo di scatto, andando a sbattere la testa contro il finestrino laterale.

Lo sguardo sul suo volto è uno che non ho mai visto prima in queste situazioni.

Non è irritazione, né senso di tradimento, né rifiuto.

È preoccupazione. Forse, anche compassione (cosa che detesto).

"La mia testa è a posto." Contraddicendo le mie parole, mi massaggio la parte posteriore del cranio pulsante.

"Giuro che stavo per chiederti se ti andava di baciarmi" afferma con tono serio. "Non avevo intenzione di provarci direttamente, stavolta. Mi dispiace se..."

"Ero io che ci stavo provando" ammetto amaramente.

Inclina la testa. "Allora, perché..."

"C'è il rischio di herpes, epatite B, sifilide e HPV" sbotto. "In generale, un singolo bacio può depositare ottanta milioni di batteri da una lingua all'altra e, dopo, il nostro microbioma..."

"Capisco" dice dolcemente.

Sbatto le palpebre con aria ebete. "Davvero?"

Si stringe nelle spalle. "Non è incoerente con i guanti e le preoccupazioni per l'acqua della piscina."

Giusto.

Come potrei dimenticare?

Mi mordo il labbro. "Penserai che sono pazza."

"Mai." I suoi occhi penetrano i miei. "Che tu ci creda o no, eseguo sempre un'analisi di valutazione dei rischi, prima di cimentarmi nelle mie prodezze. Certe volte, non corro il rischio, perché mi sembra troppo grande, ma generalmente mi butto. Molte persone mi ritengono pazzo perché la mia tolleranza al rischio è più alta della loro. Sarebbe ipocrita, da parte mia, dare della pazza a *te*, perché hai una tolleranza al rischio che va nella direzione opposta."

Sospiro. "Perché non puoi fare lo stronzo? Mi fai venire ancora più voglia di baciarti."

Il suo sguardo si oscura. "Quindi, lo vuoi davvero? È solo una questione di preoccupazioni di salute?"

Abbasso lo sguardo. "Credo di sì. Forse. Nella mia infanzia, ho vissuto un evento traumatico, che ha dato inizio a tutta questa faccenda."

"Che cos'è successo?" L'espressione sul suo volto è spaventosa, quando alzo lo sguardo. "Qualcuno ti ha fatto qualcosa?"

La domanda è talmente minacciosa, da gelarmi il sangue (e questo, nonostante il fatto che la parte razionale di me sappia che lui è furioso con l'ipotetico colpevole di un evento che non mi è mai capitato).

"Nessuno mi ha fatto del male" mi affretto a dire. "Si è trattato di qualcos'altro, qualcosa di un po' sciocco."

Gli racconto del Massacro della Cinciallegra e, mentre parlo, la sua espressione spaventosa si trasforma in compassionevole.

"Hai visto uno psicologo?" mi chiede.

Scuoto la testa. "Ho fatto qualche ricerca per conto mio. Non voglio una soluzione medica (che sarebbe qualcosa come lo Zoloft), mentre la terapia sarebbe di tipo cognitivo comportamentale, che è una cosa che sto facendo da sola."

"Ah sì?"

Sembra impressionato, perciò gli racconto dell'uso del porno come terapia di esposizione e, mentre parlo, un'espressione pensierosa e alquanto machiavellica gli si posa in viso.

Stringo gli occhi. "Che cosa c'è?"

"Stavo solo pensando alle molte cose che possiamo fare senza alcuno scambio di fluidi."

Mi si mozza il respiro. "Che cosa intendi?"

Un sorriso sexy gli incurva le labbra. "Puoi usare

me per fare un po' di terapia di esposizione nel mondo reale."

La mia iperovaricità sale alle stelle. "Usarti?"

"Se non ti piace come suona, puoi pensare a me come a un allenatore. Tu stai addestrando me e io sarei felice di restituirti il favore."

Non so cosa sia più eccitante: l'idea di usarlo sessualmente o l'idea dell'addestramento spinto.

"Quando?" gli chiedo con voce roca.

Le sue narici si dilatano. "Adesso?"

M'inumidisco le labbra, improvvisamente secche. "Come?"

"Come vuoi tu" mormora. "Sono tuo stasera."

Non ho parole. Un caleidoscopio d'immagini sconce mi attraversa il cervello (ed è un miracolo che non abbia un orgasmo qui e ora).

"Lasciami preparare la mia stanza" gli dico con un filo di voce.

Annuisce. "Attendo tue istruzioni."

Con la mente annebbiata, scendo dall'auto e mi precipito nel mio appartamento.

Non incrocio nessuna delle mie coinquiline. Bene. Spero che continui così, quando farò entrare Tigger. Non voglio perdere tempo con le presentazioni.

Non so nemmeno cos'ho intenzione di fare con lui, ma qualunque cosa sia, la sicurezza dev'essere prioritaria; perciò, rovisto nell'armadio del corridoio e trovo alcuni oggetti che abbiamo usato, quando abbiamo ridipinto le pareti del soggiorno.

Rischiando d'inciampare sui mobili per l'eccitazione, corro nella mia stanza e preparo tutto.

Sta davvero per succedere?

Preoccupata che Tigger abbia cambiato idea, torno indietro di corsa e lo trovo ad aspettarmi davanti alla porta d'ingresso. Deve avermi seguita.

Deglutisco forte e piego il dito in modo seducente. "Vieni dentro."

Lui entra con grazia felina.

Mentre percorriamo il corridoio, noto che ha smesso di camminare.

Oh, no! Che ci abbia ripensato?

Mi giro e lo trovo a fissare con aria inquieta qualcosa vicino alla porta della camera di Clarice.

Aspettandomi un ragno gigante, seguo il suo sguardo.

Una faccia piatta e pelosa mi guarda.

È Hannibal, il gatto: un persiano bianco e soffice con gli occhi azzurri e, pertanto, non una creatura che uno guarderebbe come sta facendo Tigger.

"Che ti succede?" mormoro.

"Niente" risponde, ma rimane fermo, con gli occhi fissi sulla palla di pelo sul suo cammino.

"Sei allergico ai gatti?" gli chiedo.

Scuote la testa.

"Allora, cosa?"

Si tira su la manica e mi mostra una cicatrice sbiadita sull'avambraccio. "La nonna di mio cugino, la duchessa madre, era quella che si definirebbe una gattara. Una delle sue bestie mi ha procurato questa. Da allora, sono più che altro un amante dei cani."

Guardo avanti e indietro da Tigger ad Hannibal. "Hai paura dei gatti?"

È possibile che questa montagna di muscoli tema davvero una palla di pelo bianco?

Che cosa farebbe, se conoscesse il nome sinistro del gatto? O se incontrasse Machete, l'animale di mia sorella Blue: un gatto veramente spaventoso, da cui persino le persone normali si terrebbero alla larga?

Un accenno di rossore gli tinge gli zigomi alti. "Non ho paura. Questa è meramente una situazione di valutazione del rischio. L'ultima volta che mi sono avvicinato a uno di questi, sono stato in ospedale con un'infezione per una settimana." Lancia un'occhiataccia ad Hannibal e il gatto ricambia, agitando la coda in modo ammonitore.

Potrei giurare che Tigger impallidisca leggermente, prima d'interrompere la gara di sguardi.

Di solito, è la principessa che dev'essere salvata da un mostro. Oggi, è il principe. Mi avvicino alla porta di Clarice e la apro molto delicatamente. "Sciò!"

Fingendo che questo sia ciò che ha sempre voluto, Hannibal s'infila nella fessura della soglia, con la coda alta.

Chiudo la porta altrettanto delicatamente e guardo Tigger. "Pronto ad andare?"

"Non ho *paura* dei gatti" borbotta, seguendomi.

Gli do una pacca sulla manica con aria

comprensiva. "Una cosa che potresti provare è maneggiare la cacca di gatto."

"Perché?" Mentre mi guarda con gli occhi ridotti a due fessure, mi ricorda un bel micio (oh, l'ironia!). A proposito di ironia, il soprannome Tigger faceva parte di una presa in giro ironica ad opera dei suoi fratelli?

"I gatti sono portatori di un parassita che, in teoria, induce le persone ad amarli di più. Quindi, nel tuo caso, potresti sentirti neutrale nei loro confronti."

"No, grazie" replica.

"Sì, forse è meglio così. Si dice anche che il parassita dei gatti induca ad avere comportamenti rischiosi, e tu ne hai già abbastanza."

Sospira. "Possiamo lasciar perdere l'argomento gatti, per favore?"

Mi sento un'idiota. "Non ne parlerò mai più" dichiaro solennemente (e lo penso davvero). È il minimo che io possa fare, considerando quanto lui sia comprensivo nei confronti dei miei problemi.

Inoltre, in realtà, sono sollevata dal fatto che esista qualcosa che lo spaventa. Ciò significa che non è affetto dalla sindrome di Urbach-Wiethe e, quindi, non potrà trasmetterla ai nostri ipotetici figli.

Aspettate! Figli? Magari, dovrei cominciare a baciarlo, prima?

Apro la porta della mia camera da letto e gli faccio cenno di entrare. Lui entra nella stanza e sgrana gli occhi.

"Siediti qui." Indico la sedia che ho preparato.

Quando si siede, lo spesso telo di plastica sopra la sedia emette un rumore di stropiccio.

"Dammi un secondo." Indosso la tuta che ho comprato un po' di tempo fa, nel caso in cui dovessi mai entrare in un ospedale (cosa che, fortunatamente, non è ancora successa).

Si tratta di una tuta anti-contaminazione per tutto il corpo, dotata di una robusta maschera facciale, che mi è stata molto utile durante il progetto di pittura. Grazie alla maschera, sono stata l'unica delle mie coinquiline a non essere intossicata dai fumi.

Tigger mi scruta, ricoperta dalla testa ai piedi, e il divertimento gli brilla negli occhi. "Sto per essere ucciso?"

Di che cosa sta parlando?

Mi esamino allo specchio, poi scruto la stanza ricoperta di plastica pesante, il nastro adesivo che ho usato per attaccare il tutto e, infine, il manichino nell'angolo.

Oh, merda!

Ha ragione.

La mia stanza sembra il covo di un serial killer.

Capitolo Quattordici

rasalisco. "Mi dispiace. Probabilmente, non è un arredamento molto sexy. Voglio solo essere prudente."

"Quindi, farai la *Dexter* della situazione con me?"

Il mio viso avvampa, sotto la maschera. "Ho pensato che, qualsiasi cosa faremo, tu eiaculerai..."

Il divertimento nei suoi occhi aumenta. "Il mio sperma non dovrebbe essere radioattivo."

Dipende dalla definizione che si dà alla parola. "Ho visto abbastanza porno" dico, sulla difensiva. "Quella roba può schizzare dappertutto."

Lui sorride. "Credi che esploderò come un idrante? Suppongo di sentirmi lusingato... ma non basterebbe un preservativo?"

Un preservativo. Ottima idea! Vado verso il mio comodino e gli lancio il piccolo pacchetto argentato.

Lo guarda, accigliato. "Come mai li tieni? Pensavo che non facessi sesso."

"Vero, ma non sono una suora." Arrossendo, apro il cassetto del comodino e tiro fuori i miei due dildo: il Principe Reggente e quello piccolo.

Pensi lui possa capire che sono la sua controfigura? Il Principe Reggente sembra eretto e orgoglioso, mentre lo sventolo in aria.

Il mio vecchio dildo, invece, sembra essersi raggrinzito. *Sono diventato semplicemente "quello piccolo"? Perché non mi fondi e crei una vagina?*

La mascella di Tigger si contrae e mi domando se mi stia immaginando giocare con i sex toys.

Il mio rossore si espande fino al petto. "Pensi che avremo bisogno di questi? Uno può essere controllato tramite un'app, in modo che..."

"No, myodik." La sua voce è più roca del solito. "Per ora, voglio solo che ti tocchi per me."

E proprio così, il mio respiro si fa irregolare e i miei capezzoli diventano duri come proiettili. Deglutendo, tiro fuori il braccio dalla manica della tuta e lo faccio scivolare lungo il mio corpo, fino a raggiungere il mio sesso.

"Così?" Muovo la mano con un movimento esagerato, per fargli capire cosa sta succedendo.

Lui annuisce, con gli occhi che avvampano. "Proprio così."

Aspettate! Un momento. Questa dovrebbe essere la *mia* pornoterapia.

"Spogliati" gli dico.

Un sorriso oscuro gli incurva gli angoli delle labbra, mentre comincia a spogliarsi.

Per gli addominali di Houdini! Per ora, ha tolto solo la camicia, ma la vista di quei pettorali e addominali duri mi fa battere il cuore due volte più velocemente... e batteva già all'impazzata!

Quando si cala i pantaloni, sono già in iperventilazione.

"Sei bagnata?" mormora.

"Come l'acqua" rispondo d'un fiato.

"Continua a toccarti." Si toglie i boxer, liberando Sua Durezza Reale.

Che mi venga un colpo!

Come ha fatto a venirgli così duro, se io sembro una comparsa in *Contagion*? Inoltre, com'è possibile che Sua Durezza Reale sia ancora più grande di quanto ricordassi? Surclassa tranquillamente il Principe Reggente.

Ehi! Questo mi ferisce. Il Principe Reggente sembra rimpicciolirsi, come il fratello minore.

Non è mio fratello, e ben gli sta, per avermi fatto sentire un clitoride!

A proposito di clitoridi, il mio è gonfio e palpitante, con una tensione accumulata, ma c'è anche un vuoto, che soltanto Sua Durezza Reale può riempire.

"Accarezzatelo" riesco a sussurrare.

Con un grugnito di approvazione, Tigger strappa il pacchetto del preservativo con i denti e se lo infila.

Cazzo, che sexy!

Forse il preservativo è stato un'esagerazione, però? Preferisco una vista senza ostacoli. Inoltre, sarebbe imbarazzante mettere della musica, a questo punto? Di solito, faccio questo genere di cose sulle note di "The Final Countdown."

"Mettiti un dito dentro" mi ordina, cominciando a muovere il pugno su e giù per la propria lunghezza.

Obbedisco e i miei muscoli interni stringono avidamente il dito. La sensazione è insoddisfacente. Un dito è una scarsa approssimazione di ciò che sto guardando.

Lui accelera il movimento del pugno. "Strizzati il capezzolo."

Infilo l'altra mano dentro la tuta, la faccio scivolare sotto il reggiseno e metto in pratica le sue parole.

Accidenti, che bella sensazione! Una scossa di piacere si diffonde sul mio corpo, trasformando il mio clitoride in un trasmettitore di beatitudine.

"Più veloce" geme lui, masturbandosi quasi ferocemente.

Dei gemiti mi sfuggono dalle labbra, mentre imito il suo ritmo.

I suoi muscoli si tendono.

Le mie dita dei piedi cominciano ad arricciarsi.

Un suono distante minaccia di penetrare la nebbia del piacere, ma non ci faccio caso.

"Gia" geme lui.

Questo è quanto. Con un urlo attutito dalla maschera, vengo.

Tigger grugnisce di piacere e schizza nel preservativo.

Wow!

Sembra moltissimo liquido.

La protezione extra potrebbe non essere stata un'esagerazione.

"Caspita!" Rinfilo le braccia nelle maniche della tuta.

Lui mi sorride. "È stato incredibile." Con attenzione, si sfila il preservativo dal membro enorme.

Il rumore di prima si ripete e il mio cervello lo riconosce come una bussata alla porta.

Merda!

Sto per chiedere "chi è?", quando la porta si apre.

Capitolo Quindici

_P_rima di vedere Clarice, ne sento la voce.
"Ehi. Sei stata tu a far entrare Hannibal nella mia..."

Si blocca di colpo, con gli occhi sgranati.

Seguo il suo sguardo e una nuova ondata di calore mi assale il viso.

Sua Durezza Reale è ancora in piena erezione. Immagino che ci voglia qualche secondo, prima che certe cose si riabbassino.

Sono anche fortemente consapevole della tuta in stile anti-contaminazione che sto indossando, nonché della stanza ricoperta di plastica.

Non posso nemmeno immaginare che razza di perversione Clarice pensi di avere appena interrotto. Esiste una cosa come il gioco di ruolo del serial killer? O, forse, penserà che stiamo giocando al dottore... durante l'epidemia di _Andromeda_?

"Sono mortificata" mormora lei, indietreggiando. "Pensavo di aver sentito uno dei tuoi film porno, non..."

Non sento il resto, perché, in quel momento, Hannibal irrompe nella stanza.

Scorgendo il suo nemico, Tigger molla il preservativo che aveva in mano e si afferra istintivamente i pantaloni.

Mi aspetto quasi che Hannibal prenda paura di Sua Durezza Reale (o del Principe Reggente, quanto meno). Una volta, ha dato di matto, quando una delle mie coinquiline gli ha messo un cetriolo dietro.

Ma no, si sta dirigendo proprio verso Tigger. Immagino che l'oggetto fallico debba essere verde, per costituire un problema.

"Fermo!" grido al gatto.

"Hannibal!" esclama Clarice severamente.

Il gatto, invece, accelera. In un batter d'occhio, è ai piedi di Tigger.

Oh, no! Sua Durezza Reale è ancora fuori in tutta la sua maestosità. È a questo che il gatto sta mirando? Che stia pensando di essere finalmente all'altezza del proprio nome e...

No.

Il gatto non brama un assaggio di carne umana. Il suo vero obiettivo si rivela essere, per citare il personaggio omonimo del film, "mille volte più selvaggio e più terrificante."

Fisso con orrore Hannibal, mentre afferra tra i denti il preservativo e si precipita verso di me.

La maschera attutisce il mio urlo, mentre un

166

terribile scenario si svolge davanti ai miei occhi: il gatto fa dei buchi con gli artigli nella mia tuta, poi ci ficca dentro i succhi dell'uomo... in qualche modo.

L'urlo, evidentemente, spaventa Hannibal, che devia dal proprio percorso, correndo sul muro ricoperto di plastica, come se fosse stato morso da un ragno radioattivo.

Il nastro adesivo che ho usato per tenere ferma la plastica non gradisce e si stacca, ma Hannibal salta sul pezzo successivo, prima che il telo lo ricopra, per poi atterrare sul pavimento dietro Clarice e me, e correre fuori dalla mia stanza.

"Hannibal!" grida Clarice, lanciandosi all'inseguimento.

Mi precipito dietro di loro, solo per scoprire che la tuta non è fatta per correre.

Ansimando, mentre cammino come una papera, guardo Clarice scomparire in cucina.

La seguo e, quando arrivo, lei è lì in piedi, confusa.

"Dov'è?" le chiedo senza fiato.

Scuote la testa. "Credevo di averlo visto correre qui dentro."

Un movimento alle mie spalle mi fa trasalire, ma è solo Harry.

"Mi è semblato di vedele un gatto" dice, con la sua migliore imitazione di Titti. Con voce normale, aggiunge: "Aveva con sé un preservativo. Come mai?"

"Dov'è?" gridiamo all'unisono io e Clarice.

Harry mi squadra da capo a piedi. "Che diavolo hai addosso?"

"Dov'è il gatto?" ringhio.

Harry fa un passo indietro. "Calmati. È in camera mia. L'ho chiuso lì dentro, prima di venire qui."

Con un sospiro di sollievo, Clarice va verso un cassetto, tira fuori un paio di pinze e me le mette tra le mani.

Stringo gli occhi, guardando l'oggetto. "A che cosa servono?"

"A recuperare il preservativo" m'informa Clarice, roteando gli occhi.

"Perché io?"

Mi squadra da capo a piedi. "Indossi una tuta protettiva e, in più, è il preservativo del tuo ragazzo."

Harry sembra incuriosita. "Un ragazzo?"

"Non è il mio..."

Prima che possa finire la frase, il mio non-ragazzo entra.

Harry sembra impressionata, così come Clarice (nonostante il fatto che l'abbia appena visto senza pantaloni).

"Lasciate fare a me" dice lui, tendendo la mano verso le pinze. Non sembra minimamente imbarazzato.

"No." Stringo coraggiosamente le pinze. "Ci penso io." L'ultima cosa che voglio è che Tigger perda uno di quei bellissimi occhi per colpa del gatto.

Ci avviciniamo di soppiatto alla stanza di Harry e lei apre la porta.

Hannibal è lì, in mezzo al pavimento, felicemente appallottolato, ignorandoci come solo un gatto sa fare.

Il preservativo è accanto a lui.

Bleah!

Mi faccio coraggio.

Indossi una tuta. Puoi farcela.

Coraggiosamente, mi avvicino e raccolgo con le pinze il rischio biologico... e lo guardo, rigirandolo da una parte e dall'altra.

"Che c'è?" mi chiede Clarice.

"È vuoto." Continuo a esaminare il lattice, come se potessi evocare lo sperma al suo interno (il che, comunque, potrebbe essere un bel trucco di magia).

"Vuoto?" chiede Tigger, incredulo.

"Che cosa c'era lì dentro?" chiede Harry, ricevendo una strana occhiata da Clarice.

Tutti guardiamo simultaneamente Hannibal, che chiaramente aspettava solo quel momento per leccarsi i baffi.

È possibile che si oda anche un suono tipo 'slurp'.

"Bleah!" esclama Harry. "L'ha mangiato?"

Capitolo Sedici

*T*igger lancia uno sguardo insultato a Harry.

Clarice sembra costipata. "Credo che 'ingoiato' sia la terminologia corretta" precisa, con voce strozzata.

Non so se dovrei essere invidiosa di Hannibal, schifata, o preoccupata per i gattini metà tigre e metà persiano.

Questo crea un brutto precedente. In men che non si dica, il gatto desidererà il latte umano. O il sangue. Inoltre, i fluidi corporei potrebbero essere la perfetta via d'accesso per fargli desiderare la carne umana, specialmente per una creatura che condivide il 95,6% del DNA con leoni e tigri. Clarice già scherza sul fatto di dover nutrire bene Hannibal, altrimenti banchetterà con i nostri bulbi oculari!

Tigger raddrizza la schiena, come se stesse per guidare delle truppe in una parata. "Permettetemi." Fa per prende le pinze.

Gliele porgo, facendo attenzione a non mollare il preservativo.

"Vado a disfarmene" dichiara, poi guarda le mie coinquiline. In tono imperiale, aggiunge: "Io sono Tigger. E voi siete?"

Sembra che si stiano sforzando di trattenere le risate, mentre si presentano.

"È stato un piacere conoscervi, Harry e Clarice" afferma Tigger con un inchino cortese, tenendo le pinze serrate saldamente intorno al preservativo.

"Altrettanto" replica timidamente Harry.

"Vieni ancora" gli dice Clarice con una risatina.

Mi assicuro che lei possa vedermi roteare gli occhi, prima di rivolgermi a Tigger, dicendogli: "Ti accompagno alla porta."

Le mie amiche restano in disparte, anche se so che pendono da ogni parola.

Quando arriviamo alla porta, sblocco la serratura per lui.

Tigger scuote le pinze, facendo sventolare il preservativo vuoto come una bandiera nella brezza. "È stato memorabile."

Cerco di non guardarlo, mentre il calore si diffonde dal mio viso fino alle zone recentemente stimolate. Invece, mi aggrappo all'argomento più neutro che mi venga in mente. "Sei pronto per l'allenamento di domani?"

Un sorrisino gli danza sulle labbra. "Tu sei pronta per il tuo?"

Il rossore che mi copre si estende fino alle dita dei

piedi. "Certo" dico con voce tesa.

"Bene." Apre la porta. "Ti manderò un messaggio."

Si dirige verso la propria Lamborghini, con portamento dignitoso, nonostante il fardello che regge, e lo guardo sgommare via alla velocità del suono.

"Bella macchina" commenta Harry alle mie spalle.

"Bello tutto." Clarice mi rivolge un'espressione fintamente imbronciata. "Ci hai tenuto nascosto qualcosa."

"Oh, eccome." Harry si mette le mani sui fianchi. "Fuori il rospo."

Tiro un sospiro. "Aspettate in salotto. Devo prima cambiarmi."

Dopo essermi tolta la tuta anti-contaminazione, vado in salotto, dove trovo ad attendermi tutte le mie coinquiline, non solo Clarice e Harry.

Con un altro sospiro, mi lancio nel racconto della storia (impresa agevolata dal fatto che, a differenza delle mie sorelle di sangue, le mie sorelle di magia sanno tutto dei miei problemi con l'intimità).

Quando ho finito, tutte iniziano a parlare contemporaneamente e l'unica cosa che riesco a distinguere è: "Non puoi baciarlo attraverso una pellicola di plastica?" e "Non puoi farlo con un preservativo?"

"Grazie, ma escogiterò una soluzione" affermo severamente.

Clarice zittisce tutte e mi rivolge un sorriso compassionevole. "Poverina. Devi sentirti come un diabetico nella fabbrica di cioccolato di Charlie."

"Non sapete quanto!" esclamo, poi auguro a tutte la buonanotte e vado in camera mia.

————

Mentre rimetto in ordine la stanza e svolgo la mia routine serale, una dozzina di domande mi tuba freneticamente in testa, come uno stormo di colombe intorno a un pasto.

Perché si è offerto di allenarmi? Che cosa avrà significato per lui? Riuscirò a guardarlo in faccia, domani? Ad allenarlo? A lasciare che lui alleni me? Tremo febbrilmente al pensiero.

A proposito del suo allenamento su di me: che abbia funzionato? Sono forse più vicina a poter essere intima con un ragazzo?

È difficile a dirsi, ma l'idea di essere in intimità con un ipotetico tizio qualunque non mi alletta più. Ho in mente una persona specifica, che mi ricorda le pubblicità della birra, come: *"Una volta, si è portato un coltello a una sparatoria... solo per giocare alla pari."* Oppure: *"Quando sei a Roma, fa' come fa LUI."*

No, è assurdo. È un cliente. E un principe playboy.

Questo mi riporta alla domanda sul perché mi abbia offerto i suoi servigi. Qual è il suo obiettivo?

Chiaramente, il fine ultimo dell'allenamento è quello di andare a letto insieme (a meno che questa non sia una mia pia illusione). Ma perché un uomo che può avere qualsiasi donna dovrebbe perdere tempo con me? È la difficoltà a suscitare il suo interesse... per il momento? Sono forse un Everest sessuale, che ha deciso di conquistare? Andare dove nessun uomo è mai stato prima, scopando l'inscopabile?

Incapace di trovare risposte soddisfacenti, mi metto a letto e mi rigiro per ore, prima di sprofondare in un sonno agitato.

———

Mi sveglio molto tardi e controllo il cellulare.

Niente da parte di Tigger.

Spero che non abbia cambiato idea sul fatto di continuare l'allenamento.

Tirando fuori il portatile, faccio ricerche su cosa potrei insegnargli, nel caso si faccia vivo. Quando mi viene fame, prendo uno yogurt al cocco per colazione: un altro piccolo esempio di terapia espositiva, in un certo senso. Lo yogurt è pieno di batteri, ma dato che sono del tipo che fa bene alla salute, li lascio entrare nel mio corpo... con riluttanza soltanto minima. Mi è molto utile sapere che, dalla sua fondazione negli anni Ottanta, questa marca di yogurt non è mai stata la causa di un'intossicazione alimentare.

Vorrei solo non provare una strana sensazione lanuginosa sulla lingua ad ogni cucchiaiata, come se le piccole code di milioni di lactobacilli si agitassero, danzando sulle note di "The Final Countdown."

Proprio quando ho finito di mangiare, Tigger si fa finalmente sentire:

Stamattina andrò dal medico. Possiamo incontrarci più tardi, oggi? Magari alle 16?

Ah, quindi si farà *davvero* visitare da un medico, per assicurarsi di poter fare immersioni in apnea. Ne sono lieta. In questo modo, sarò meno preoccupata che possa annegare.

Ci vediamo all'hotel, gli rispondo (e le stupide colombe mi svolazzano nello stomaco per l'aspettativa).

Torno alla mia ricerca sulle immersioni in apnea, ma un messaggio mi distrae dopo pochi minuti.

È da parte di Blue.

La tua amica esperta di carte non si è presentata al brunch che avevamo in programma. L'ho chiamata e le ho scritto, ma non mi ha risposto. Va tutto bene?

Mmm. Non è proprio da Clarice mancare a un'opportunità di lavoro.

Vado verso la sua stanza e busso.

Nessuna risposta.

Quando apro la porta, tutto ciò che vedo è Hannibal con gli occhi chiusi (indubbiamente, per smaltire il pesante pasto di ieri sera).

Faccio attenzione a non svegliarlo, mentre richiudo la porta. Ho un tacito accordo con quel gatto. Io non lo infastidisco e lui non mi soffoca nel sonno, non mi lecca la faccia e non si struscia contro di me.

Dove sarà Clarice?

La chiamo e le mando un messaggio.

Non mi risponde.

Comincio a bussare alle porte delle altre coinquiline, ma sono tutte fuori.

Proprio quando mi accingo a telefonare a ciascuna di loro, ricevo un messaggio di gruppo da Harry.

Clarice è in ospedale.

Capitolo Diciassette

*A*nnebbiata dal panico, leggo il resto del messaggio di Harry.

Spiega di aver ricevuto una telefonata farfugliata da Clarice, durata solo un paio di secondi, e di non avere idea di cos'abbia la nostra amica; conosce solo il nome dell'ospedale.

Con il cuore martellante, prenoto un taxi e mi precipito in camera mia a prepararmi.

Pur di evitare un viaggio in ospedale, prenderei in considerazione l'idea di leccare un corrimano della metropolitana, usare un bagno pubblico e, forse, addirittura mangiare in un ristorante con valutazione C.

Ma Clarice è mia amica e devo andare a trovarla.

In qualche modo.

Con lo stomaco teso, localizzo la tuta anti-contaminazione di ieri sera. In fin dei conti, l'avevo comprata apposta per entrare in ospedale (non per eccitare un principe). La indosso, ma non metto ancora la maschera, perché il tassista potrebbe svignarsela, vedendola.

Prendo anche uno splendido mazzo di carte, che avevo comprato per il compleanno di Clarice. Niente la rallegra di più delle carte.

Uscendo, individuo il taxi.

Non indossare la maschera è stata una saggia decisione. Già così, la tassista lancia uno sguardo inquieto al mio abbigliamento.

"Vado all'ospedale" dico.

La signora si comporta come fanno tutti i newyorkesi di fronte a qualcuno che, chiaramente, dovrebbe stare in manicomio: nessun contatto visivo e nemmeno un accenno al fatto di avermi sentita.

Mando un messaggio a Blue, per aggiornarla sulla situazione.

Quale ospedale? mi chiede.

Glielo scrivo e torno a riflettere su cosa potrebbe essere accaduto.

Nella mia immaginazione masochista, si svolge ogni sorta di scenario. Che Clarice abbia avuto un incidente d'auto? Che sia stata aggredita? Che si sia ammalata per un'intossicazione alimentare?

È troppo giovane per un infarto o un ictus, ma non si sa mai.

Il taxi si ferma.

Esco il più velocemente possibile (per quanto la tuta mi permetta), indosso la maschera e barcollo fino all'ingresso dell'ospedale.

Le porte automatiche si aprono per me, ma i miei piedi non si muovono.

Dannazione!

Clarice è lì dentro. Potrebbe essere in fin di vita. Il minimo che posso fare è entrare e starle vicino.

I miei piedi continuano a non muoversi.

Persino con la tuta, ho troppa paura di entrare.

Cazzo!

Sono la peggiore amica del mondo.

Faccio un piccolo passo verso la porta.

No. I miei piedi mi riportano indietro.

Il bip di un messaggio sul cellulare mi strappa al mio stato confusionale.

È Blue.

Ho appena contattato l'ospedale. Clarice ha avuto una reazione allergica.

Oh, no! Sento freddo dappertutto. Le allergie sono estremamente pericolose. A che cosa è allergica? Non me l'ha mai detto.

Raccolgo tutta la mia forza di volontà per oltrepassare le porte di fronte a me, ma prima che possa trovare il coraggio, ricevo un altro messaggio di Blue.

Sta bene. È appena stata dimessa.

Un'ondata di sollievo lava via la mia ansia, mentre mi sovviene che le informazioni ottenute da Blue sembrano piuttosto private.

Quelli dell'ospedale le avrebbe detto tutto questo per telefono?

Speriamo che non si sia introdotta nel database dell'ospedale (o, se l'ha fatto, che non venga scoperta).

"Gia?" chiede una voce familiare alle mie spalle.

È Harry, con gli occhi selvaggi e i corti capelli biondi più spettinati del solito. "L'hai vista?"

Scuotendo la testa, le riferisco quello che ho appena scoperto da Blue.

"Andiamo a prenderla" dice Harry.

Sto per spiegarle il mio problema, ma le porte si aprono e Clarice esce, con il viso solo leggermente gonfio.

Mentre mi tolgo la maschera, il sollievo che provo si tinge di senso di colpa. Per quanto sia felice di vedere la mia amica viva e vegeta, una parte di me è quasi altrettanto sollevata di non dover entrare nell'ospedale.

"Stai bene?" le chiediamo all'unisono io e Harry.

"Chiamo un taxi per portarti a casa" affermo, tirando fuori il cellulare.

Clarice annuisce. "Maledette formiche!"

Dopo aver chiamato il taxi, scambio uno sguardo preoccupato con Harry.

"Le tue zie sono venute a trovarti?" le chiede prudentemente Harry.

"Sono abbastanza sicura che intendesse gli insetti (ants), non le zie (aunts)" spiego. "Non che questo chiarisca le cose."

Ma aspettate! Credo di aver capito, adesso. Le...

"Quello stronzetto si è infilato dentro la mia scarpa" dice Clarice con aria indignata. "Mentre cercavo di farlo uscire, lui mi ha morso."

"Sono tutte femmine" precisa Harry.

Le lancio uno sguardo di disapprovazione.

"D'accordo." Clarice si aggiusta il cappello da pirata. "*Lei* mi ha morso. Quella stronza."

"E tu sei allergica alle formiche?" le chiedo.

"A quanto pare" replica Clarice. "Mi sono gonfiata immediatamente." Indica l'ospedale. "Mi hanno detto che, se non avessi chiamato subito il 911, sarei morta."

"Maledette formiche!" esclamo con orrore. Dovrei aggiungerle alla mia lista di creaturine da evitare?

"Dovremmo prendere una vedova nera da tenere in casa" suggerisce Harry.

Stavolta, siamo io e Clarice a fissarla come se avesse perso il senno.

"Le vedove nere mangiano le formiche" ci spiega Harry, come se fosse ovvio.

"Sono anche velenose" preciso. "E, sebbene questo non abbia a che fare con noi, divorano i propri compagni."

Clarice rabbrividisce. "Correrò il rischio con una EpiPen."

"Hannibal dovrebbe essere più utile di un ragno, comunque" affermo. "Ai gatti piace davvero mangiare le formiche."

Il nostro taxi arriva e saliamo tutte dentro. Avverto le altre coinquiline e Blue che Clarice sta bene e sta tornando a casa con noi. Poi, tiro fuori il mazzo di carte che ho portato con me e lo porgo a Clarice.

Come speravo, il suo umore si solleva considerevolmente, mentre esamina il mazzo di lusso.

Durante tutto il viaggio di ritorno, mostra dei trucchi con le carte a Harry e me, continuando persino mentre pranziamo tutte insieme a casa nostra. Poiché nulla rallegra un prestigiatore più rapidamente che esibirsi, continuo a fare "ooh" e "ahh" molto tempo dopo essermi stufata della magia con le carte (e sospetto che lo stesso valga per Harry).

"Accidenti!" esclamo, mentre stiamo sparecchiando, dopo il pranzo. "Me n'ero quasi dimenticata: ho una riunione con Tigger."

Clarice sogghigna. "Non dimenticare di portare un preservativo alla 'riunione'."

"E la tua tuta anti-contaminazione" aggiunge Harry.

Sbuffo, mentre mi dirigo verso la mia stanza. "Non farò niente del genere."

In realtà, sono contenta che abbia menzionato la tuta: mi ricorda che devo portare il costume da bagno.

Ci metto un po' a trovare il bikini che avevo comprato molto tempo fa, durante quei giorni felici, prima di scoprire che l'acqua dell'oceano può contenere batteri mangia-carne e che i laghi pullulano di amebe mangia-cervelli.

Mmm. Il costume mi sta stretto. Spero che non mi escano fuori le tette!

Metto in una borsa il bikini e un paio di mutandine extra, indosso un vestito progettato per uccidere e scelgo un gioco di prestigio da eseguire (la rivisitazione di un classico), nel caso in cui Tigger me ne chiedesse uno.

Le mie coinquiline fischiano, mentre mi dirigo

fuori, e il tassista sembra impressionato dalla mia scollatura, quindi spero che lo sarà anche Tigger.

Mentre sono per strada, ricevo una telefonata da Blue e la aggiorno sul benessere di Clarice.

"Dove ha trovato una formica in questa giungla di cemento?" mi chiede Blue.

La schernisco. "Detto da una che si lamenta sempre della proliferazione degli uccelli, nella suddetta giungla di cemento?"

"Touche. Comunque, come vanno le cose con il principe ruskoviano?"

Adocchiando l'autista con diffidenza, passo a una forma di alfabeto farfallino che la stessa Blue ha sviluppato, quando eravamo bambine. L'idea, all'epoca, era di avere conversazioni segrete di fronte ai nostri genitori e compagni di scuola, ma dovrebbe anche servire a tenere all'oscuro il tassista. "Abbiamo fatto delle cose" dico, "ma non sono sicura di quale base sarebbe, nella metafora sessuale nel baseball."

"Che cosa avete fatto?" mi chiede, parlando anche lei (inutilmente) in alfabeto farfallino.

Arrossisco. "Ci siamo masturbati uno di fronte all'altra."

"Wow. Perché?"

Dovrei parlarle dei miei problemi di intimità? A differenza della mia gemella, Blue *sa* tenere un segreto. Persino segreti di stato.

Ma no, non voglio essere compatita.

"Sto prendendo le cose con calma" dico (e non è falso). "Temo di essere il suo Everest sessuale."

Lei (giustamente) mi chiede di spiegare quest'ultima parte, perciò le rivelo che credo lui mi veda come una sfida.

"Se ti lascia dopo aver fatto sesso, fammelo sapere" afferma Blue minacciosamente. "Potrei rischiare un incidente internazionale."

Sì, ok. Nota per me stessa: non raccontare a Blue alcunché del genere. L'ultima cosa che voglio è che venga cacciata dall'Agenzia che Non C'è, o peggio, che finisca in un equivalente ruskoviano del campo di prigionia di Guantánamo.

"Non sono nemmeno sicura di cosa *potrebbe* succedere tra di noi" affermo, pensando ad alta voce.

"Una frequentazione" dice Blue. "Sai, quella cosa che le persone fanno, quando mangiano insieme in un bel ristorante."

Roteo gli occhi. "Non sono nemmeno sicura che mi sia permesso frequentare un nobile. Forse, dovrei andare a scuola di galateo. Imparare a camminare con un libro in testa. Prendere in prestito corsetti da Clarice. Tenere le forchette con la mano sinistra. Mantenere la temperatura della mia vagina a 37,5 gradi."

Riesco a sentire il suo sorriso diabolico, quando dice: "Io comincerei portandolo all'incontro con i nostri genitori."

"Ottima idea. In questo modo, scapperà di corsa in Ruskovia senza mai più guardarsi indietro."

Prima che lei possa rispondere, un'altra telefonata lampeggia sul mio schermo, perciò mi scuso e me ne occupo. È la mia gemella e, anche con lei, la conversazione su Tigger si ripete fino al punto di "dovresti portarlo all'incontro con i nostri genitori."

Prima che possa dirle cosa penso di quest'idea, il taxi si ferma e mi affretto a entrare nell'hotel.

Tigger mi sta già aspettando nell'atrio e, a giudicare dal suo sguardo vorace, apprezza la mia scollatura.

Bene.

Vediamo che cosa penserà, quando sarò in costume da bagno.

Arrossisco, rendendomi conto dell'altro lato della medaglia.

Lui nuoterà, come parte dell'allenamento. Questo significa che vedrò di nuovo il suo corpo. Imperlato d'acqua. I muscoli della schiena che si flettono, mentre nuota...

Che Houdini abbia pietà delle mie ovaie! Sono felice di aver portato un paio di mutandine di riserva.

Capitolo Diciotto

$\mathscr{M}$entre attraversiamo l'atrio (io, un fascio di ormoni; lui, con passo aggraziato), un tizio in calzamaglia si avvicina a noi con una bottiglia di vetro colma di liquido bianco. La porge a Tigger con riverenza, dicendo qualcosa in ruskoviano.

Con un brusco cenno del capo, Tigger lo congeda, poi stappa la bottiglia e beve un sorso di qualunque cosa contenga. Un'espressione beata gli appare in volto e mi porge la bottiglia.

"Ne vuoi un po'?"

Nascondo le mani dietro la schiena. "Che cos'è?"

"Latte di Matilda." Sembra completamente disinvolto, mentre chiama l'ascensore, come se la sua affermazione non avesse bisogno di spiegazioni.

"Chi sarebbe Matilda?" Dalla voce, sembro forse un tantino gelosa? "Ti prego, non dirmi che è la tua ragazza devota, che soddisfa il tuo feticismo dell'allattamento."

Lui ride. "Non ho una ragazza. E tu?"

L'ascensore si apre ed entro. "Nemmeno io ho una ragazza, ma se ce l'avessi, non si chiamerebbe Matilda. Dal nome, sembra minorenne."

Lui preme il pulsante per l'ultimo piano. "Matilda è una mucca."

Sgrano gli occhi e mi allontano il più possibile dalla cabina dell'ascensore... ma non perché lui è così in confidenza con una mucca, da chiamarla per nome!

Aggrotta la fronte. "È una delle poche del suo genere qui negli Stati Uniti, una razza originariamente sviluppata per la tavola della famiglia reale ruskoviana."

Il mio viso deve mostrare la mia angoscia, perché lui sembra sulla difensiva, quando aggiunge: "Fa una bella vita. Vaga libera in una fattoria al nord. Riceve massaggi di cui sarebbero invidiose persino le mucche di Kobe." Beve un altro sorso dalla bottiglia. "Questo latte è come un sapore di casa."

Strabuzzo gli occhi. "È latte fresco?"

Aggrotta la fronte. "Sì."

"Nel senso di non pastorizzato?" Le porte dell'ascensore si aprono e io fuggo rapidamente dalla vicinanza di quella bottiglia. Perché, che cosa accadrebbe, se lui inciampasse, la bottiglia mi volasse in bocca e io ne ingoiassi accidentalmente il contenuto?

Mentre mi segue, una consapevolezza sembra posarsi su di lui. "Hai paura che questo latte mi faccia ammalare?"

Muovo vigorosamente la testa su e giù. "Bere latte non pastorizzato è più pericoloso di qualsiasi cosa tu abbia mai fatto. Sky diving, cliff diving, free diving... e tutte le altre immersioni messe insieme. Dovrebbero chiamarsi immersioni in ospedale. O roulette ruskoviana."

Lui tappa la bottiglia. "Non avrebbe lo stesso sapore, se lo si facesse bollire."

"Ma tu ci guadagneresti di poter continuare ad assaggiare altre cose... come i funghi velenosi."

Con un'alzata di spalle, lascia la bottiglia vicino alla porta che conduce al suo nuovo attico (e io tiro un sospiro di sollievo).

Si spera che chiunque abbia munto Matilda l'abbia fatto alla maniera dei miei genitori nella loro fattoria: lavando le mammelle e i capezzoli, per poi immergerli in una soluzione di iodio.

È strano che io sia ancora un po' gelosa di Matilda? Tigger consuma i suoi fluidi corporei, ma non i miei. Questo significa che la mucca è più avanti di me nel rapporto con lui, in termini di metafore del baseball (forse, a metà strada verso la prima base?).

Per fortuna, Tigger è all'oscuro delle mie riflessioni, mentre striscia la carta magnetica per farmi entrare.

Wow! La suite sembra abitata, ora, e le composizioni floreali sembrano nuove di zecca.

Una, in particolare, cattura la mia attenzione: ha una gran quantità di lupini e peonie, una bella combinazione (che mi fa pensare ai peni dei lupi mannari). Inoltre, contiene anche cucchiai piegati, nonché la cintura di Tigger, integrati al proprio interno.

"Quella è per te, da portare a casa" mi dice lui, seguendo il mio sguardo.

Mi regala dei fiori? E non dei semplici fiori, ma addirittura una composizione?

Reprimo il senso di svenimento che mi sboccia nel petto. Questo è il momento dedicato al nostro allenamento, perciò devo mantenere le cose professionali. "Grazie" riesco a dire con tono disinvolto.

"La piscina è pronta per te" m'informa, con voce leggermente roca. "Puoi cambiarti lì dentro." Indica una porta vicina.

Deglutisco dinnanzi al calore nei suoi occhi. Alla faccia del mantenere le cose professionali! Sono una pozza di voglia (e abbiamo ancora i vestiti addosso!).

Varcata la soglia del bagno, mi spoglio rapidamente, solo per bloccarmi.

L'ultima volta che mi sono spogliata fuori dalla mia stanza risale a quando sono andata a comprami della biancheria intima. Mi sento più nuda adesso che allora. Probabilmente, perché stavolta mi sono tolta i guanti.

Inoltre, a differenza di quella volta, sono eccitata... e la tentazione di uscire nuda è forte. Così come la voglia di masturbarmi. Persino con un muro tra di noi, la vicinanza di Tigger è come il Viagra femminile.

Ma no! Sono una maga, non una ninfomane.

Indosso il costume da bagno, afferro il vestito e la borsa e torno in soggiorno.

Tigger non c'è.

Appoggio la mia roba sul divano e, prima che possa chiamarlo per nome, lui torna, indossando solo uno slip blu attillato.

Per il rigonfiamento di Houdini! Perché non mi sono masturbata, quando ne ho avuto la possibilità?

I miei capezzoli reagiscono alla vista e non sbavare richiede uno sforzo.

Da parte sua, quando Tigger mi vede, il rigonfiamento nel suo costume aumenta di dieci volte.

Mi sfugge un po' di bava.

Sua Durezza Reale dilata quel tessuto di poliestere misto a spandex, facendo sudare d'invidia le pareti della mia vagina.

"Sono pronta per quella nuotata" dico con voce strozzata.

Se l'acqua è fredda, forse mi fornirà quell'effetto doccia fredda di cui ho disperatamente bisogno.

Lui ringhia qualcosa di incomprensibile e indica in direzione della piscina. Reprimendo l'impulso di ancheggiare, mi dirigo là.

Eh già! La piscina è stata riempita.

"Mio fratello mi ha detto che è stata sterilizzata, prima di riempirla d'acqua" afferma Tigger alle mie spalle. La sua voce è ancora roca. "Sarai la prima a tuffarti."

Sono così arrapata, che persino quella raucedine nella sua voce mi sta facendo impazzire.

Traendo un respiro profondo (nel modo che, più tardi, gli insegnerò), mi tuffo.

Splash!

L'acqua non è fredda; è perfetta.

La sensazione di assenza di peso mi ricorda l'infanzia.

Trattengo il fiato e nuoto finché i miei polmoni cominciano a urlare, poi ancora un altro po'.

"Sei stata sotto per un bel pezzo" afferma Tigger, quando riemergo.

Liquido l'affermazione con un gesto della mano, mentre la mia maga interiore si attiva. "Posso fare dieci volte tanto, sai."

Bugie, ma devo attenermici, se voglio mantenere questo incarico.

Decidendo di non immergermi più, per paura di rivelare la mia incapacità di trattenere il fiato per tanto tempo quanto dichiaro, faccio dei semplici giri intorno alla piscina... ed è bellissimo. Quando sarò una maga famosa e potrò permettermelo, avrò la mia piscina personale, che si riempirà regolarmente di acqua pulita come questa.

Alla fine, sono stanca e infreddolita, quindi nuoto fino alla scaletta e salgo. Mi sento vulnerabile, ad essere così nuda e bagnata, fino a quando Tigger si avvicina con un asciugamano gigante tra le mani.

Quando mi ci avvolge, mi sembra di ricevere un abbraccio per la prima volta dopo decenni e mi riscaldo quasi istantaneamente.

La prima nuotata dopo una vita, il primo abbraccio,

la prima esperienza sessuale: Tigger è fonte di molte prime volte. Sarebbe così terribile, se lasciassi che questa tendenza continui e che lui sia il primo ad entrare dentro di me?

Si allontana, lasciandomi avvolta nell'asciugamano. Un misto di sollievo e delusione m'inonda, ma la delusione evapora, mentre mi godo la vista di lui che cammina verso il trampolino.

"Che esercizio farò?" mi chiede.

"Si chiama nuoto alla cieca" rispondo. "Si chiudono gli occhi e si nuota sott'acqua, guidandosi solo con il tatto."

Annuisce con approvazione, poi si gira e si tuffa.

Lo guardo svolgere l'esercizio con la sua caratteristica temerarietà. L'idea alla base del nuoto alla cieca è che lui impari a gestire lo stress dell'ignoto, ma credo di essere io quella più in apprensione.

Quando riemerge, gli dico di fare qualche giro, soprattutto perché voglio godermi la visuale.

Oh, e che spettacolo! I tizi di *Magic Mike* non sono niente in confronto. Guardarlo mi eccita così tanto, che devo sedermi e fargli cambiare esercizi.

Andiamo avanti così per un po' e, per tutto il tempo, sono consapevole di un semplice fatto: quando il suo addestramento sarà finito, potrebbe offrirsi di allenare di nuovo me.

Come sarà? Quanti orgasmi comporterà?

Il solo pensiero mi manda il cuore in tilt. Per evitare di affrontare questa possibilità, costringo Tigger a esercitarsi fino a quando il mio costume da bagno si asciuga e, poi, per un'altra ora, fino a quando vedo le sue labbra diventare blu.

"Puoi uscire" gli dico. "Non voglio che tu vada in ipotermia."

"Puoi prendermi un asciugamano?" Indica un tavolo con una pila di asciugamani.

Faccio come chiede, mentre lui esce, regalandomi lo spettacolo dei miei sogni erotici.

Siccome non sono in grado di avvolgerlo in un asciugamano come lui ha fatto con me, glielo porgo semplicemente (e sbavo, mentre lo guardo asciugarsi).

Per il clitoride di Houdini! Sono talmente eccitata, che probabilmente verrei al tocco di una piuma.

"Ho una sorpresa per te" mi dice. "Andiamo dentro."

Lo seguo su gambe instabili.

Lui getta l'asciugamano sul divano, si siede e prende una grossa pila di fogli.

"Puoi sederti qui?" Dà dei colpetti su un posto a distanza di bacio da sé.

Posso? Certo. Dovrei? Probabilmente no.

Lo faccio comunque.

"Questo è per te." Mi porge la pila di fogli.

Esamino le pagine a bocca aperta.

Sono gli esiti dei suoi esami medici... ma non hanno niente a che vedere con l'immersione libera.

Alzo lo sguardo dai fogli. "Questi sono..."

"Gli esiti dei test" afferma. "Sono andato dal dottore e mi sono sottoposto a controlli per tutte le malattie trasmissibili conosciute dalla scienza medica."

Ritorno avidamente a fissare le pagine.

Non sta mentendo. È un susseguirsi di esami, uno dietro l'altro, e alcune delle malattie sembrano inventate, mentre altre sembrano esagerate, tipo la malaria, che si diffonde attraverso la puntura di una zanzara.

Suppongo che, se mai ci troveremo chiusi in una stanza con una zanzara, mi sentirò più tranquilla, ora. Sebbene, se lui è come l'uomo della birra Dos Equis, *"Le zanzare si rifiutano di morderlo per puro rispetto."*

Un'altra cosa che farò, quando sarò una maga ricca, è contattare il medico di Tigger per farmi sottoporre a questa stessa serie di test.

Tutti i risultati che vedo sono negativi.

Quando arrivo alla pagina etichettata "malattie sessualmente trasmissibili", la esamino più attentamente.

Gonorrea: negativo. Clamidia: negativo. HIV: negativo. L'elenco continua.

"Per riassumere, sono pulito" dichiara Tigger, quando alzo di nuovo lo sguardo. "Ho pensato che, magari, questo ti risparmierà dal dover indossare quella tuta nelle mie vicinanze."

Di nuovo, mi tornano in mente le pubblicità.

"Una volta, ha provato a prendere un raffreddore solo per vedere cosa si prova, ma quello non ha attecchito."

"Il suo sudore è la cura per il raffreddore comune."

"Certe malattie veneree hanno un periodo di incubazione lungo" blatero.

Lui fa un sorrisino. "Non sono stato con nessuna negli ultimi quattro mesi. Questo è d'aiuto?"

Lo guardo sbattendo le palpebre. "Ah no?"

Vuole perdere il distintivo di puttaniere?

Sospira. "Nonostante ciò che scrivono le riviste scandalistiche, non vado a letto con tutto quello che si muove. Anzi, di solito, faccio sesso solo quando ho una relazione, ma i miei continui viaggi non contribuiscono esattamente ad averne."

Wow. La sua ricerca del brivido sembra tanto nociva per le relazioni, quanto lo sarà la mia carriera di maga, una volta decollata.

Cosa ancora più importante: non è realmente un puttaniere?

Ed è sano?

È difficile da concepire per la mia mente contorta.

Se questo è vero, posso baciarlo senza morire. Non sarebbe molto diverso dal mangiare yogurt... nel senso che la sua bocca pullula di batteri, ma nessuno di loro è una minaccia.

Posso anche leccarlo.

E scoparlo.

Solo che tutte queste opzioni suonano ancora spaventose, nonostante i referti medici.

Inspiro ed espiro lentamente. "Puoi mettere la mano così, per favore?" Sollevo la mano come se stessi per giurare su una Bibbia (o sulla biografia di Houdini).

Flettendo il bicipite, lui esegue.

"Posso toccarti il palmo?" gli chiedo.

Annuisce, con gli occhi nocciola incuriositi.

Mi protendo verso di lui, come se gli stessi dando il cinque al rallentatore.

Quando i nostri palmi sono a un soffio di distanza, mi fermo.

La nostra pelle è così vicina, che posso percepire il calore irradiarsi dal suo palmo.

Un altro paio di millimetri, e potrei sperimentare il mio primo tocco umano dopo tanto tempo.

Solo che il mio palmo non si muove oltre.

Chiudendo gli occhi, stabilizzo il respiro per calmarmi, ma, quando li riapro, il mio palmo ostinato non avanza.

Lascio cadere la mano con frustrazione.

È uno sguardo compassionevole quello sul suo viso?

"Perché non ci riesco nemmeno ora?" chiedo, più a me stessa che a lui. "I germi sono usciti di scena."

Lui abbassa la mano. "Non fa niente, myodik. Non mi sono sottoposto a quei test per metterti fretta, ma solo per farti stare tranquilla."

"Tu non capisci" mormoro. "Questo è proprio come ciò che è successo all'ospedale."

Delle rughe di preoccupazione gli solcano la fronte. "Quale ospedale?"

Gli spiego ciò che è successo a Clarice, concludendo con: "E indossavo una tuta, quindi ero al sicuro; eppure, non riuscivo a entrare."

Lui si passa le dita sopra la cicatrice sbiadita che quello stronzo di un gatto gli aveva procurato. "So che il mio problema con i gatti non è la stessa cosa, ma posso capirti. Quando ne incontro uno, razionalmente so che quella creaturina non è più pericolosa di una cosa come fare surf, ma questo non mi aiuta."

Mi appiattisco i capelli con i palmi delle mani. "È proprio questo. Mi ripeto sempre che stavo semplicemente facendo attenzione. Che stavo evitando i germi." Abbassando le mani, lo guardo stancamente. "Penserai che sono senza speranze."

"No" dice dolcemente. "Penso che tu sia più forte di quanto credi."

Mi alzo in piedi e gli volto le spalle. Si sbaglia. Sono sul punto di crollare.

Non lo capisce. Questo è un cambiamento di paradigma per me. Credevo di essere semplicemente più furba di tutti gli altri, ma si scopre che non sono diversa da mia sorella Blue, con la sua fobia degli uccelli. Peggiore, forse.

Lei, almeno, non ha paura degli uccelli che non ci sono.

A livello inconscio, forse ho sempre saputo di avere un problema. Anziché indossare i guanti per tutto il tempo, potrei semplicemente lavarmi le mani, dopo aver toccato le persone; invece, non lo faccio. Non mi sento a mio agio a toccare nessuno, a prescindere da cosa dica la scienza.

Senza i guanti, mi sento nuda.

Aspettate un attimo!

Adesso sono senza guanti, ma non mi sento così.

Questo conta qualcosa, giusto?

"Vuoi che ti distragga da qualsiasi cosa ti stia passando per la testa?" mormora Tigger. Mi volto e lo trovo in piedi accanto a me.

Deglutisco dinnanzi al suo sguardo felino. "Come?"

Un accenno di sorriso gli incurva le labbra sexy. "Penso che sia ora della tua lezione di terapia espositiva."

Capitolo Diciannove

$\mathcal{E}$h già!

Sono distratta, lo ammetto. Talmente sovrastimolata dagli ormoni, in effetti, che vado in iperovaricità in un batter d'occhio.

"Che tipo di lezione avevi in mente?" gli chiedo in un sussurro.

Lui piega il dito. "Seguimi."

Con il cuore in gola, obbedisco.

Non a caso, mi conduce nella sua camera da letto.

"Un secondo." Prende due fagotti ingombranti dall'armadio e li posa sul letto gigante, poi li srotola.

Mi acciglio, guardando i guanti e il casco attaccati ai due aggeggi simili a tute. "Che cosa sono quelle?"

"Tute VR" risponde. "Ho pensato che ti fossero familiari. Sono il risultato di un progetto a cui stava lavorando la tua gemella."

Sbatto le palpebre per la sorpresa. So esattamente di

cosa sta parlando. Le tute sono state progettate dalla nuova amica di Holly (quella della scatola di dildo).

Nel momento in cui ne ho sentito parlare, ho adorato l'idea. Le tute permettono di avere esperienze sessuali realistiche senza toccare nessuno. È come se fossero state fatte apposta per me. Procurarmene una è sulla mia lista dei desideri per quando avrò soldi da spendere, specialmente perché la realtà virtuale è uno dei modi migliori per sottoporsi alla terapia di esposizione.

Ma lui come fa ad averle?

"Non sono ancora disponibili al pubblico" dico. "Ho chiesto a mia sorella di avvisarmi, quando saranno in vendita."

Tigger annuisce. "Questi sono prototipi. La società di venture capital di mio fratello ha finanziato il progetto, quindi lui è riuscito a sfruttare qualche aggancio e procurarsi queste per me. Ho pensato che sarebbe stato un buon supporto, nel caso in cui il mio certificato di salute non fosse stato al cento per cento... o se fossi stato pulito, ma tu non ti fossi sentita pronta a fiondarti a letto con me."

Fiondarmi a letto con lui.

Questa è la prossima fase dell'allenamento?

Se non fosse per le mie preoccupazioni di rappresentare un Everest (e per la mia incapacità di toccarlo), risponderei: "Sì, grazie."

Per come stanno le cose, tolgo i sigilli alla tuta VR e lo guardo fare altrettanto.

"È sterile" afferma. "Ho verificato."

Beh, questo è un bene. Secondo le istruzioni, questo aggeggio va indossato da nudi.

Il mio cuore batte più velocemente e una vampata di calore si diffonde sul mio viso.

Mi farà distogliere lo sguardo, quando si toglierà il costume?

Dovrei chiedergli di voltarsi, quando mi toglierò il mio?

"Ti lascio un momento" mi dice, aprendo la porta della camera da letto.

"Non devi andartene" blatero. "Tu mi hai mostrato il tuo corpo. È giusto che io ti mostri il mio."

I suoi occhi acquisiscono un bagliore predatorio. "Sei sicura?"

Anziché perdere tempo a rispondere, mi tolgo il pezzo sopra del bikini, ignorando il bruciore del mio viso.

Le sue narici si dilatano e l'elastan del suo costume sembra sul punto di strapparsi. Prima che questo possa accadere, si abbassa gli slip, liberando Sua Durezza Reale.

Con un sonoro sussulto, mi tolgo lo slip del bikini.

Rimaniamo lì per alcuni istanti, ammirandoci l'un l'altra. Il suo corpo è tutto muscoli scintillanti e pelle liscia e abbronzata; ogni centimetro di lui è gloriosamente virile.

"Stupenda" ringhia, divorandomi con gli occhi.

Prego che le mie corde vocali funzionino. "Grazie." Prendendo la tuta VR, ne regolo goffamente le cinghie.

"Sdraiati" mi ordina. "È più sicuro indossarla così."

Obbedisco e m'infilo rapidamente la tuta. Quando indosso il visore, sento il letto affossarsi. Lui deve essersi sdraiato sull'altro lato, ora, a poca distanza.

Odo il fruscio del materiale, mentre gli scivola addosso, e mi sento invidiosa della tuta.

Vorrei essere io a coprire il suo corpo duro e delizioso.

"Pronta?" mi chiede.

"Sì."

"Accendila."

Lo faccio. Ora, io e la tuta siamo entrambe accese.

Un pannello di controllo di realtà virtuale appare nell'aria davanti a me. Contiene solo un'app, rappresentata da una sfera dorata.

"Dovrebbe esserci solo un'icona" m'informa Tigger. "Toccala e io farò lo stesso dalla mia parte."

Tamburello sulla sfera.

Wow! Mia sorella mi aveva avvisata che questi guanti sono efficaci nel simulare le sensazioni tattili, ma non mi aspettavo che la sfera fosse così liscia e rotonda. È solo una stupida icona, dopotutto.

La tuta prende vita e stringe il mio corpo dappertutto, procurandomi una sensazione simile a un abbraccio. Anche la visuale cambia. Mi trovo in una stanza bianca con altre due sfere, con una scritta che vi aleggia sopra: "Crea il tuo partner" e "Utilizza impostazioni predefinite."

"Sei d'accordo, se creo la mia partner in modo che ti assomigli?" mormora Tigger.

Annuisco, poi mi rendo conto che non può vedermi. "Certo. E tu?"

"Sarei onorato, se facessi assomigliare il tuo partner virtuale a me." La sua voce è bassa e seducente.

Clicco su "Crea il tuo partner", poi seleziono "Maschio."

La stanza bianca si riempie di teste maschili prive di corpo.

È pensato per essere inquietante?

"Penso che basti agitare le mani, per muovere le teste" mi spiega Tigger.

Eh già! Le teste volano avanti e indietro al mio comando, finché ne individuo una con un volto che assomiglia di più al suo.

"Modificare il mento?" chiede l'app.

Lo faccio e, poi, continuo a modificare le caratteristiche, fino a quando una versione leggermente computerizzata del viso di Tigger mi fissa.

"Poi, è il turno dei corpi" m'informa lui. "Credo sia un bene che ci siamo visti. Non c'è bisogno di usare l'immaginazione lì."

Come previsto, la scelta successiva è "Tipologia di corpo superiore." Ricreo il suo torso in ogni dettaglio appetitoso e, quando ho finito, la testa si attacca al proprio tronco.

Il prossimo passo sarà quello che penso?

Eh già! Ogni centimetro dello spazio virtuale si riempie di peni.

Grandi. Piccoli. Grossi. Sottili. Di diversi colori. Di

diverse specie. È come quella scatola di dildo dell'altro giorno, ma sotto l'effetto di steroidi.

Scelgo il più grande del gruppo, anche se è una pallida approssimazione di Sua Durezza Reale (un po' come quel volto in CGI è una copia grezza del vero viso di Tigger).

Oh, pazienza! Chi implora l'uso della realtà virtuale non può permettersi di essere schizzinoso.

La scelta successiva sono le gambe, poi i glutei.

"Ehi" esclamo. "Non ho avuto occasione di guardarti bene il culo."

"Nemmeno io ho visto il tuo in modo abbastanza dettagliato" replica. "Dovremo usare la nostra immaginazione per questo."

"D'accordo." Esamino tutte le scelte. "Nel caso te lo stessi chiedendo, il mio ha un ano."

Per qualche motivo, alcune delle opzioni in mostra sono sprovviste di quel dettaglio anatomico, mentre altre lo hanno, ma con inserito un plug anale ingioiellato in CGI (indubbiamente, una spudorata pubblicità indiretta).

"Il tuo sedere ha le fossette?" mi chiede.

"No. Il tuo?"

"Penso di sì."

Gnam!

Ecco. Finalmente, ho finito.

Come per festeggiare, il Tigger virtuale fa un balletto da spogliarellista per me.

Questa iperovaricità potrebbe concludersi con l'esplosione delle mie ovaie.

Il respiro di Tigger si fa irregolare. La versione virtuale di me starà eseguendo questa specie di danza per lui.

Zoccoletta di silicone!

Appaiono due nuove sfere: "Multiplayer" e "Singolo."

"Suppongo che useremo la modalità Multiplayer" dico.

"Sì. Scegli quello e poi 'Connetti alla rete locale'."

Dopo averlo fatto, tutto diventa bianco per un momento. Quando la mia visione ritorna, il Tigger virtuale è a pochi centimetri da me e il suo portamento mi ricorda la grazia predatoria del principe in carne e ossa.

In termini di aspetto, però, è ancora la stessa pallida approssimazione dell'originale, dalla testa (al cazzo) ai piedi.

In realtà, i piedi in CGI sembrano sorprendentemente reali.

"Metti la mano come hai fatto prima" gli dico affannosamente.

Il suo avatar annuisce con approvazione e fa ciò che chiedo.

Tendo la mano e tocco il suo palmo virtuale, come ero troppo fifona per fare prima.

Ancora una volta, la tecnologia dei guanti mi stupisce. È la sensazione che proverei, se lo stessi facendo con i miei guanti normali.

Quanto è realistica questa tuta?

Per farmi un'idea (e perché lo sogno da tanto

tempo), prendo la sua mano e la poso sul mio seno virtuale.

Il volto del Tigger virtuale è impassibile, ma so che la cosa gli piace, perché posso sentirlo inspirare profondamente nel mondo reale. Mi tocca il seno, lo palpa e mi strizza delicatamente il capezzolo.

Per il codice binario di Houdini! Come hanno fatto a rendere la sensazione così incredibilmente reale?

Un brivido di piacere mi scende fino alle parti basse.

Incapace di trattenermi, faccio scorrere la mano lungo i suoi pettorali e gli addominali scolpiti, fino a raggiungere la Sua Durezza Reale virtuale.

La cosa bella della realtà virtuale è che lui non può vedermi arrossire come la verginella che sono. La consistenza di ogni cosa è incredibile. Sono più che eccitata, ormai. Se questa tuta non è impermeabile nella zona inguinale, potrebbe andare in cortocircuito in qualsiasi momento.

"Riesci a sentirlo?" gli chiedo con voce roca, mentre lo accarezzo su e giù.

"Oh, sì."

Questa risposta infrange l'illusione della realtà virtuale, perché le parole non provengono dalla bocca dell'avatar, ma non m'importa. Sono di nuovo nella fabbrica di cioccolato di Charlie, solo che ora il mio diabete è guarito.

"Puoi toccarmi?" gli chiedo.

"Cazzo, sì!" Senza lasciare il mio seno, fa scivolare giù l'altra mano, sul mio bassoventre.

Wow! Lo sento. Forse non così intensamente come sul seno, ma decisamente percepisco il movimento.

Quanto costa questa tuta? È la migliore invenzione dopo la ruota.

La sua mano continua il meraviglioso percorso più in basso, fino a raggiungere le mie pieghe virtuali.

"Accidenti" ansimo, mentre le piacevoli sensazioni tattili raggiungono il mio clitoride. "Mi stai toccando sopra la tuta?"

"No." La sua voce è roca. "Questa tecnologia è geniale."

Oh, lo è, eccome! Le sue abili dita virtuali mi stanno accarezzando il clitoride, applicando la giusta quantità di pressione.

Un orgasmo si accumula nel mio intimo.

Mentre un gemito mi sfugge dalle labbra, accarezzo Sua Durezza Reale più velocemente.

Il gemito di Tigger è la mia ricompensa.

Sono così vicina all'orgasmo, che posso assaporarlo.

Muovo la mano più rapidamente.

Lui accelera le carezze sul mio clitoride.

Sì! Sì!

"Ti prego, non fermarti" ansimo, stringendolo più forte.

E in quel momento, inizia il maledetto abbaiare.

Capitolo Venti

*E*sistono cose come le allucinazioni pre-orgasmo? Se sì, perché dovrei immaginarmi un abbaiare di cani? Le mie perversioni non tendono in quella direzione.

L'abbaiare diventa più forte e capisco che ci sono almeno due i cani, a produrre questo rumore.

Tigger ritira la mano. Il suo tono è colmo di frustrazione. "Sarà meglio toglierci le tute."

Merda! Allora, non si tratta di un'allucinazione.

Mi tiro su a sedere e mi strappo il visore dalla testa, poi mi sdraio di nuovo, per togliermi la tuta VR.

Lui ha già indosso il proprio costume da bagno e mi sta porgendo il mio. Merito di quelle sue esercitazioni della scuola militare.

Arrossendo di nuovo dinnanzi al suo sguardo acceso, mi metto il bikini e lo seguo in soggiorno.

Non sorprende che l'abbaiare provenga da due cani scatenati: il panda e il koala, alias Caradog e

Mefistofele. Entrambi reggono un pezzo di stoffa tra le fauci e lo stanno tirando in direzioni opposte.

Impressionante. Scommetto che io non riuscirei ad abbaiare con il tessuto in bocca.

Ciò che sorprende, invece, è il tizio in calzamaglia sdraiato sul pavimento, con i piedi aggrovigliati nei guinzagli.

I cani lo hanno legato, per poter giocare a questo tiro alla fune canino?

Aspettate un attimo!

Stringo gli occhi sul tessuto che stanno tirando, proprio quando si strappa in due metà frastagliate. "Quello è il mio vestito!"

Tigger grida qualcosa in ruskoviano.

Caradog si mette a sedere all'istante e un pezzo stracciato del mio vestito, ricoperto di bava, gli cade dalla bocca.

Mefistofele continua a fare a pezzi la propria metà dell'abito.

Tigger ripete il comando con voce più tagliente.

Mefistofele alza lo sguardo con occhi da cucciolo. La sua espressione sembra dire: "Sono innocente. Sono stato incastrato."

Caradog ha gli occhialini puntati proprio sul cane più piccolo, mentre produce il ringhio spaventoso che avevo sentito, quando Waldo aveva impugnato il coltello.

Con aria intimidita, Mefistofele si siede con un guaito, ma non molla il piccolo pezzo di stozza, che tiene ancora in bocca.

Tigger si avvicina al cane e lo guarda negli occhi. "Non osare ingoiarlo."

Autoritario! Se io avessi qualcosa in bocca e lui non volesse farmelo ingoiare, lo sputerei immediatamente. O lo ingoierei, se fosse ciò che lui desidera.

Mefistofele guaisce più pietosamente e, alla fine, sputa la stoffa.

Mi torna in mente ancora una volta la pubblicità della birra:

"Ha insegnato a vecchi cani una varietà di trucchi nuovi."

"Una volta, ha insegnato a un pastore tedesco ad abbaiare in spagnolo."

"Bravo" dice Tigger al cane; poi, aiuta l'uomo in calzamaglia ad alzarsi in piedi.

Il tizio mi lancia un'occhiata. Notandolo, Tigger gli dice qualcosa di tagliente in ruskoviano. Non ci vuole molta immaginazione, per indovinare la traduzione: "Non fissare la maga semi-svestita!"

Il tizio risponde in ruskoviano.

"Parla in inglese" ringhia Tigger.

"Sono davvero mortificato" dice il tizio, con un forte accento dell'Europa dell'Est, tenendo lo sguardo il più lontano possibile dalla mia carne nuda. "L'appuntamento dal veterinario deve averli sovreccitati."

Appuntamento dal veterinario?

"Tienili d'occhio" gli ordina Tigger in modo imperioso. Rivolgendosi a me, addolcisce il tono. "Andiamo a prenderti qualcosa da indossare."

Seriamente, perché mi piace questo lato prepotente di lui? Per tutta la vita, mi è stato detto che ho problemi con l'autorità.

Faccio l'occhiolino a Mefistofele, per dimostrargli che non gli porto rancore; poi, seguo il suo padrone in camera da letto e lo guardo tirare fuori una canottiera e un paio di jeans strappati.

"Prova questi." Mi piazza gli indumenti tra le mani e se ne va in salotto.

Indosso la canottiera. È troppo lunga (e il pezzo sopra del mio bikini è visibile lateralmente), ma, dopo averne infilato la parte inferiore nei jeans e aver arrotolato gli orli dei pantaloni, sembro semi-presentabile. I jeans boyfriend sono davvero fichissimi (ammesso che si possa chiamarli così, quando il ragazzo in questione non è il tuo fidanzato). Tutto ciò di cui ho bisogno, ora, è...

Tigger rientra, reggendo una cintura. "Ho dovuto togliere questa dalla tua composizione floreale."

M'infilo la cintura nei passati dei jeans. "Beh, è stato pazzesco."

Fa una smorfia. "Mi assumo la piena responsabilità. Sono i miei cani."

Ammicco con le sopracciglia. "Sembra che tu sia in debito con me."

Lui annuisce con aria seria. "Qualsiasi cosa tu voglia, fammelo sapere. Oltre a un vestito nuovo, naturalmente. Quello è dato per scontato."

Non so cosa mi possegga, per pronunciare le parole successive. Se non sapessi che è assurdo, accuserei le mie sorelle di avermi ipnotizzata, prima, quando abbiamo parlato al telefono. "Voglio che tu venga a cena con me e i miei genitori."

No! Idiota! Vai a letto con lui, prima! Una volta che avrà incontrato gli Ottogenitori, il gioco sarà finito.

Inclina la testa. "Lo fai sembrare un grosso favore. Mi piacerebbe conoscere i tuoi genitori."

Perché sto sabotando questa non-relazione?

"Quando li avrai conosciuti, capirai quanto sia grosso questo favore."

Non sembra intimidito. "Quando?"

Tiro fuori il cellulare. Ho dieci messaggi non letti da parte della mamma, che suggerisce di incontrarci "domani."

Ormai, ho ignorato almeno cinque domani.

Il senso di colpa mi corrode. Sono una pessima figlia. Avrei dovuto rispondere prima, ma non sono riuscita a impormelo.

La mia gemella non se ne rende conto, ma c'era una buona ragione, se le ho chiesto di fingersi me, per poter saltare questo maledetto pranzo... e non era la motivazione che le ho dato: cioè, che non volevo che i nostri genitori mi seccassero con domande sulla mia vita sentimentale. Beh, in parte, è per quello. Più che altro, però, sono stufa della bugia che porto avanti con la mia famiglia: la bugia di essere una figlia/sorella *senza* problemi di intimità.

La bugia che diventa sempre più profonda, ogni volta che parlo con i miei genitori, grazie alla loro ossessione per tutto ciò che riguarda il sesso.

"Sei libero domani?" gli chiedo con cautela.

"Certo" risponde Tigger.

Mando un messaggio a Ottomamma, per sapere se una cena l'indomani può andarle bene.

La risposta è immediata:

Finalmente! Facciamo alle 19:00? Dove?

Dopo una rapida conferma con Tigger, le comunico il luogo (il ristorante più pulito in cui io sia mai entrata): il Magia Pan Tumaca.

Quando torniamo in soggiorno, i cani stanno mangiando il cibo dalle loro ciotole e i brandelli del mio vestito sono spariti.

Mi fiondo verso il divano, per assicurarmi che la mia borsa e i miei guanti siano sopravvissuti.

Fiù!

M'infilo i guanti e mi metto la borsa sulla spalla. "Dovrei andare."

"Un attimo, per favore." Tigger si avvicina al dog sitter e prende una pila di fogli che l'uomo ha preparato. Poi, esamina i documenti con approvazione, prima di porgermeli.

Li scruto.

Sembrano esiti di test.

Ha forse dimenticato che ho già visto il suo certificato di salute?

Aspettate! I nomi sui documenti sono Caradog e Mefistofele Cezaroff, non Anatolio.

Sono i certificati di salute dei cani!

Sfoglio le pagine. Caspita! Anche i suoi animali sono privi di malattie veneree. Perché li avrà fatti controllare?

Dovrei dirgli che le mie perversioni non hanno tendenze in quel senso?

"Li ho fatti esaminare dal veterinario per ogni malattia nota alla scienza" afferma, come se mi leggesse nel pensiero. "Non voglio che ti preoccupi dei miei cuccioli pelosi, quando vieni a trovarmi."

"Wow. Grazie." Sopraffatta, gli restituisco i fogli.

Lui molla i documenti sopra i propri. "Posso anche addestrarli a non leccarti, o a non strofinarsi su di te; qualsiasi cosa ti serva."

I cagnoloni devono sapere che sta parlando di loro, perché guardano prima lui e poi me.

"Possono strofinarsi su di me, se sono vestita" dico. "Anzi, posso accarezzarli?"

Annuendo, Tigger ripete il comando di prima.

Caradog è di nuovo il primo a sedersi, ma, alla fine, lo fa anche Mefistofele.

Sistemandomi i guanti, mi avvicino al cane più grande e gli accarezzo delicatamente il pelo.

Caradog comincia a scodinzolare e, dietro gli occhialini, chiude gli occhi per il piacere.

Persino attraverso i guanti, il suo pelo è più ruvido di quanto mi sarei aspettata. Mi ricorda un asino, anziché un panda. Non che io abbia mai accarezzato un panda.

Un sorriso ebete mi si diffonde sul viso. Questa è la seconda volta, oggi, che ho rivissuto la mia infanzia. Nella fattoria dei miei genitori, avevamo un intero zoo di animali esotici e ordinari con cui giocare.

Oggigiorno, ho accesso soltanto a un gatto, Hannibal, ma si lascia accarezzare solo da Clarice e solo quando *lui* ne ha voglia.

Mefistofele guaisce.

"Sei invidioso, eh?" mormoro, poi mi avvicino e accarezzo il piccolo mascalzone.

Il suo pelo soddisfa le mie aspettative, nel senso che la sensazione è quella che ho sempre immaginato mi avrebbe dato un koala.

Alzo lo sguardo e vedo Tigger osservarmi con una strana espressione in viso.

Mi schiarisco la gola. "Hai, per caso, dei croccantini di forma rotonda?"

Tigger guarda il dog sitter con eloquenza.

Si scopre che il tipo ha delle tasche, nella calzamaglia, e ci rovista dentro (al punto che si potrebbe sospettare che si stia trastullando). Alla fin fine, tira fuori due oggetti simili a biscotti.

Prendo il primo e m'inginocchio davanti a Caradog.

Il panda sembra eccitato dalla prospettiva del croccantino, ma dargli da mangiare non è ciò che ho in mente.

Recentemente, ho sentito dire che si possono ingannare i cani con i giochi di prestigio, ma non ho avuto la possibilità di verificarlo.

Prendo il biscotto tra le dita, in modo che il cagnolone sia sicuro che ce l'ho, e poi eseguo un trucco da principiante, descritto in ogni libro sui giochi di magia con le monete: lo faccio sparire proprio davanti al grosso naso bagnato del mio spettatore.

Quando gli mostro le mie mani vuote, senza il croccantino, Caradog sgrana gli occhi comicamente dietro gli occhialini.

Penso che, se fosse umano, si strofinerebbe quegli occhi con le zampe pelose.

Annusa l'aria e la sua confusione aumenta. Senza dubbio, può ancora sentire l'odore del biscotto nelle vicinanze.

Per la mia gioia, anche Tigger e il dog sitter sembrano stupiti. Non devo essere così male come pensavo, nei trucchi di magia con le monete.

"Ora, guarda" dico al cane simile a un panda, per poi eseguire il più classico gioco di prestigio della storia: far apparire una moneta (o, in questo caso, un biscotto) da dietro l'orecchio di un bambino... o di un cane, in questo caso.

Tigger e il suo tirapiedi applaudono. Da parte sua, Caradog non perde tempo. Tenendo d'occhio le mie dita, mi strappa il croccantino di mano, prima che possa sparire di nuovo.

Mefistofele guaisce un'altra volta.

"Non mi sono dimenticata di te." Prendo il secondo biscotto e ripeto lo spettacolo.

Mefistofele non sembra sorpreso quanto Caradog, quando il biscotto svanisce, ma è iper-estatico, quando riappare da dietro il suo orecchio.

"Non è giusto" esclama Tigger, quando mi rialzo in piedi. "Anch'io voglio un trucco."

Ero pronta per questo.

Aprendo la borsa, tiro fuori gli oggetti di scena che

ho portato appositamente per quest'eventualità: tre anelli di metallo.

"Da' un'occhiata a questi." Porgo due anelli a lui e uno al dog sitter.

Tigger esamina gli anelli attentamente, senza dubbio alla ricerca di buchi segreti.

È sbagliato che io desideri fargli controllare i *miei* buchi, segreti e non?

Quando gli anelli sono di nuovo in mio possesso, eseguo un'altra routine classica: prima, i due anelli si collegano "magicamente", poi tutti e tre.

Stavolta, sono solo i miei spettatori umani ad essere stupiti. I cani si comportano come se la compenetrazione del metallo fosse possibile (e, forse, lo è, nella versione canina delle leggi della fisica).

Credo che sperino in una partita a frisbee con gli anelli.

Tigger e il dog sitter si scambiano un'occhiata confusa. "È semplicemente impossibile."

"Controlla di nuovo." Porgo a Tigger la disposizione a tre anelli, affinché possa assicurarsi che, ora, siano tutti collegati insieme. "Tienili come ricordo" gli dico, con un sorriso presuntuoso. "Forse, riuscirai a capire il trucco, dopo che me ne sarò andata."

Scuote la testa e si avvicina alla composizione floreale. "A proposito di souvenir, non dimenticarti questo."

Dopo che ho preso i miei fiori, Tigger chiama qualcuno col proprio cellulare.

"Una limousine ti porterà a casa" m'informa, un

momento dopo. "Anche questo è per te." Mi porge una scatola.

Quando ne scopro il contenuto, ridacchio.

Sono pinze nuove di zecca. Resisto all'impulso di chiedergli cosa abbia fatto con quelle che sono state rimpiazzate.

"Ciao." Saluto i cani e il dog sitter con un cenno della mano.

Tigger mi apre la porta e mi accompagna all'ascensore. "Allenamento, domani?"

Lo stormo di colombe ricomincia a svolazzarmi nello stomaco. "Certo. A che ora sei libero?"

"Nel pomeriggio, prima della cena?"

Annuisco, non sapendo cos'altro fare. Mi sento sempre più a disagio, quando si tratta dello stupido addestramento d'immersione in apnea, ma non so come uscirne.

L'ascensore si apre.

"A presto" mi dice.

Entro e premo il pulsante per il piano dell'atrio con dito instabile.

Capitolo Ventuno

*N*on appena le porte dell'ascensore si chiudono, mi domando perché me ne sono andata. Il dog sitter non poteva badare ai due orsi, mentre io e Tigger tornavamo in camera da letto?

Troppo tardi, ormai.

La cosa peggiore è che lui mi manca già.

Che cosa c'è di sbagliato in me? Sono così illusa, da credere di piacergli?

Non è così. Non può essere. Sono solo una sfida per lui, niente di più.

Inoltre, lui è un principe, mentre io non sono nessuno. Non so ancora se gli sia consentito frequentare una persona comune, a parte per una breve avventura. Inoltre, è un cliente (e, per giunta, uno a cui sto mentendo sulla mia abilità nel trattenere il respiro).

L'unica cosa che è cambiata, oggi, è che non brulica di germi come temevo, quando lo consideravo un puttaniere. Non che questa consapevolezza mi abbia aiutata con i miei problemi di intimità.

Quando le porte dell'ascensore si aprono, sono quasi contenta di essermene andata. Rischiavo di sviluppare quei sentimenti subdoli che sto cercando di evitare.

I miei passi sono più sicuri, mentre cammino attraverso l'atrio, almeno finché non rischio d'inciampare su un pavone.

Blue avrebbe davvero un attacco di panico in questo posto.

Quando esco, la limousine mi sta già aspettando e, mentre partiamo, mi rendo conto di un fatto interessante.

Sto indossando i vestiti di Tigger e non provo alcun ribrezzo al riguardo. Di solito, non sono così impassibile, nemmeno con la mia gemella. Se le do i miei vestiti, non li chiedo mai indietro e, certamente, non prendo mai in prestito nulla da lei o dalle altre mie sorelle.

A proposito delle diavolesse, ho dei messaggi dalla mia gemella e da Blue. Rispondo, aggiornandole su quello che è successo. Replicano immediatamente, entrambe entusiaste del fatto che porterò Tigger alla cena con i nostri genitori.

Nel bel mezzo delle conversazioni, mi arriva un messaggio di Waldo. Vuole uscire dopodomani. Gli scrivo di incontrarci in caffetteria alle undici, dato che Tigger non sembra una persona mattiniera, quando si tratta di allenarsi.

———

Una volta a casa, le mie coinquiline mi prendono in giro per il mio cambio d'abiti.

"È il famoso trucco del vestito che scompare" esclama Harry con un sorrisino.

"In realtà, sono invidiosa." Clarice mi rivolge un cenno col cappello da pirata. "Ho sempre desiderato che qualcuno mi strappasse il corpetto in preda alla passione selvaggia."

Dico a tutte di ficcarsi le loro battute su per il posteriore, prendo la cena e me la porto in camera.

Mentre mangio, cerco idee per l'allenamento di Tigger dell'indomani, mentre cresce il mio senso di disagio per le mie bugie e per la sua futura immersione libera. Che cosa sto facendo? Guardo un sito web dopo l'altro, alla ricerca di un modo per placare la mia coscienza sporca, e poi m'imbatto in un concetto che attira il mio interesse. Talmente tanto, infatti, che mando un messaggio a Tigger, chiedendogli se ha un momento per parlare in videochiamata o al telefono.

Possiamo farlo tra un'ora?, mi risponde. *Sto giocando con i cani nel parco.*

Accetto, sorridendo all'immagine mentale.

Mentre metto da parte il cellulare, il mio sorriso si capovolge. Una cosa a cui non mi sono concessa di pensare, finora, è l'altra faccia della medaglia:

il suo addestramento su di me.

Non abbiamo fatto programmi per questo, il che è un bene. Se voglio stare al sicuro dal punto di vista dei sentimenti, probabilmente dovremmo smettere del tutto. Ma, se smettiamo, come farò per la terapia di esposizione? Non sono ancora disposta ad entrare in convento.

Suppongo che l'unica cosa da fare sia tornare al solito: il porno. In effetti, potrebbe essere un buon modo per ammazzare il tempo, mentre aspetto che passi l'ora per la chiamata con Tigger.

Chiusa a chiave la porta, accendo il porno e cerco qualcosa che non ho mai provato prima.

Interessante. C'è un intero genere che non ho mai visto: la doppia penetrazione o DP.

Faccio partire un video.

Wow. Come implica il termine, la donna prende due cazzi, uno nel culo e uno nella vagina.

Mmm. Non sono così spaventata come lo sarei di solito. Sto migliorando in questa faccenda del sesso, o c'è qualcosa in quest'atto che mi piace sul serio?

Che abbia appena trovato la mia perversione? Essere riempita come un tacchino?

Non ne ho idea, ma ho due dildo, nel caso volessi scoprirlo. Come bonus, potrei smaltire un'intera giornata di energia sessuale, generata dal guardare Tigger per lo più nudo (oltre che dal nostro incontro nella realtà virtuale).

Tirando fuori i sex toys, individuo alcuni dei miei preservativi al gusto di ciliegia, che sarebbero appropriati per l'occasione. Ho acquistato i primi di questo tipo nel fatidico giorno in cui mi sono sverginata e, in seguito, ho continuato a comprarli per gioco. Sarebbe simbolico, se ne usassi uno per sverginare il mio buchino posteriore... e anche per la doppia penetrazione (ammesso che voglia andare fino in fondo).

Esamino i dildo.

Beh. Perché ci sia qualche possibilità, il Principe Reggente dovrebbe andare sul davanti.

La grande domanda è: il dildo più piccolo entrerà nel didietro?

Siamo davvero arrivati a questo? Un glorioso plug anale? Scommetto che non ti prenderai la briga di togliermi dal culo, una volta che sarò dentro.

Mmm. Un plug anale. Potrebbe essere un'idea migliore. Peccato che non ne abbia uno.

Più guardo il dildo più piccolo, meno penso che entrerà (figuriamoci con la doppia penetrazione!).

Troppo grande? È troppo tardi per le lusinghe, ormai.

Mi viene un'idea. Una cosa che, probabilmente, avrei dovuto provare molto tempo fa.

Vado alla mia scrivania, prendo un paio di guanti in lattice e un flaconcino di lubrificante, poi mi dirigo in bagno e chiudo la porta.

Il mio dito è piuttosto piccolo. Più piccolo persino di un plug anale.

Inoltre, andare dove sto per andare con il mio dito è probabilmente la terapia di esposizione per eccellenza.

Prima che mi tiri indietro (o che una coinquilina bussi alla mia porta), m'infilo il guanto, lubrifico un dito e inserisco delicatamente la punta dove non batte il sole (e dove nessuno è mai arrivato prima).

No. La sensazione di bruciore non è affatto divertente.

Potrei essere propensa a considerare quel buco come "foro di sola uscita"... niente DP per me, a quanto pare.

Ma ehi, sono orgogliosa di averci provato.

Mi sbarazzo del guanto e mi faccio una doccia.

Tornata nella mia stanza, mi tolgo dalla testa l'idea della doppia penetrazione. Un tentativo regolare col Principe Reggente è la soluzione.

Sì, piccola. Usami. Magari, prendi un po' di quello yogurt dal frigo, così poi te lo puoi sgocciolare tutto addosso.

Mmm. L'idea dello yogurt non è poi così male.

Sollevo il dildo impaziente e avvio l'applicazione del cellulare che lo controlla.

Quando sto per premere il pulsante "vibrazione", il mio schermo s'illumina per una videochiamata di Tigger e, per sbaglio, clicco su "accetta."

Capitolo Ventidue

*H*o un dildo in mano.

In una videochiamata.

Un dildo enorme, anche se non sono sicura che questo faccia differenza.

Sì, piccola, quando si tratta del Principe Reggente, le dimensioni contano.

Sono tentata di mollare il dildo, ma la maga che è in me sa che questo attirerebbe solo *più* attenzione su di esso.

Troppo tardi, comunque.

Gli occhi di Tigger si fissano sul dildo e le sue labbra s'incurvano in un sorrisino. "Carino, myodik. Mi piace la tua iniziativa."

Mollo il Principe Reggente, che mi cade sul piede, schiacciandolo dolorosamente.

Che cosa ti aspettavi? Il Principe Reggente è enorme.

Facendo del mio meglio per non trasalire, dico: "Non era di questo che volevo parlarti."

Inarca un sopracciglio. "Sei sicura?"

Combatto l'impulso di farmi aria sul viso in fiamme. Lavoro. Si tratta di lavoro. "Quanto sei purista, in fatto di immersioni in apnea?" gli chiedo in tono professionale. *Ottimo lavoro, Gia.*

Lui si passa una mano tra i capelli scuri. "Che cosa intendi?"

"Qual è la tua motivazione per le immersioni in apnea? Avevi detto di voler esplorare un lago sotterraneo, dove l'attrezzatura subacquea è proibita. Ma devi avere aria normale nei polmoni, quando lo fai?"

Lui fa spallucce.

"E se, invece di inalare aria prima dell'immersione, respirassi Nitrox, una miscela di ossigeno e azoto del tipo che si usa durante un'immersione subacquea? Questo dovrebbe ridurre i problemi, se vai troppo in profondità, permetterti di stare sott'acqua più a lungo e con maggiore comodità, nonché rendere il tutto più sicuro."

Si gratta il mento. "Suppongo di sì. Mi sembra un po' come barare."

"Si chiama 'technical freediving', apnea tecnica" spiego. "A me sembra più un trucco di magia."

Ecco. Questo è quanto più vicina io sia arrivata a rivelargli che la mia illusione subacquea era soltanto questo: un'illusione.

Lui sorride e i suoi occhi nocciola s'increspano agli angoli. "Beh, sei tu la mia allenatrice; perciò, se pensi che questo sia ciò che dovrei fare, lo farò."

Assumo un'espressione seria. "Ti ordino di usare il Nitrox."

Mi rivolge il saluto militare. "Sissignora! Mi procurerò del gas."

Rido. "In tal caso, ecco un modo per imbrogliare il sistema: pompati ossigeno nel culo, impara a scoreggiare a piccole dosi e cattura le bolle col naso. *Questo sì* che sarebbe un vero e proprio imbroglio."

Ridacchia. "Che ne dici di concentrarci sulla pre-aspirazione della miscela di gas, per il momento? Mi procurerò delle proporzioni diverse, così potremo sperimentarle in piscina. Mi ci vorrà un paio di giorni, però. Che cosa faremo, nel frattempo?"

"Perché non dormi in una tenda ipossica fino ad allora?" propongo. "Possiamo riprendere l'allenamento in piscina, quando ti sarai procurato il gas."

Mi rivolge un finto broncio. "Quindi, niente allenamento domani?"

Gli faccio l'occhiolino. "Mi vedrai alla cena."

E, se tutto va bene, penserò a un modo per dirgli che non voglio più che mi addestri nelle arti sessuali. Avere più tempo dovrebbe aiutarmi in questo.

"È tutto?" chiede.

"Per quanto riguarda il tuo allenamento, sì" rispondo, non gradendo il modo in cui il suo sguardo si sta scaldando.

"Ottimo. Ora, è il mio turno di allenare te" dice. "Prendi il dildo e lavalo."

Beh, meno male che volevo tirare pacco

all'addestramento di Tigger! Non c'è modo di tirarmi indietro, ora. La mia vagina mi rinnegherebbe.

Mi fiondo verso Manny, gli svito la testa e gli infilo il cellulare nel collo.

"Aspetta" dico a Tigger, mentre raccolgo il Principe Reggente dal pavimento e mi precipito in bagno per pulirlo.

Il trattamento regale, come si addice a una figura del calibro del Principe Reggente.

Quando torno in camera mia, ricontrollo che la porta sia chiusa a chiave, arrotolo un preservativo sul Principe Reggente e ci spalmo sopra del lubrificante, prima di tornare nel campo visivo della fotocamera.

"Qual è l'app che controlla il giocattolo?" mi chiede Tigger.

"Cerca Belka" rispondo, per poi accompagnarlo nel processo di installazione e sincronizzazione del suo cellulare con il Principe Reggente.

"Ora" esordisce Tigger, quando tutto è pronto. "Voglio che ti spogli e ti stendi sul letto, dove ti vedo."

Non so nemmeno perché mi sia preoccupata di usare quel lubrificante, prima. Il suo tono di comando m'invia un'ondata di lubrificazione naturale verso sud.

Arrossendo copiosamente, ma assicurandomi di essere nel campo visivo della fotocamera, mi spoglio in modo seducente; poi, mi sdraio sul letto, a gambe aperte, anche se lui non me l'ha ordinato.

"Brava ragazza" mormora. "Ora, appoggiati la punta sul clitoride."

Obbedisco e lui fa vibrare il Principe Reggente (con una sola mano).

Caaazzo! Perché la sensazione è di gran lunga migliore di quando giocavo da sola con me stessa? Un lieve gemito mi sfugge dalla gola, mentre sento l'orgasmo avvicinarsi. Solo che non dovrei essere l'unica a venire. Sarebbe da egoisti, vero?

"Spogliati anche tu" mormoro, con voce roca.

Senza rallentare la vibrazione, lui posa da parte il telefono, in modo che io veda solo il soffitto, poi si strappa i vestiti di dosso (o, almeno, così sembra dal rumore).

Prima che io abbia il tempo di sbattere le palpebre, il cellulare è di nuovo nella sua mano e lui è appetitosamente nudo, con Sua Durezza Reale stretta nel pugno.

È stato rapido. Che abbia praticato anche *questo* all'accademia militare?

Aumenta la velocità della mia vibrazione, il che, combinato con la visuale, mi porta oltre il limite.

Arricciando le dita dei piedi, vengo con un urlo soffocato.

"Adesso, infilatelo dentro" ringhia Tigger. "Lentamente, solo la punta, per ora."

Mentre obbedisco, fantastico che sia Sua Durezza Reale a dilatarmi, non un impostore di silicone.

Lui accelera il ritmo del proprio pugno e aumenta le mie vibrazioni di un'altra tacca.

Per il dildo di Houdini! Questo è davvero molto meglio di quando mi trastullo da sola. La masturbazione dev'essere come il solletico: fartelo da sola è un'inezia, ma se le tue perfide sorelle si coalizzano contro di te, rischi di pisciarti addosso dalle risate.

Tigger stringe Sua Durezza Reale e grugnisce di piacere. "Infilatelo più a fondo, adesso."

Eseguo, mentre un enorme orgasmo si accumula dentro di me per tutta quella vibrazione.

Fintanto che riesco ancora a parlare, dico: "Quando schizzi, fallo contro la fotocamera. Immagina di venirmi sulla faccia."

Le sue pupille si dilatano, fino a diventare grandi come monete.

Ecco. Al gioco di parlare sconcio si può giocare in due.

Lui aumenta ulteriormente la vibrazione e accelera i propri movimenti.

Un gemito di piacere mi sfugge dalle labbra.

Poi, un altro.

E un altro.

Con un urlo, vengo sul Principe Reggente.

Respirando sonoramente, Tigger riposiziona la fotocamera, in modo che sia a pochi centimetri da Sua Durezza Reale.

Splash! Il suo sperma sgorga come una fontana.

Rodetevi il fegato, video di bukkake! Questo è molto più sexy.

Improvvisamente, la mia visuale si capovolge e Tigger urla un'oscenità.

Il mio cervello stordito dall'orgasmo impiega un

attimo, per capire cosa sia successo: o gli è caduto il telefono nella foga della passione, o lo sperma glielo ha fatto scivolare dalla presa.

Il rumore di uno schianto conferma i miei sospetti e, poi, tutto ciò che vedo è il soffitto.

La forza dell'impatto deve aver avuto qualche effetto sull'applicazione, perché aumenta le mie vibrazioni al di là di qualsiasi cosa io abbia mai provato. Prima che possa rimuovere il Principe Reggente da dentro di me, vengo un'altra volta.

Ottimo. Se continuiamo così, potrei sviluppare una nuova perversione: un tipo di BDSM, ma con i telefoni. Mi vestirò tutta di pelle, spaccherò un iPhone, prenderò a calci lo schermo di un Nokia, frullerò un Motorola in un frullatore e torturerò un Blackberry con l'acqua del water.

Tigger è fortunato a non abitare con Hannibal, altrimenti il suo cellulare prenderebbe i pidocchi del gatto, che in questo momento lo starebbe leccando. Ha i cani, in compenso, ma credo che loro abbiano perso l'occasione per un pasto.

Respirando in modo irregolare, mi sfilo il Principe Reggente e lo spengo manualmente.

Quando guardo di nuovo lo schermo, il telefono è stato raccolto e il volto di Tigger mi sta fissando voracemente (anche se, con la telecamera schizzata di sperma, sembra il protagonista di un video di bukkake).

"È stato divertente" mormora.

"Sì." Sospiro. Non riesco a confessargli che questo

era l'opposto di ciò che avevo in mente, quando ho deciso di smettere con la sua versione dell'allenamento. Il mio cervello è inondato di ossitocina e il suo viso non è meno splendido, con lo sperma che mi ostruisce la visuale.

Mi mordo il labbro. "È meglio che vada."

Mi rivolge un sorriso tenero. "Sogni d'oro."

D'oro? No.

Erotici? Decisamente.

Per tutta la notte, nei miei sogni a luci rosse c'è Tigger e, talvolta, un'ammucchiata di vari Tigger.

"Quale buco mi spetta?" mi chiede uno dei Tigger nudi.

Mi lecco voracemente le labbra e ricorro al metodo che io e le mie sorelle usavamo, per scegliere chi di noi sarebbe stata vittima di un assalto di solletico. "Ambarabà, ciccì, coccò. Questo Tigger sceglierò."

Quando i miei buchi sono assegnati in tal modo, facciamo di tutto, dalla doppia penetrazione al bukkake, e la mia zoccola interiore del sogno adora ogni istante e ogni goccia.

Capitolo Ventitré

Mi sveglio con un sussulto e getto via la coperta.

Oh.

Sono solo sudata. Per un attimo, ho pensato di essere ricoperta di sperma. I sogni erotici erano *così* reali!

Guardo il cassetto con il Principe Reggente. Il mio "addestramento" con Tigger mi ha fatto smaltire parte della mia energia sessuale, ieri sera, ma i sogni l'hanno riportata alla ribalta.

Mi brontola lo stomaco.

D'accordo. Forse, prima, mangerò qualcosa.

Mi dirigo in bagno e poi in cucina.

"Ciao" Clarice mi saluta, quando entro.

Sogghigno. "Stai sgranocchiando i Captain Crunch?"

Ricambia il sorrisino. "Stai per ingozzarti di Frosties?"

Annuendo, afferro la scatola con la tigre che assomiglia a Tigger e verso i cereali in una ciotola, prima di affogarli nel latte d'avena.

"Credo di aver sentito il tuo porno, ieri sera" mi dice Clarice con aria cospiratoria. "Spero che non ti sia slogata niente."

Roteo gli occhi. "Una vera signora, quando bacia (o si masturba), non va a raccontarlo."

Lei ridacchia. "Questo significa che *tu* puoi baciare e masturbarti, e poi gridarlo ai quattro venti."

Le faccio la linguaccia. "Sono assolutamente una signora."

Annuisce con quell'aria da "certo, certo", poi aggiunge: "Allora, argomento completamente casuale... sai come smaltire i sex toys usati?"

Per poco non mi strozzo con i cereali. "Perché?"

"Sto solo parlando ipoteticamente."

Certo. Ipoteticamente. È chiaro che qualcuno non gradisca il regalo proveniente della scatola che ha portato l'amica della mia gemella.

"Ipoteticamente, non puoi semplicemente gettarli nella spazzatura?"

Lei scuote la testa. "La roba con le batterie non dovrebbe finire in una discarica. Sarebbe nocivo per l'ambiente."

Corruccio le labbra. "Riciclaggio?"

"No. Almeno, non nella versione spazzatura. Immagino che potrei portarlo all'Esercito della Salvezza... ipoteticamente."

Mangio qualche cucchiaiata, in meditabonda

contemplazione. "E se rimuovessi le batterie e poi lo buttassi via?"

"E se non fosse possibile?" chiede. "Ipoteticamente."

Non ha tutti i torti. Non so dove siano le batterie del Principe Reggente. "Bruciarlo?"

Mi lancia uno sguardo esasperato. "Bruciare il silicone? Ti ricordi di che materiale è fatto il nostro stampo per muffin?"

"Non di dildo riciclati, vorrei sperare."

"Silicone" precisa lei. "E brucia solo all'interno delle stelle, quindi, se si volesse scioglierlo, servirebbe una potenza leggermente superiore a quella fornita dal nostro forno."

"E se lo seppellisci?"

Lei sgrana gli occhi. "E lasciare che qualche cane del vicinato lo dissotterri, per poi giocarci al riporto con un bambino?"

"Che ne dici di trasformarlo in un oggetto di artigianato artistico?" Mi verso dell'altro latte. "O usarlo per massaggiare qualche *altra* parte del corpo?"

Sbuffa. "Sono seria."

"Non puoi semplicemente lasciarlo in fondo al cassetto del tuo comodino, come una persona normale?"

"E se mi venisse un infarto?" chiede. "La mia famiglia verrà a reclamare la mia roba e lo troverà lì. Ipoteticamente."

Faccio spallucce. "Mia madre sarebbe felice in questo scenario e, probabilmente, lo terrebbe come cimelio di famiglia."

Mentre parlo, il mio cibo perde ogni sapore. M'immagino già Ottomamma nella stessa stanza insieme a Tigger. Mancano poche ore al temibile evento.

"Non sei d'aiuto." Clarice si toglie il cappello da pirata e si gratta la testa. "Cambiando argomento, ieri ho parlato con tua sorella."

Immergo il cucchiaio tra i cereali. "Ah sì?"

"Sì, ma non posso dirti molto al riguardo. È una questione privata tra me e Blue. Sono sicura che capirai."

Perfida. Mi sta incuriosendo di proposito. Probabilmente, vuole sapere dei rumori porno, in fin dei conti. O, più probabilmente, sta cercando di barattare le informazioni con uno dei segreti che si celano dietro le mie illusioni.

La mia ipotesi è che le piaccia uno dei ragazzi nella foto dell'Hot Poker Club. Oppure, si è innamorata del mazzo di carte che stanno usando; dopotutto, per resistere in quell'ambiente, dev'essere resistente all'acqua e al sudore.

Sì. Starà pensando di sostituire il proprio dildo con delle carte impermeabili. Ecco perché sta progettando di buttarlo via.

"Bel tentativo" le dico. "Sono sicura che, di qualunque cosa si tratti, potrei farmelo dire da Blue, se ci provassi."

Lei fa spallucce. "Buona fortuna."

"Ah ah, grazie." Dato che ho finito la colazione,

metto la ciotola nella lavastoviglie e auguro a Clarice una buona giornata.

Tornando in camera mia, decido di tenermi occupata, per evitare di farmi prendere dal panico per la cena. La migliore distrazione, come al solito, è la magia, perciò mi esercito sui trucchi di routine per lo spettacolo dei miei sogni.

Questo compito è dolce-amaro. Da un lato, adoro la fantasia di uno show tutto mio (e fare pratica lo porta più vicino alla realtà). D'altra parte, però, sono molto, molto lontana dal realizzare il mio sogno. Non sono ancora famosa, quindi chi mi darà una sede?

Almeno, i soldi che ricaverò dall'addestramento di Tigger mi permetteranno di fare più numeri per attirare visibilità, in futuro, portandomi più vicina al mio obiettivo.

Verso l'ora di pranzo, mi viene un'idea per una nuova illusione che potrei eseguire su un grande palcoscenico, una molto simile al trucco dell'uomo trasportato in *The Prestige*. Il problema è che (attenzione allo spoiler!) dovrei convincere la mia gemella ad aiutarmi. All'occorrenza, anche le sei gemelle andrebbero bene. Infatti, se le convincessi tutte quante (che equivarrebbe a radunare un milione di gatti), sarei in grado di "teletrasportarmi" in otto posti per tutto il teatro.

Gli spettatori ne sarebbero strabiliati!

Un messaggio di Tigger mi strappa alle mie macchinazioni magiche.

Passo a prenderti alle 18:30?

Merda! Devo vestirmi al più presto!

Rispondo in modo affermativo e comincio ad agghindarmi freneticamente.

Quando sono presentabile, scelgo un gioco di prestigio da portare con me, nel caso qualcuno chiedesse di vedere qualcosa. Il trucco per cui opto limita la mia scelta di scarpe, ma ehi, la grande arte richiede sacrifici!

Il mio telefono squilla. È di nuovo Tigger.

Sono fuori.

Merda!

Ho forse dimenticato le pubblicità? *"Non porta mai l'orologio, perché il tempo è sempre dalla sua parte."*

Mi affretto a uscire, ignorando i commenti e i fischi delle mie coinquiline.

Tigger è in piedi accanto alla sua Lamborghini e mi tiene la portiera aperta.

Accidenti a me! Indossa una camicia attillata, che mi fa venire voglia di strappargliela di dosso, per leccargli gli addominali. E i pettorali.

Potrebbe anche far venire un infarto a Ottomamma. Non è più una giovincella!

Anche se non sono il tipo da abbracci, mi viene istintivo cercarne uno e, quando lui mi avvolge nelle sue braccia possenti, quasi svengo sul posto.

"Sei bellissima" mormora, quando ci separiamo.

"Anche tu non sei orribile." Appoggio le chiappe sul sedile della Lambo e mi allaccio la cintura.

Lui si mette al volante e guida di nuovo al limite di velocità (chiaramente, per farmi stare tranquilla).

"Com'è stata la tua giornata?" gli chiedo.

"Mi sono occupato di alcuni affari del parco tematico" risponde, tenendo gli occhi sulla strada. "E la tua?"

"Ho lavorato al mio spettacolo di magia" dico con una certa dose di orgoglio.

"Wow. Fico." Comincia a girarsi verso di me, poi si ricorda che preferisco che guardi la strada davanti a sé. "Quando potrò vedere questo spettacolo?"

Faccio spallucce. "Non ne ho idea."

"Perché? Non hai ancora un repertorio?"

"Il repertorio è solo una parte" spiego. "Potrei imbastire un'ora di materiale oggi stesso, se ne avessi miracolosamente la possibilità. Quello che non ho è un luogo in cui esibirmi e, cosa più importante, abbastanza notorietà, da riempire tale luogo di spettatori paganti."

"Mmm." Si ferma completamente a uno stop, come un gentiluomo. "Pensavo che conoscere i segreti delle illusioni fosse la chiave."

"I segreti sono solo una piccola parte. Se non hai creatività, ma hai un grosso budget, puoi comprare illusioni da altri maghi. Infatti, è in gran parte così, che ho guadagnato i miei soldi: vendendo i miei segreti ad artisti più famosi. Per esibirsi, serve capacità d'intrattenimento."

"Tu ne hai a palate" dice, fiducioso. "Penso che tu abbia tutto il necessario per diventare una star."

Mi sento tutta calda e formicolante dentro. Se il suo

obiettivo è quello di usare l'adulazione per entrare nelle mie mutandine, sta funzionando.

"E tu?" gli chiedo. "Dirigere un parco a tema è il lavoro dei tuoi sogni?"

Annuisce. "Non mi dà la sensazione di essere un vero e proprio lavoro, però sì, certo."

Mi gratto la testa. "E le composizioni floreali? "Quello ti sembra un lavoro?"

Ridacchia. "No, quello è un hobby. Lo faccio per divertimento."

Mi liscio i palmi delle mani sui pantaloni. "Io guardo film, per divertirmi."

"Sei un'appassionata di cinema?" Mi lancia un'occhiata, poi torna a guardare la strada.

"Sì, adoro i film" rispondo. "Credo che, per me, la motivazione sia da ricondurre ai trucchi di magia. Un video è un insieme di immagini proiettate abbastanza velocemente, da creare l'illusione del movimento. Usando gli strumenti del loro mestiere, gli attori creano sullo schermo l'illusione di persone reali, persone che in realtà non esistono. Una buona colonna sonora può suscitare emozioni illusorie. I paragoni possono continuare all'infinito."

"Non ho mai pensato ai film in quest'ottica." Gira il volante e parcheggia l'auto con un'unica manovra fluida. "Siamo arrivati."

Eh già! Eccolo lì.

Il Magia Pan Tumaca, dove gli Ottogenitori ci aspettano.

Capitolo Ventiquattro

Entrando nel ristorante, il primo pensiero che viene in mente è che sia "pulito", il che è uno dei motivi per cui è il mio preferito. Ha un'estetica da arte moderna, con la cromatura che domina tutte le superfici. Persino le tovaglie sembrano metalliche, dato che sono fatte di una specie di carta stagnola (che viene sostituita tra un cliente e l'altro... un'altra ragione per cui mi piace questo posto).

Seduti al bar, ci sono i miei genitori; anche se io posso vedere i loro riflessi nella parete a specchio, loro non mi hanno notata.

Ottomamma sembra incredibilmente giovane, come sempre. Potrebbe facilmente passare per mia sorella maggiore e, quindi, assomiglia un po' a Cate Blanchett nelle ultime parti de *Il curioso caso di Benjamin Button*. Papà ha l'aspetto di uno che dovrebbe essere molto ricco per poter stare con una donna come lei, solo che non lo è (semplicemente, non è invecchiato altrettanto bene). Ottomamma sostiene che, da giovane, lui assomigliasse a Bob Dylan, ma ora sembra un ibrido tra Danny Devito e Jeff Bridges: barba ispida, cappello di lana che nasconde la pelata e, ultimo ma non meno importante, una sottile coda di cavallo argentata, raccolta con i capelli rimasti.

"Aspetta qui" dico a Tigger. "Te li presento tra un secondo."

Lui annuisce e io vado verso il bar, per poi schiarirmi la gola.

La mamma si gira, raggiante, e mette le mani in un saluto da yoga. "Namaste, raggio di sole."

"Figlia 2." Papà mi dà una pacca sulla spalla e il suo viso s'illumina con un sorriso da ebete. "Sei tesa? Non centrata? I miei massaggi alle spalle sono migliorati ancora di più."

Oh, sì, quasi dimenticavo che io sono la Figlia 2. Dato che la mia gemella è stata la prima a saltare fuori dall'utero di mamma, è considerata "la più vecchia" e papà la chiama Figlia 1 (su 8).

Ottomamma mi guarda stringendo gli occhi a fessure. "Tu *sei* Gia, giusto?"

Non posso biasimarla per essere sospettosa, dato che ho chiesto alla mia gemella di fingersi me all'ultimo incontro con i nostri genitori.

"Sono Gia" confermo. "Lo giuro."

"Provalo" dice Ottomamma.

"*Downton Abbey* fa schifo" dichiaro solennemente. Non sembrano convinti, perciò aggiungo: "Si dice 'bathroom', non 'loo'. 'Elevator', non 'lift'... e mi piace il numero quattro." Sono quasi persuasi dall'ultima parte, dato che la mia gemella aborrisce qualsiasi numero che non sia primo, al punto che sarebbe sembrata sofferente nel mentire su questo.

Prima che io possa inventarmi qualcosa di ancora più convincente, Ottomamma si scaglia su di me e mi dà uno strattone feroce ai capelli.

"Ahi!" gemo. "Sei impazzita? Sono attaccati."

Mi libera e fa un cenno di approvazione. "Non è una parrucca. Potrebbe essere Gia, stavolta. Oppure si è tinta i capelli."

Mi giro verso Tigger e gli lancio un'occhiata da 'guarda qua'.

"Ecco" dico, voltandomi verso i miei genitori. "Holly saprebbe fare questo?"

Detto ciò, eseguo il trucco magico che ho preparato per oggi. È un tipo di levitazione in cui le mie gambe sono piegate all'indietro, come se fossi in una posizione seduta, facendo in modo che il mio sedere galleggi nell'aria, sfidando la gravità.

Quando Neo schivava i proiettili in *Matrix*, lo faceva al rallentatore.

Questo trucco fa parte della routine che sto preparando per il mio futuro show. Durante un'esibizione vera e propria, lo farei seguire dall'iconica inclinazione in avanti di quarantacinque gradi, à la Michael Jackson in "Smooth Criminal."

"Wow!" esclama Tigger (ed è musica per le mie orecchie). "Come?"

Altri clienti del ristorante esprimono reazioni

simili, il che mi fa sentire più sicura di aggiungere questo trucco allo spettacolo.

"È proprio Gia" conclude Ottomamma.

Mi raddrizzo e faccio loro l'occhiolino. "Come avevo detto. Ora, venite, c'è qualcuno che voglio farvi conoscere."

Li trascino fino a Tigger, che è ancora a bocca aperta per la mia impressionante dimostrazione di potenza.

"Questi sono i miei genitori, Crystal e Harry Hyman" annuncio. Poi, indico Tigger come se fosse un pezzo da museo. "Mamma, papà, questo è Anatolio Cezaroff."

"Chiamatemi Tigger" dice lui.

Ottomamma si riprende per prima e si lancia su Tigger, avvolgendolo in un enorme abbraccio.

"Mamma" dico severamente, quando l'abbraccio si prolunga più a lungo di quanto sia socialmente accettabile. Con tutto il sarcasmo possibile, le chiedo: "Non vuoi dare anche a papà la possibilità di abbracciare il mio accompagnatore?"

Quando Ottomamma si stacca con riluttanza, le sue guance sono arrossate e il suo sorriso è inquietantemente civettuolo, (non che possa biasimarla).

Ignaro del mio sarcasmo, Ottopapà si tuffa nel proprio abbraccio. Dopo un attimo, inizia a tastare la schiena di Tigger.

"Papà!" La mia voce è ancora più severa. "Dovremmo andare al nostro tavolo."

Ottopapà si sgancia e guarda Tigger con aria preoccupata. "Le tue spalle sono così tese."

Tigger fa spallucce. "Credo di essere sopraffatto dalla bellezza di vostra figlia."

Caspita, che bella sensazione! Tigger mi sta trasformando in una drogata di adulazioni. Prima che me ne accorga, farò trucchi di magia in cambio di una dose.

Cazzo!

Mentre mi stavo crogiolando nel complimento, Ottopapà ha afferrato la mano di Tigger e, ora, lo sta trascinando verso una sedia vicina.

"Siediti" gli dice. "Ti ricaricherò le batterie."

Con l'aria un po' stordita, Tigger si siede e Ottopapà comincia a massaggiargli le spalle principesche con le proprie dita pelose e simili a salsicciotti.

È una ricarica di batterie o un'aggressione? Ottopapà sta usando un tale vigore, che la sua coda di cavallo argentata trema come un sismografo durante un terremoto.

Nel frattempo, Ottomamma osserva con invidia.

Io, dal canto mio, vorrei urlare dall'imbarazzo... una reazione che Tigger non sembra condividere. Semmai, sembra che si stia godendo il massaggio improvvisato. Ma naturalmente! Che cosa mi aspettavo? Questo è un ragazzo che non si lascia turbare, quando sta col cazzo fuori in una caffetteria.

Perché sta succedendo questo? Che cosa ho fatto a Ottopapà, perché si comporti così? La mia riluttanza a lasciarmi abbracciare l'ha forse spinto a mettere le mani addosso al mio accompagnatore?

"Papà!" lo imploro. "Vieni."

"Un secondo, solo un rapido massaggio alla testa" replica Ottopapà, cominciando a massaggiare il cranio di Tigger. "La senti? L'energia?"

Avrò bisogno di uno psicologo. Forse, è stato il fatto di vivere con nove femmine ad aver ridotto così Ottopapà? O anche lui è stato testimone di un massacro di cinciallegre?

Anche gli altri clienti cominciano a fissarci. Tra il mio trucco precedente e ora questo, ci ricorderanno per sempre.

"Devi smetterla" ringhio a mio padre.

"Solo un'ultima cosa" replica, inginocchiandosi ai piedi di Tigger.

Sono senza parole.

Gli offrirà un pompino rigenerante?

"Togliti le scarpe" gli dice Ottopapà.

No. È addirittura peggio! "Papà!" esclamo a denti stretti. "Che diavolo fai?"

"Sono un maestro dei massaggi ai piedi" dichiara Ottopapà con orgoglio. "Domanda a tua madre."

"Signore" dice una nuova voce (e prego che sia una voce della ragione). "Questo tavolo è riservato per due persone."

Mi giro e lancio uno sguardo riconoscente alla cameriera, che ha un'espressione stoica.

"Siete gli Hyman?" Lo pronuncia come un'accusa, anziché una domanda.

Il mio cenno sembra un po' come se stessi chinando la testa per la vergogna.

"Venite da questa parte." Indica l'altro lato del ristorante.

Tigger balza in piedi e aiuta Ottopapà ad alzarsi.

"Che gentiluomo!" commenta Ottomamma con approvazione.

Si scopre che la cameriera vuole farci sedere in un'alcova privata. Ci dà persino un tavolo che è chiaramente destinato a un gruppo più grande. Mi domando come mai!

"Niente massaggi ai piedi" sibilo all'orecchio di Ottopapà, quando Tigger si avvia.

"Perché no?" sussurra mio padre.

"Non saprei da dove cominciare" rispondo, con un sibilo. "Che ne dici di questo? Togliersi le scarpe in un ristorante non è igienico."

"Oh, sì" commenta Ottopapà. "Sei Gia di sicuro."

Una volta raggiunto il tavolo, Tigger tira fuori una sedia per Ottomamma, facendola iniziare a sbavare.

Ottopapà mi guarda con aria implorante. "Posso sedermi accanto a lui?"

Ok, ho una nuova teoria sull'apparente follia del mio genitore maschio. Vede Tigger come il figlio che non ha mai avuto. Dopotutto, non è un segreto che abbia sempre desiderato un maschio. Entrambi gli Ottogenitori l'hanno desiderato. Dopo due gemelle femmine, hanno usato la tecnologia di riproduzione assistita, nella speranza di ottenere un figlio maschio. Quando il destino crudele, invece, ha dato loro sei gemelle femmine, Ottopapà ha perso una rotella... o sei.

Tigger tira infuori una sedia per me accanto a Ottomamma. "Certo."

Ehi, almeno, se mi siedo accanto a lei, non sarò imbarazzata dagli sguardi lussuriosi che lancerà al mio finto ragazzo.

Un cameriere appare dal nulla. "Posso portarvi da bere?"

Chiedo una bottiglia d'acqua sigillata, mentre tutti gli altri prendono la bevanda caratteristica del ristorante: sangria con vino Rioja, pesche, nettarine e pere.

"Dunque" esordisce Ottomamma con Tigger, dopo che il cameriere se n'è andato. "Sei *davvero* il ragazzo di Gia?"

Merda! Questo è quello che succede, quando hai una reputazione da imbrogliona.

"Certo" risponde Tigger. "Chi altro potrei essere?"

"Un amico maschio che finge di esserlo" replica Ottomamma.

Tigger sorride. "Non credo che un uomo etero come me e una donna stupenda come Gia potrebbero mai essere amici platonici."

Anche se mi sta prendendo in giro per via di Waldo, tutto ciò su cui riesco a concentrarmi è la parte del "stupenda." So che sta solo interpretando un ruolo qui, ma è comunque meraviglioso da sentire. La dipendenza dai complimenti è imminente.

Ottomamma aggrotta la fronte. "Potresti essere il

fidanzato di una delle sue tante sorelle, che sta restituendo un favore. Le mie figlie sono tutte intente a scambiarsi favori, come i gangster."

Tigger mi fa l'occhiolino. "Vostra figlia ha una graziosa voglia sotto il seno destro. Il fidanzato di una delle sue sorelle lo saprebbe?"

Quella voglia è minuscola. Quanto attentamente mi stava osservando?

Inoltre, mi piace il fatto che lui la trovi graziosa.

La mamma si accarezza il mento. "La sua gemella è al corrente della voglia e anche le altre sorelle potrebbero esserlo."

Tiro un sospiro. "Questo è ridicolo. Dimmi, onestamente, se Tigger fosse il *tuo* ragazzo, lo lasceresti in prestito a qualsiasi altra donna?"

Ottomamma sembra pensierosa. "Giusta osservazione. Non è uno da dare in prestito."

Le nostre bevande arrivano e il cameriere ci mette davanti i menù, prima di andarsene.

Adocchiando Tigger in modo speculativo, Ottopapà versa sangria per tutti, tranne che per me. "Forse, è un escort maschio?"

Roteo gli occhi. "Se fosse un escort, io non potrei permettermelo."

"Non è vero." Tigger mi sorride. "Ti offrirei una tariffa incredibile."

"Vedi" dice Ottopapà trionfalmente.

Scuoto la testa. "Per favore, tirate fuori i cellulari e cercate su Google 'Anatolio Cezaroff.'"

Mentre loro eseguono, svito la mia bottiglia d'acqua e bevo un sorso.

Il mio telefonino mi vibra nella tasca.

Lo tiro fuori e do una sbirciatina.

È un messaggio di Tigger.

I tuoi genitori sono adorabili, soprattutto se paragonati ai miei.

Beh, è un sollievo che lui la pensi così, per adesso. Mi aspettavo quasi che scappasse via urlando, a quest'ora.

Aspetta a dirlo, gli rispondo.

Sorride e sorseggia la propria sangria.

"Wow!" Ottopapà alza lo sguardo dal proprio cellulare con un'espressione stupita. "Sei un principe?"

Tigger fa spallucce. "Sembra più fico di quello che è."

"E vieni dalla Ruskovia" dice Ottomamma, meravigliata. "Sapevi che il fidanzato della sua gemella viene dalla Russia?"

"L'ho conosciuto" dice Tigger. "Un tipo simpatico... per essere un russo."

"Molti europei dell'est non amano la Russia, a causa del suo passato sovietico" dichiara Ottopapà in tono professorale.

"Raccontaci com'è la Ruskovia." Ottomamma sta quasi saltellando per l'eccitazione. "E com'è crescere nella famiglia reale."

Sorseggiando la propria bevanda, Tigger racconta loro alcune delle cose che ho già sentito, ma apprendo anche qualche nuova curiosità, tipo che la sua famiglia ha un vero e proprio motto: "Nella tradizione, la forza."

Dopo aver spiegato cosa fa per vivere, pone loro la stessa domanda (e io rabbrividisco).

"Io sono un tester di penetrazione" annuncia Ottopapà con orgoglio. "Ma non è come si potrebbe pensare."

"Penetra i computer" dico con una smorfia.

"No, penetro i sistemi informatici" precisa Ottopapà.

"E anche me" aggiunge Ottomamma con un sorriso.

"Naturalmente." Ottopapà guarda la moglie come se fosse una fetta di prosciutto. "Anche se quello è un hobby, non un lavoro."

Sparatemi adesso! Se cominciano a parlare della loro vita sessuale, Tigger scapperà di sicuro (e io sprofonderò attraverso il pavimento).

"E *tu* che lavoro fai?" Tigger chiede a Ottomamma con aria imperturbabile.

"Sono una sessatrice di pulcini" risponde lei con piacere.

"Che assomiglia al mio hobby" commenta Ottopapà, facendo l'occhiolino.

I miei occhi sono stanchi, a forza di roteare. "La mamma aiuta i grandi incubatoi commerciali a separare i pulcini in maschi e femmine."

Ottomamma sospira. "Attualmente, faccio di più nella nostra fattoria, dato che il mio lavoro è stato lentamente sostituito dal sessaggio in-ovo."

Comincio a scrivere un messaggio a Tigger sotto il tavolo.

Per favore, non chiederle che cosa fa nella fattoria.

Troppo tardi. Prima che io possa cliccare su "invia", lui domanda proprio questo.

"Sapete cosa volete ordinare?" chiede il cameriere, apparendo accanto a me.

Tutti ci guardiamo a vicenda.

"Io so cosa ordinare" affermo. "Sono già stata qui."

"Perché non ordini, mentre noi diamo un'occhiata al menù?" propone Ottomamma.

Fiù! La domanda sulla fattoria è dimenticata.

"Prenderò il Pan Tumaca" dico al cameriere. A tutti gli altri, spiego: "È il loro piatto forte. Un delizioso pane tostato con pomodoro salato e olio d'oliva."

"Prendo lo stesso" dice Ottomamma.

"Per me, una Tortilla Española" dice Ottopapà.

"È una frittata di patate e uova" gli spiego.

"Lo sapevo" replica, ma capisco che sta mentendo. "La voglio."

"Ho una gran fame" esclama Tigger, mentre i suoi occhi vagano sul menù. "Prenderò anch'io un Pan Tumaca, e una Tortilla Española, e un chorizo."

Tutto il sangue defluisce dalla mia faccia. "Il chorizo è una salsiccia."

Inoltre, non era nel menù prima, altrimenti questo posto avrebbe smesso di essere il mio preferito.

Tigger chiude il menù e lo consegna al cameriere. "Sì. Salsiccia di maiale. Sono stato in Spagna, l'anno scorso, a fare deltaplano. Adoro quel piatto."

Ci vuole tutta la mia forza di volontà, per tenere la bocca chiusa riguardo alla salsiccia. So per esperienza che le mie verità non sono ben accette, a tavola.

Ma, seriamente, salsiccia? Il deltaplano è di gran lunga più sicuro! La salsiccia è fatta con tutte le parti di un animale che nessuno vuole comprare. Nessun altro prodotto alimentare ha ricevuto più copertura mediatica, dalle malattie di origine alimentare alle cose più disgustose che io abbia mai sentito, come quando hanno trovato del DNA umano persino nelle versioni vegetariane. E la parte peggiore? L'involucro tradizionale delle salsicce è intestino.

Sembra lo scherzo crudele di qualche macellaio.

Cambiando argomento, mi viene in mente la pubblicità della birra Dos Equis che dice: *"Quando va in Spagna, è lui a inseguire i tori."*

"Ottime scelte" dice il cameriere. "Il chorizo, in particolare, è una novità. Lo chef lo prepara da zero con i maiali di Mangalica."

Uff! Almeno, questo è un ristorante di lusso, quindi lo chef userà presumibilmente tagli di carne di alta qualità. Speriamo che ciò significhi che Tigger sopravviverà!

"Per rispondere alla tua domanda di prima" riprende Ottomamma, quando il cameriere se ne va. "Alla fattoria, faccio di tutto, ma la mia attività preferita è l'allevamento."

Merda! Ottomamma è come un dannato elefante: ha una memoria di ferro... per tutto ciò che provoca imbarazzo.

Lancio a Tigger il mio miglior sguardo da "ti prego, non chiedere", ma lui non sembra coglierlo e solleva un sopracciglio, chiaramente incuriosito.

Infatti, Ottomamma gli racconta la storia di come abbia portato all'orgasmo Petunia (un maialino che era come un animale domestico, per noi, da piccole) durante una sessione di inseminazione artificiale.

"Migliora del sei per cento le probabilità di maialini" spiega orgogliosamente Ottomamma.

Dannazione! Starà pensando di cambiare lavoro, da sessuatrice di pulcini a portatrice di orgasmi suini?

Tigger si limita ad annuire.

Spero che immaginarsi mia madre a montare e penetrare col pugno Petunia gli rovini l'appetito per quel chorizo!

"Ad ogni modo" dico, guardando da un genitore all'altro. "Raccontateci le vostre avventure turistiche a New York."

Questo dev'essere un argomento più sicuro di quelli della fattoria, giusto?

Tigger si siede più dritto. Essendo lui stesso più o meno un turista, è chiaramente interessato.

"C'è così tanto da raccontare!" esordisce la mamma. "Ieri, siamo andati a un foot party."

È quello che penso che sia? Per favore, fa che non sia così!

Tigger inarca un sopracciglio. "Un foot party?"

"È un raduno di persone con il feticismo dei piedi" spiega Ottomamma.

Purtroppo, è quello che sospettavo.

Per i piedi di Houdini! Che cosa ho fatto, per meritarmi questo?

Prima che qualcuno possa elaborare (e so che vogliono farlo), il cameriere torna con un vassoio.

Mentre i piatti vengono posati davanti a tutti, desidero con molta riverenza che dimentichino questo argomento di conversazione, ma so che non lo faranno.

Infatti, non appena il cameriere se ne va, Ottopapà assaggia la propria frittata e dice: "Per rendere le cose più piccanti, abbiamo fatto delle ricerche su ogni tipo di perversione."

Mordo il pane con disperazione. Forse, accadrà un miracolo e seguiranno il mio esempio, riempiendosi la bocca di così tanto cibo, che smetteranno di parlare.

"Sì." Ottomamma solleva il proprio panino. "Abbiamo scoperto che a entrambi piacciono i giochetti con i piedi."

Nooooo. Non posso dimenticare di averlo sentito. Inoltre, alla luce di questa nuova inquietante informazione, Ottopapà stava cercando di fare il perverso con Tigger, prima, quando gli ha offerto quel massaggio ai piedi?

Dovrei essere gelosa del mio stesso padre?

"Il cibo si sta raffreddando" dichiaro, dando un altro morso enorme al mio Pan Tumaca.

Questo sembra essere d'aiuto. Tutti attaccano il pasto e, per un paio di minuti, regna un beato silenzio.

Mentre sto mangiando il mio secondo Pan Tumaca, il mio telefono vibra.

È un messaggio di Tigger.

Impressionante. Non l'ho nemmeno visto digitare. Ripensandoci, sto facendo del mio meglio per non guardarlo mangiare la salsiccia, perché... bleah!

Ancora una volta, myodik, adoro la tua iniziativa.

Che cosa? L'ultima volta che l'ha detto è stato quando pensava che avessi intenzionalmente risposto alla sua videochiamata con un dildo in mano.

Stavo forse mangiando il panino in modo seducente? Leccandomi il pomodoro dalle labbra?

Sbircio verso di lui.

Ha gli occhi socchiusi, come se stessi facendo qualcosa di più che mangiare per sedurlo.

Ma che diamine?

Lancio un'occhiata furtiva alla mamma, per vedere se lei l'ha notato.

Ottomamma ha un pezzo di pane in mano, ma c'è qualcosa di strano nella sua postura. Si è accasciata in avanti sulla sedia, quasi come se...

No, per favore, no!

Sollevo la tovaglia metallica e uso il cellulare come torcia.

Per un istante, mi rifiuto di credere alle informazioni che i miei occhi rimandano al mio cervello, perché ogni piccolo dettaglio si aggiunge a un insieme veramente inquietante.

Ottomamma è senza una scarpa, il che è male. Il suo piede è nudo, il che è peggio. Ed è chiaro che abbia preso a cuore il feticismo dei piedi: ha uno smalto viola impeccabile, un braccialetto alla caviglia e un anello per le dita dei piedi.

Naturalmente, ciò che mi fa dolere il cervello non sono gli ornamenti sul suo piede, bensì quello che sta facendo... e dove.

Sta strofinando un'enorme rigonfiamento dei pantaloni... sul cavallo di Tigger.

Capitolo Venticinque

"*M*amma!" Urlo così forte, che gli altri clienti si girano verso di noi. "Che diavolo fai?"

Ottomamma guarda sotto il tavolo, diventa rossa come una barbabietola e tira via il piede da Sua Durezza Reale.

"Sono mortificata" dice a Tigger. "Pensavo fosse Harry."

Ancora una volta, Tigger sembra immune all'imbarazzo. "È un errore onesto" dice. "Sarebbe stato peggio, se Gia avesse scambiato Harry per me."

Ottimo. Grazie. Ora, *quell'immagine* mentale mi fa venire voglia di suicidarmi con la salsiccia.

"No" dico severamente. "Io sono abbastanza sana di mente, da sapere che i giochetti coi piedi non sono adatti al tavolo della cena. Un tavolo in pubblico. Davanti a qualcuno che si è appena conosciuto."

"Ehi" esclama Ottopapà, eguagliando la mia severità. "Non mettere in imbarazzo tua madre."

"Sì" dice Ottomamma, mentre il suo rossore si dissipa. "Dovresti essere felice che i tuoi genitori abbiano una fantastica vita sessuale."

Guardo Tigger.

Sembra essere dalla loro parte.

Facendo qualche respiro profondo, dico: "Mi dispiace. Non volevo far vergognare nessuno. Sono felice per voi. Basta che teniate tutte le vostre appendici lontano dal mio uomo, d'ora in poi."

Sentendomi definirlo "il mio uomo", Tigger mi rivolge il suo sorriso più presuntuoso.

Ottomamma fa l'occhiolino al marito. "È gelosa. Sicuramente, non è un finto fidanzato."

Mi riempio la bocca di toast al pomodoro, prima di dire qualcosa di cui potrei pentirmi.

"Sì, è reale" conferma Ottopapà. "Prima una gemella, ora l'altra. È l'equilibrio karmico all'opera. L'amore non è grandioso?"

È sotto l'effetto dell'ecstasy? Forse, lo sono entrambi? Questo potrebbe spiegare alcune cose.

"Fateci sapere, se avete bisogno di consigli sul sesso" Ottomamma dice a Tigger con assoluta serietà. "Noi due abbiamo decenni di esperienza. Crediamo che tutti debbano avere gli orgasmi più eccitanti, strabilianti e tantrici che si possano ottenere."

Quasi mi strozzo con il pane.

"Grazie" dice Tigger, eguagliando il suo tono. "Potrei prenderti in parola."

Tossendo briciole al pomodoro dalla trachea, esalo un: "Oppure, ce la caveremo da soli."

Ottomamma annuisce solennemente. "Sappiate solo che l'assistenza è qui, se ne avete bisogno."

Un tipo allampanato si avvicina al nostro tavolo con degli elastici ai polsi esili. "Buona sera, gente. Il mio nome è DJ. Sono il vostro intrattenitore per stasera."

Ah. Giusto. Un altro motivo per cui mi piace questo ristorante è che assumono maghi per fare animazione ai tavoli. Anche se questo non è il mio stile di esibizione, mi piace supportare i miei colleghi artisti dell'illusione e, in più, c'è sempre quella remota possibilità che qualcuno riesca veramente a ingannarmi.

"Sei un mago?" gli chiede Ottomamma.

"Sì, signora" risponde lui.

"Anche mia figlia lo è." Mi indica con un cenno del capo.

DJ mi guarda con aria scettica. "Che bello."

Ottopapà sorride a DJ. "Sei appassionato della tua arte come lo è la nostra Gia?"

DJ sposta il peso da un piede all'altro. "Certo."

Ottopapà sorride. "Ammiro le persone che inseguono la propria passione. La magia fa sentire bene le persone. Se s'immette energia amorevole nel mondo..."

"Papà, lasciagli fare il suo trucco" dico.

DJ mi guarda, accigliato. "Forse, quello che fai *tu* è un trucco. Io creo *effetti*."

Quindi, è uno di *quei* maghi che considerano il

260

termine "trucco" avvilente. Alcune delle mie coinquiline sono di questo parere, ma io considero assurda la distinzione. Quando la gente torna a casa e racconta agli amici dello spettacolo di magia, è sempre nei termini: "L'ho vista fare un trucco fortissimo" e mai "l'ho vista fare un effetto fortissimo." Anche il termine "illusione" è usato raramente dai profani (e *questa* parola suona meglio di "trucco" persino per me).

"DJ, vero?" chiede Tigger con freddezza. "Per favore, modera il tono."

Wow. Sono combattuta. Una parte di me è felice che Tigger difenda il mio onore, ma una parte molto più grande è infastidita, perché so badare a me stessa.

"Diamogli la possibilità di mostrarci i suoi trucchi" dice Ottomamma, rivolgendosi a DJ con un sorriso.

"Effetti" mormora lui, poi tira fuori una palla di spugna rossa.

Quindi, fatemi capire bene... Sta per fare qualcosa che richiede un oggetto simile a un naso da clown, ma vuole elevarne la dignità con il termine "effetto"?

Non dico niente, perché DJ sembra già abbastanza imbronciato.

Dato che anche tutti gli altri rimangono in silenzio, lui esegue qualche mediocre sparizione della palla.

I miei genitori sembrano annoiati. Facevo questo genere di cose per loro quando avevo dieci anni.

Auspicabilmente, lo facevo meglio.

Tigger sembra impressionato controvoglia, perciò prendo l'appunto mentale di fare anch'io qualcosa di magico per lui che coinvolga l'uso delle palle. Tutti i tipi di palle.

"Vorrei prendere in prestito la mano di qualcuno" dice DJ in tono annoiato.

"Prendi la mia." Apro la mano guantata.

Con riluttanza, DJ posa la "singola" palla di spugna nella mia mano e fa un gesto magico.

Sentendomi birichina, approfitto del momento per sottrargli gli elastici dal polso.

"Apri la mano" mi dice DJ trionfalmente.

La apro e ne cadono due palle, come mi aspettavo.

Tigger sgrana gli occhi.

Sì, prevedo sicuramente una notevole attività di palle, nel suo futuro.

"Per il mio prossimo effetto, userò le carte" annuncia DJ, tirando fuori un mazzo dalla tasca posteriore. "Dimostrerò una tecnica chiamata impalmaggio." Mi guarda derisoriamente. "Forse, imparerai qualcosa."

"Come, scusa?" stringo gli occhi su di lui. "Che cosa vorresti dire con questo?"

Mmm. Forse, sono stata troppo ostile? Le carte *sono* effettivamente il mio punto debole, quindi suppongo di essere un tantino suscettibile.

"Le ragazze non sono brave nell'impalmaggio" dichiara DJ. "Lo sanno tutti. Hanno le mani troppo piccole."

Oh no, non può averlo detto! Se Clarice fosse qui, gli farebbe ingoiare quel mazzo. Lei potrebbe essere la migliore al mondo, in tema di impalmaggio, e il fatto di avere le mani piccole contribuisce solo a farlo sembrare più impossibile.

"Scommetto che lei sa impalmare meglio di te" afferma Tigger, tirando fuori un bigliettone da cento dollari.

"Sì" confermo. "E giusto per renderti le cose più facili, lo farò con i guanti indosso."

DJ mi schernisce e mi porge il mazzo. "Prego, accomodati."

Tiro fuori le carte e le sparpaglio, dicendo: "Fammi vedere se giochi con un mazzo pieno."

Quello che sto facendo, in realtà, è pensare disperatamente a qualcosa sul momento. Poi, mi viene in mente un'idea e infilo furtivamente il quattro di fiori in una posizione di impalmaggio (cosa che nessuno dovrebbe notare, dato che il trucco non è ufficialmente iniziato).

"Dimmi una carta qualsiasi" dico a DJ, mentre m'infilo in tasca la mano con la carta e ci lego sopra i suoi elastici.

"Quattro di fiori" annuncia DJ, mentre tiro fuori la mano dalla tasca.

"Quattro di fiori?" Faccio del mio meglio per non mostrare la mia euforia. Come speravo, ha nominato la carta più popolare tra i maghi. Ora, un bluff: "Vuoi cambiare idea?"

Per favore, non farlo.

Lui scuote la testa. "Mi tengo l'idea che ho."

Grazie al cielo!

MISHA BELL

"Guarda come la impalmo" dico, agitando la mano vuota sopra il mazzo. "Hai visto?"

DJ rotea gli occhi. "Non hai fatto niente."

"Ah sì?" gli chiedo. "E se ti dicessi che ho impalmato il quattro di fiori, me lo sono infilato in tasca, poi ho rubato i tuoi elastici e ce li ho avvolti sopra?"

Tigger sgrana gli occhi e persino i miei genitori esperti di magia sembrano impressionati.

DJ si guarda immediatamente il polso e impallidisce, quando lo vede vuoto.

"Vuoi controllare la mia tasca?" gli chiedo.

Tigger si schiarisce la gola. "Se ti tocca, perderà la mano... e ne ha bisogno per continuare a impalmare."

Roteo gli occhi. "D'accordo. Vuoi rovistare tu per lui?"

Tigger esegue, tenendo la carta avvolta dagli elastici davanti alla faccia di DJ.

DJ strappa la carta e si allontana. "Devo andare a un altro tavolo."

"Accetto la tua sconfitta" gli grido dietro, mentre se la fila.

"Questo mi ricorda la scommessa che ho fatto con tuo padre, l'altro giorno" dice la mamma. "Lui pensava che i miei muscoli di Kegel non fossero abbastanza forti, per rompere una noce."

E proprio così, la felicità per la mia vittoria sparisce senza lasciare traccia. Tutto quello che voglio, ora, è che qualcuno m'immerga il cervello nella candeggina.

"Sì" aggiunge ansiosamente Ottopapà. "Le devo ancora un favore sessuale per aver perso."

Magari, immergere nella candeggina anche le mie orecchie?

"Qualcuno gradisce il dessert?" chiede il cameriere, apparendo dal nulla e dimostrandosi così un mago migliore di quanto DJ sarà mai.

"Io sono sazia" dico (anche se non vorrei continuare questa conversazione, nemmeno se stessi morendo di fame).

"Anch'io sono troppo piena" aggiunge Ottomamma, e gli uomini sono d'accordo.

"Ecco il conto, allora" dice il cameriere.

Tigger lo afferra rapidamente. "Offro io."

Ottomamma gli sorride, raggiante. "Solo se lascerai pagare noi, la prossima volta."

Pensa che sarebbe disposto a farlo di nuovo?

"Affare fatto" replica Tigger, come se dicesse sul serio.

Qualcuno dia un Oscar a quest'uomo. Oppure, se fa sul serio, un'aureola.

"Devi anche venire a trovarci alla fattoria" aggiunge Ottopapà.

"Va bene" replica Tigger.

Sì, certo. Sopra il mio cadavere completamente decomposto.

Mentre Tigger paga, un pizzico di ansia si diffonde in me. Salutando i miei genitori, mi perdo qualsiasi cosa imbarazzante dicano come addio, perché la sensazione cresce.

Quando iniziamo il viaggio di ritorno, riesco a individuare la causa.

Sono preoccupata per quel momento in cui arriveremo a casa mia. Pur sapendo che questo non era un appuntamento, il mio sistema parasimpatico è in piena allerta, come se in realtà lo fosse stato e stesse per finire nel solito disastro.

Quando Tigger parcheggia vicino a casa mia, sono pronta a balzare su come un grillo.

Tigger si volta verso di me. "Tanto per chiarire, non cercherò di baciarti."

Lo guardo sbattendo le palpebre, incerta se sentirmi sollevata o delusa. "Ah no?"

"No, a meno che non lo voglia tu" replica, con gli occhi nocciola dolci e calorosi. "Tieni presente che oggi stiamo saltando tutti gli allenamenti. Se succederà qualcosa, sarà puramente per desiderio, non per scopi educativi."

Slacciandomi la cintura di sicurezza, elaboro la sua affermazione.

Oggi non mi sta addestrando, ma lascia anche intendere che, se volessi baciarlo, ci starebbe.

Caaazzo! Lo voglio (ammesso che possa riuscirci)?

Diavolo, sì!

Sarà la lussuria ad offuscare il mio buon senso, ma lo voglio. Di brutto.

E perché no? Anche se sarà solo per questa volta, in quale primo bacio migliore potrei mai sperare?

È un principe. Un bacio potrebbe essere più epico di così, soltanto se lui fosse una rana che si *trasforma* in un principe, dopo una piccola azione di bestialità.

Il che mi riporta al dubbio: "posso riuscirci?" È una

domanda da un milione di dollari. La risposta è che, oggi, è super-improbabile, ma voglio riprovare a toccarlo senza guanto.

Questo dovrebbe essere fattibile, giusto?

Tigger mi guarda rimuginare in silenzio (e non posso fare a meno di pensare che sembri un predatore, intento a braccare pazientemente la propria preda).

"Voglio che ci tocchiamo le mani" dico finalmente.

"Certo." Protende la mano, come per darmi il cinque.

Scuoto la testa. "Non voglio farlo qui. Ho brutte associazioni con le macchine."

Annuisce con aria comprensiva. "Dimmi solo dove ti sentiresti più a tuo agio e ci andremo."

"In camera mia" rispondo. "Ma devi sapere che, molto probabilmente, mi tirerò indietro."

Corruccia le labbra. "Non preoccuparti. Sarei felice anche solo di vedere un altro trucco di magia."

Lo guardo, stringendo giocosamente gli occhi. "Tipo, per esempio, i miei vestiti che scompaiono?"

Il suo sguardo si scalda. "Sarebbe bello."

Mi schiarisco la gola improvvisamente secca. "Dammi solo un momento. Devo assicurarmi che la mia stanza sia presentabile."

Mi accompagna alla porta. "Vieni a prendermi, quando sei pronta."

Mi precipito in camera mia e nascondo alcune cose innominabili, prima di scambiare le mie scarpe truccate con un paio di perfetti duplicati, ma che non sono potenziati. Poi, metto "The Final Countdown" a ripetizione, per creare un'atmosfera piacevole.

Mentre torno a prendere Tigger, scorgo Hannibal entrare in cucina.

Oh, no. Questo non va bene.

Busso alla porta di Clarice.

"Entra" mi dice.

Faccio capolino e le chiedo di prendere il suo gatto e di tenerlo nella sua stanza, per stasera.

"Perché?" mi domanda.

"Sto portando Tigger in camera mia."

Lei applaude, eccitata.

Le lancio uno sguardo di pietra. "Non dovrebbe esserci bisogno di dirlo, ma lo scandirò, per sicurezza: sta' lontana dalla mia stanza. Non credo che succederà qualcosa tra di noi, ma se stesse per succedere e tu lo mandassi all'aria, comincerai a trovare lassativi e sonniferi nel cibo e nelle bevande. A volte, separatamente. A volte, insieme."

Sogghigna. "Adoro quando mi chiedi le cose così gentilmente."

Lascio Clarice da sola e, poi, per sicurezza, affronto una conversazione simile in stile "state alla larga" con tutte le mie coinquiline.

O la va o la spacca.

Torno alla porta d'ingresso e la apro per Tigger.

Mi rimira. "Niente tuta protettiva?"

Faccio spallucce. "Che senso avrebbe? Sei pulito."

"E sarò ancora più pulito, dopo essermi lavato le mani" dice, sorridendo.

Mi conosce così bene! Ricambiando il sorriso, gli faccio cenno di seguirmi e gli indico il bagno. Quando riemerge, un attimo dopo, lo conduco nella mia stanza.

"Vedi, nemmeno un arredo da serial killer" annuncio, mentre entra e si guarda intorno. "Quel manichino serve per fare pratica di borseggio, non per appendere tute di pelle umana fatte di ex fidanzati."

Tigger osserva Manny con disapprovazione. "Quindi, non ci attacchi dei dildo?"

Scuoto la testa. Sarebbe un'ottima idea, però. Perché non ci ho mai pensato?

Gli occhi di Tigger sono felini, quando riporta l'attenzione su di me. "E adesso?"

Faccio un respiro calmante. I palmi mi stanno sudando e il cuore mi sta martellando contro la cassa toracica.

"Protendi la mano" gli dico. "Come l'altro giorno."

Lui esegue, con una flessione dei bicipiti così sexy, da far sì che l'ansia che mi rode lo stomaco valga la pena.

"Ti toccherò il palmo della mano, ok?" gli chiedo.

Annuisce, ipnotizzandomi con i suoi occhi felini.

Mi protendo verso di lui. Stavolta, non sembra tanto un cinque al rallentatore, quanto piuttosto che io stia impersonando E.T. col suo dito luminoso.

Proprio come l'ultima volta, mi blocco, quando il mio dito è a un soffio dalla sua mano, talmente vicino, che percepisco il calore irradiare dal suo palmo.

Dannazione!

Come se avesse una mente propria, la mia dannata mano si rifiuta di andare oltre.

Chiudendo gli occhi, stabilizzo il mio respiro.

"Puoi farcela" m'incoraggia dolcemente. "Sei più forte di quanto pensi, ricordi?"

Mentre il mio cuore martellante comincia a rallentare, mi preparo psicologicamente, ascoltando le parole della canzone.

"*We're headin' for Venus* (siamo diretti verso Venere)."

Beh, questo non aiuta molto. Se le donne vengono da Venere, io sono *diretta* verso Marte. Avrei dovuto mettere "*Eye of the Tiger.*" Certo, toccare il palmo di un principe attraente potrebbe non essere una prova così grande, come quella che Rocky ha dovuto sopportare, ma ci si avvicina.

"*It's the final countdown* (è il conto alla rovescia finale)."

Sì! Lo è. Al tre, gli toccherò la mano o rinuncerò a provarci.

Uno.

Stringo i denti.

Due.

Apro gli occhi.

Tre.

Uso tutta la mia forza di volontà... e il mio dito si connette con la sua pelle.

Capitolo Ventisei

$\mathcal{P}$er tutti i fulmini di Houdini! È come se un arco di pura elettricità mi scorresse lungo il dito, facesse scattare sull'attenti i miei capezzoli e si propagasse in tutto il mio corpo, prima di depositarsi caldamente nel mio intimo.

Toccare è sempre così?

No. Questo è speciale. Solo Tigger dà questa sensazione.

"Va tutto bene?" mormora.

In risposta, intreccio le dita con le sue.

Se dovessi variare la nostra musica di stasera, "Like a Virgin" di Madonna sarebbe la canzone più appropriata, in questo momento.

Tenergli completamente la mano è una sensazione ancora più incredibile, ma sono avida. Voglio di più.

Con il cuore che mi batte forte, mi porto la sua mano alla bocca e gli lecco il dito.

Lui inspira bruscamente. Nei suoi pantaloni, Sua Durezza Reale è alla massima potenza.

"Baciami" gli dico senza fiato, sorprendendo me stessa. "Ti prego."

Per un attimo, sembra che stiamo per ballare il liscio. Continuando a tenermi la mano destra con la sua sinistra, passa il braccio opposto dietro la mia schiena, per tirarmi più vicina.

Poi, china la testa e le nostre labbra si sfiorano.

Capitolo Ventisette

D annatamente. Incredibile.

Le sue labbra sono morbide e deliziose, il suo fiato è caldo e sa piacevolmente di sangria. Fa scorrere la lingua lungo le mie labbra, stuzzicando e accarezzando, e mi sento come se potessi esplodere dal piacere.

Come ho fatto a vivere senza?

Schiudo la bocca e la sua lingua si avventura all'interno, calda, liscia e così abile! Il mio battito cardiaco accelera ulteriormente, mentre il mondo intorno a noi scompare. Tutto ciò che percepisco, tutto ciò su cui riesco a concentrarmi è lui. La mia pelle brucia, il mio intimo soffre per il vuoto e il mio ventre si sente come se, al suo interno, qualcuno stesse dando la caccia allo stormo di colombe con i fuochi d'artificio.

L'attesa valeva la pena. Non posso immaginare un primo bacio migliore.

Respirando affannosamente, lui mi attira più vicino

al suo corpo caldo e muscoloso. La sua erezione sporge contro il mio ventre e i miei capezzoli premono sul suo petto. Ricambio il bacio quasi violentemente, con la testa che mi gira per il sovraccarico di piacere. Mi sento come se la mia bocca stesse per avere un orgasmo, mentre le nostre lingue danzano e i nostri microbiomi si fondono.

È fatta. Non si può tornare indietro (e io non voglio). I suoi germi sono dentro di me, così come i miei sono dentro di lui, e non mi dispiace affatto.

Qualunque cosa accada in futuro, porteremo sempre una parte dell'altro dentro di noi.

Dopo un'ora di beatitudine, lui stacca le labbra e m'incornicia la guancia con il palmo grande e caldo. "Va ancora tutto bene?" mi chiede, con voce roca per la voglia.

Mi tocco le labbra formicolanti. "Più che bene." Faccio un respiro e chiamo a raccolta il mio ritrovato coraggio. "Sbarazziamoci di questi stupidi vestiti."

I suoi occhi si accendono di calore. Senza aggiungere altro, si spoglia con precisione militare.

Wow! Sua Durezza Reale mi sta facendo l'occhiolino?

Se è così, è veramente l'occhio della tigre.

Nel frattempo, io non riesco a fare altro che togliermi le scarpe e i calzini.

"Lascia che ti aiuti" mi dice, con voce affannosa, e mi toglie tutti gli strati di tessuto di dosso. Lasciando vagare lo sguardo su di me, trae un respiro profondo e la sua voce si fa più roca. "Lo dirò di nuovo: assolutamente stupenda."

Arrossendo, faccio scorrere la mano lungo i suoi pettorali e addominali, come ho fatto nella realtà virtuale.

Per gli estrogeni di Houdini! La sensazione di allora non è altro che una pallida approssimazione della realtà.

La mia mano si posa sulla vera Durezza Reale... e mi si mozza il fiato. Ho brutte notizie per Holly e Bella: la realtà virtuale fa schifo rispetto a quella autentica. Il suo membro sembra un'asta d'acciaio rivestita di seta, tranne che è caldo, vivo, e mi fa inzuppare le mutandine.

Grugnendo con approvazione per le mie attenzioni, Tigger mi tocca il seno.

Doppio wow!

Lo palpa.

Triplo wow!

Mi stringe delicatamente il capezzolo.

Sto esaurendo i "wow."

Un'ondata di piacere mi arriva all'intimo e non mi curo più di paragonare questa realtà con quella virtuale.

"Andiamo sul letto" dico, tirandolo per Sua Durezza Reale nella direzione che voglio.

Come una tigre in procinto di balzare su una deliziosa gazzella, Tigger si muove in modo sfocato. Un attimo prima, sono in piedi e sto tenendo il suo membro, mentre l'attimo dopo, sono stesa sul letto, con lui sopra di me.

Mi ha appena spostata, o ha eseguito un trucco di magia degno del mio futuro spettacolo?

Prima che io possa riprendere fiato, mi bacia sempre più appassionatamente, come se ci fosse qualcosa di gustoso nella mia gola.

Mi sciolgo nel materasso, aggrappandomi alle lenzuola.

Liberandomi le labbra, lui passa a baciarmi il collo. La mia pelle formicola per la sovrabbondanza di sensazioni, il calore dentro di me cresce di secondo in secondo, mentre le sue labbra si spostano sulle mie spalle, poi sulla clavicola e giù, fino al capezzolo destro.

Per le zone erogene di Houdini! È normale che sia così bello? Sono in paradiso, eppure c'è un vuoto che mi rode nell'intimo, un bisogno di qualcosa... e sono abbastanza sicura di sentire quel qualcosa premere contro la mia coscia.

Tigger sposta l'attenzione più in basso del mio seno e, per un secondo, il mio capezzolo è triste di essere stato liberato.

Alla faccia del mio sostegno al movimento Free the Nipple!

Si fa strada lungo la mia cassa toracica mordicchiandomi, una sensazione in parte solleticante e in parte deliziosa. Quando oltrepassa il mio ombelico, mi dimentico del capezzolo. Ho visto abbastanza porno, da conoscere la sua destinazione, e non posso credere che stia per accadere a me.

E, poi, accade.

Lui bacia delicatamente il mio sesso, con le labbra dolci e solo un piccolo accenno di lingua.

"Deliziosa" mormora contro le mie pieghe.

Prima che io possa rispondere, deposita un bacio direttamente sul mio clitoride... e le parole mi vengono meno. Tutto quello che riesco a produrre è un gemito incoerente, mentre ogni muscolo del mio corpo si contrae per la tensione crescente.

Lui fa scorrere la lingua esperta sul mio clitoride. Una volta, due volte, tre e così via, con un'implacabile piacere straziante.

La tensione s'intensifica e un orgasmo potente si accumula dentro di me, mentre le sue leccate aumentano di ritmo e i suoi denti raschiano delicatamente le mie pieghe. È come se stesse divorando il mio sesso, consumandone ogni centimetro. Stordita, mi chiedo se stia almeno respirando!

In caso contrario, l'allenamento che gli ho impartito sta dando risultati sorprendenti.

Ansimando, passo la mano tra i suoi capelli. Sto per venire. Dovrei tirarlo via? Sarebbe scortese venirgli sulla bocca? O egoista? Non ho avuto la possibilità di compiacerlo in alcun modo. Questo non è un allenamento, perciò dovrebbe essere...

Troppo tardi.

Con un grido ansimante, vengo... e per poco non gli faccio lo scalpo, nel processo.

Non sembra che gli dispiaccia. Anzi, al contrario.

Alzando lo sguardo con un'espressione di soddisfazione puramente maschile, mormora: "Brava, myodik." Poi, dà un lieve bacio al mio clitoride iper-sensibilizzato e mi bacia l'interno di entrambe le cosce.

"Ok" dico, quando riprendo fiato. "Ora, farò la stessa cosa a te."

Lui adocchia la propria erezione enorme e poi guarda di nuovo me. "Sei sicura?"

Mordendomi il labbro, annuisco.

I suoi occhi avvampano, ancora più caldi. "D'accordo, ma usa un preservativo. Non voglio che ti preoccupi dello sperma."

Con mia grande sorpresa, la cosa non mi preoccupa affatto. Non voglio rovinare il momento mettendomi a discutere, però. Inoltre, posso usare uno dei miei profilattici alla ciliegia... per fare il mio primo pompino con il gusto di ciliegia.

Languidamente, striscio sul letto per prendere il preservativo dal comodino. Non solo mi sento i muscoli flosci come spaghetti stracotti, dopo l'orgasmo, ma questo momento è molto simile a un trucco di magia, dopo l'impostazione iniziale. Quando lo spettatore è preso all'amo in questo modo, un piccolo ritardo renderà la ricompensa molto più potente.

Proprio così. Gli occhi di Tigger sono incollati voracemente alle mie curve, mentre ritorno con il profilattico.

Il mio piano diabolico sta funzionando. Continuando a muovermi sensualmente, trasformo il processo di arrotolamento del preservativo su di lui in un altro ritardo stuzzicante.

Le sue narici dilatate sono la mia ricompensa.

La prossima volta, forse, lo farò con la bocca. Ho visto questo trucco nei porno.

Una volta infilato il preservativo, esamino Sua Durezza Reale con una certa trepidazione. Sembra che questo imperatore sia ancora più intimidatorio, nelle sue nuove vesti.

Ci proverò comunque.

Avvolgendo le dita intorno alla sua asta, gli dico: "Sdraiati, chiudi gli occhi e pensa alla Ruskovia."

I suoi occhi sono ridotti a due fessure, quando incontrano i miei. "Oh, no, myodik. Voglio guardare."

Una nuova ondata di calore mi percorre la spina dorsale. Suppongo che le mie capacità di intrattenimento stiano per essere messe alla prova.

Data la natura felina del proprietario di questo cazzo, impersonare una gattina sexy è la mia migliore possibilità. Mantenendo il contatto visivo, do a Sua Durezza Reale una languida leccata dalla base alla punta.

Gnam! È come leccare una caramella alla ciliegia... fatta su misura per Godzilla.

Un fuoco vulcanico infiamma gli occhi di Tigger.

È normale sentirsi così desiderabile durante un pompino? Così potente?

Do un'altra leccata in verticale a Sua Durezza Reale, che si contrae in risposta: una caramella veramente giocosa.

È il momento dell'artiglieria pesante.

Ancora una volta, vorrei che fosse "The Eye of the Tiger" a suonare a ripetizione, invece di "The Final Countdown." Ciò che sto per fare è un'impresa ai livelli di *Rocky*.

Incurvando la schiena come nella posizione yoga del gatto, la inarco per la posizione della mucca, prima di far scivolare la punta di Sua Durezza Reale nella mia bocca.

Wow! Sembra enorme, così. Se mi slogherò la mandibola, saprò perché.

Ignorando il riflesso faringeo, lo faccio scivolare più a fondo.

Tigger spalanca gli occhi, incoraggiandomi a prenderlo ancora un po' oltre. Torno su, poi di nuovo giù, più e più volte, assaporando il momento in cui lui comincia a grugnire di piacere.

Più lo faccio, più le pareti della mia vagina diventano invidiose della mia bocca. Quando non riesco più a reprimere la tentazione, mi allontano e gli dico: "Ti voglio dentro di me."

"Cazzo, sì!" La frase mi sembra la sfida territoriale di una tigre.

Wow. Vacci piano... tigre. Il cuore mi sta già facendo le capriole nel petto.

Traendo un respiro calmante, mi sposto in avanti e monto a cavalcioni su di lui.

Mi afferra le natiche con le mani forti e mi aiuta ad abbassarmi, mentre guido la Sua Durezza Reale nella mia apertura.

Per il calore setoso di Houdini!

Niente (né il Principe Reggente, né qualsiasi altro oggetto che io abbia mai avuto il piacere di avere dentro di me) mi ha mai fatta sentire così.

La sensazione di dilatazione è in bilico tra il piacere e il dolore, ma mentre scivolo più giù e poi di nuovo su, la proporzione si sposta saldamente in un territorio beato, che m'induce a cavalcarlo con maggiore entusiasmo.

Mi sembra di nuovo che il cuore stia per esplodermi e un calore rovente mi ribolle sotto la pelle, mentre un orgasmo che li domina tutti si sviluppa dentro di me. Ad ogni colpo, gemiti sempre più forti mi sfuggono dalle labbra.

Il respiro di Tigger si fa più affannoso, mentre mi stringe le natiche abbastanza forte, da lasciarci l'impronta della mano. "Cazzo, che bello!"

Quel basso ringhio mi spinge oltre il limite e vengo, con qualcosa che assomiglia a un urlo di Tarzan. Tutto dentro di me si contrae e si rilassa simultaneamente; la beatitudine scorre attraverso le mie terminazioni nervose, mentre crollo sopra di lui.

Quando ridiscendo sulla Terra, mi chiedo vagamente se Tarzan abbia mai avuto a che fare con una tigre. So che Mowgli l'ha fatto. E Pi, ne *La vita di Pi*.

"Bravissima, myodik" commenta Tigger con voce roca.

Se l'idea era di incoraggiarmi a continuare a cavalcarlo, funziona a meraviglia. Sollevandomi in posizione seduta, scivolo su e giù per la sua lunghezza, fino a quando un altro orgasmo si accumula dentro di me e i muscoli delle gambe cominciano a bruciarmi.

Come se percepisse il mio disagio, Tigger esegue un'altra versione del suo trucco di spostamento. Un attimo prima, sono sopra di lui; l'attimo dopo, sono bloccata sotto di lui e, per rendere la cosa ancora più impressionante, potrei giurare che Sua Durezza Reale non abbia mai lasciato il mio sesso!

Forse, dovremmo iniziare un nuovo ramo della magia insieme: la magia sessuale. O una nuova categoria di porno.

Pensare alla magia mi ricorda il trucco più antico della storia (quello con la tazze e le palle), perciò allungo la mano e gli tocco i testicoli.

Lui grugnisce con approvazione e si spinge più a fondo dentro di me.

Il mio cervello è sul punto di andare in corto circuito.

Tigger mi mordicchia il collo, portandomi ancora di più alla follia, mentre aumenta il ritmo delle spinte.

Dei gemiti mi sfuggono dalle labbra.

Lui accelera ancora.

I miei gemiti si trasformano in urla.

Sento le sue palle tese e gonfie nel mio palmo. Si sta avvicinando all'apice, il che è un bene. Il mio tsunami di orgasmo sta per piombare.

Ci siamo quasi.

È *davvero* il conto alla rovescia finale.

Mentre l'onda di piacere si abbatte su di me, mi si

arricciano le dita dei piedi e mi rimane solo abbastanza razionalità, per stringergli *delicatamente* i testicoli.

Con un ibrido tra un ruggito e un gemito, si spinge più a fondo dentro di me, strusciandosi, mentre il suo climax lo colpisce e un'altra onda orgasmica ribolle attraverso le mie terminazioni nervose ipersensibili.

Nei residui dell'orgasmo, mi sento come se stessi affondando nel materasso, con ogni osso del corpo liquefatto dalla beatitudine.

Con un tenero bacio sulle mie labbra, Tigger si tira fuori da me e si toglie il preservativo, poi lo annoda e se lo infila nella tasca dei pantaloni. "Lo porto via con me, così il gatto non lo prenderà."

"Ok" replico, con voce leggermente rauca.

Potrei aver fatto un'altra imitazione di Tarzan, alla fine, senza rendermene conto.

Un sorriso esausto m'incurva le labbra. Mi sento troppo come un limone spremuto, per continuare qualunque conversazione. È un miracolo che mi ricordi come respirare.

Tornando a letto, Tigger sistema il mio corpo (floscio come uno spaghetto) in una posizione a cucchiaio, abbracciandomi da dietro.

"È stato un notevole tocco di mano!" sussurra.

Sbadigliando, annuisco.

Le sue parole fanno cristallizzare la realtà di ciò che è successo.

L'ho fatto. Ho fatto sesso, finalmente, ed è stato più incredibile di qualsiasi cosa avessi immaginato. Un traguardo non facile, dato che le mie aspettative erano altissime.

Non mi sorprenderei se, dopo questo, mi trasformassi in Ottomamma e non la smettessi più di parlare dei benefici degli orgasmi. Il sesso potrebbe essere anche meglio della magia (e nessuno mi crederà, se lo dirò in giro).

Mentre il sonno comincia a reclamarmi, non posso fare a meno di sentirmi speranzosa. Forse, qualsiasi cosa ci sia tra noi potrebbe funzionare. Malgrado lui sia al di sopra della mia posizione, nonché un mio cliente, e malgrado la grossa bugia che gli ho raccontato.

Dopotutto, l'ostacolo più grande è sempre stato la mia incapacità di fare quello che abbiamo appena fatto.

Lui mi abbraccia più forte e io sbadiglio di nuovo.

Sì. Forse, *potrebbe* funzionare.

Con un sorriso beato, piombo nel sonno.

Capitolo Ventotto

$\mathcal{M}$i sveglio con la guancia sopra un petto duro e muscoloso e un delizioso profumo di mare nelle narici.

Mmm. Che cosa sta succedendo?

Oh.

Quando ricordo il giorno precedente, ogni accenno di sonnolenza evapora, come se venisse scacciato via da un espresso doppio.

Il mio comodo cuscino è Tigger, che è qui perché abbiamo dormito insieme, in ogni senso di questa frase.

Per il comportamento inappropriato di Houdini! Sono andata a letto con un cliente... e un principe. Sono andata a letto con lui senza confessargli il mio inganno sull'apnea e nonostante le mie preoccupazioni sul fatto che potesse vedermi unicamente come una sfida, come uno scalatore di montagne che cerca quella vetta irraggiungibile.

"Buongiorno" mormora il mio cuscino, facendomi trasalire. "Come hai dormito?"

Mi stropiccio gli occhi. "Mi sono spenta come una lampadina a LED. Tu?"

Si stiracchia come un gatto. "La migliore notte di sonno degli ultimi anni."

Mi sollevo a sedere.

Lui balza giù dal letto, impersonando il suo alter ego fittizio.

"Ho una riunione importante alle otto, quindi devo scappare" dice, cominciando a vestirsi. "Quando avrò finito, ti contatterò."

"Ok" replico.

Se sembro incerta, potrebbe essere perché la sua capacità di vestirsi a velocità militare è disorientante, di prima mattina. Nel tempo che mi ci vuole per appoggiare i piedi sul pavimento, lui è già pronto per uscire.

"Ci sentiamo presto?" mi chiede.

Annuisco, ancora un po' frastornata.

Mi bacia sulla guancia ed esce a grandi passi.

Toccandomi la guancia, guardo la stanza vuota, sbattendo le palpebre.

Era davvero qui solo un attimo fa?

Tutto sta assumendo le connotazioni di un sogno erotico.

Spingendomi in piedi, mi vesto e corro in bagno per la mia routine mattutina. Poi, torno nella mia stanza e annuso le lenzuola.

Eh già! È successo tutto. Posso ancora sentire il suo

delizioso profumo.

Vado alla porta d'ingresso.

Ulteriori prove, qui. Non è chiusa a chiave.

Dirigendomi in cucina, mi prendo dei Frosties e medito sugli eventi di ieri sera. Non vado lontano, perché il mio telefono suona.

Che sia Tigger?

No. È Blue. Vuole sapere se ho delle novità.

La videochiamo.

"Ciao" mi saluta, scrutando la telecamera. Come me, ha una ciotola di qualcosa affogata nel latte davanti a sé. "Come va, sorella?"

Le racconto quello che è successo, comprese le mie preoccupazioni.

"Wow" commenta lei. "Un principe, eh? Non hai mezze misure, vero?"

Faccio spallucce. "Considerando quello che ti ho raccontato, pensi che ciò che abbiamo fatto sia stato un'avventura di una notte?"

Aggrotta la fronte. "Ha detto che ti avrebbe contattata, dopo la riunione. Ha aggiunto anche: 'Ci sentiamo presto'. Non sembra una cosa che direbbe un'amante di una sola notte."

Ha ragione, ma i miei cereali sono comunque insipidi. "Dovrei dirgli che la mia illusione subacquea era solamente questo?"

Lei annuisce vigorosamente. "Il più presto possibile. È chiaro che questo ragazzo ti piace, e certa gente può essere piuttosto suscettibile in tema di onestà."

Il ragazzo mi piace? Questo è un eufemismo.

Prima che io possa aggiungere altro, Machete, il gatto di Blue, entra nel campo visivo della fotocamera (o, più che altro, lo blocca con la sua pelliccia a chiazze).

"Sciò!" gli dice mia sorella.

Le ha appena sbuffato in faccia?

Ridacchio. Grosso e spelacchiato, questo trovatello è la perfetta guardia del corpo per mia sorella, contro il male che sono gli uccelli. Le ho suggerito di chiamarlo così, perché assomiglia a Danny Trejo, l'attore che interpreta un personaggio cazzuto di nome Machete in un film omonimo. In confronto a Machete, Hannibal è una femminuccia; perciò, è un bene che Tigger non sia qui. Per lui, vedere *questo* gatto sarebbe come per me entrare in un laboratorio a rischio biologico senza la tuta.

"Sarà meglio che vada a nutrire la bestia" dice Blue, perciò riattacchiamo.

Sentendomi un po' giù, finisco la colazione.

E adesso?

Sono le otto e mezza. Troppo presto perché Tigger abbia finito la riunione, giusto? Non dovrei aspettarmi una sua telefonata così in fretta, vero?

Per impedire che la mia mente vaghi ulteriormente in questa direzione, mi do da fare. Per fortuna, mi è venuta un'idea per un'illusione. Al pubblico, sembrerà che io abbia trasformato un portafoglio (preso in prestito da un ragazzo) in una borsetta, che, poi, si scoprirà appartenere alla sua ragazza.

Quando ho capito i passi fondamentali del trucco, controllo il telefono.

Adesso, sono le nove. Quanto durano le riunioni? Un'ora? Di più?

Perché lui non mi chiama? Né mi scrive?

Che mi stia ignorando?

Una parte di me sa di essere un tantino irragionevole. Do la colpa al fatto che Tigger è il primo, per me, in quasi tutto ciò che riguarda il sesso.

A meno che... potrebbe essere un sintomo dell'aver sviluppato dei sentimenti?

Merda! Devo rimanere sana di mente. Devo tornare a concentrarmi sull'illusione... nello specifico, c'è un grosso problema che prevedo: la gente penserà che i due tizi della coppia portafoglio/borsetta siano miei collaboratori pagati.

Sospirando, prendo un libro di mentalismo dallo scaffale. Dimostrare che lo spettatore non è una spalla è una parte importante di questo ramo della magia.

Alle dieci, ho scelto una procedura di selezione degli spettatori che dovrebbe sembrare completamente casuale, ma non ho ancora ricevuto notizie di Tigger.

Grrr. Suppongo che lavorerò al prossimo dettaglio di questa nuova illusione: come rendere l'aspetto della borsa il più appariscente possibile.

Dovrei usare un effetto fuoco freddo, che utilizzi sostanze chimiche speciali?

Nah. Questo potrebbe far scattare un allarme antincendio nel locale.

Prendo un altro libro dallo scaffale e cerco cos'altro

potrei fare; poi, vengo strappata alla lettura da un bip del telefono.

Il mio cuore salta un battito.

Che sia Tigger?

No. È solo un promemoria dell'incontro delle undici con Waldo, di cui mi ero quasi dimenticata.

Sono già le dieci e mezza, perciò è meglio che vada.

Questo mi farà bene. Uscire con un amico dovrebbe tenere la mia mente irrequieta lontana dall'impulso di controllare il cellulare, in attesa dei messaggi di Tigger. E anche lontana da domande come: "Sono le dieci e mezza ormai, perché non mi ha scritto né chiamato?"

A meno che... dovrei chiamarlo io?

No. Waldo mi sta aspettando.

Mi vesto e mi dirigo verso la caffetteria.

Quando arrivo, Waldo è già al nostro solito tavolo all'aperto, lo stesso dove abbiamo incontrato Tigger e Sua Durezza Reale.

"Ciao" lo saluto allegramente.

La sua espressione è cupa. "Salve."

"C'è qualcosa che non va?"

Evita il mio sguardo. "Ho parlato con un mio collega, l'altro giorno. La sua macchina fotografica è stata confiscata illegalmente vicino al Crispy Mushroom, dopo che aveva scattato una foto a un certo principe. Ti dice niente tutto questo?"

Oh. Quindi, quel paparazzo dell'altro giorno lavora per la stessa rivista di Waldo? Non l'avevo capito.

"Fammi indovinare" dico. "Il tuo collega ti ha

descritto la donna che era in compagnia di quel certo principe, e tu hai capito che ero io?"

Annuisce. "Più che altro, il mio collega sapeva già chi sei, dall'articolo che avevo scritto. Pensavo di averti messa in guardia su Anatolio. Che cosa stai combinando?"

"È solo un cliente" rispondo. "Gli sto insegnando a respirare."

Waldo inarca un sopracciglio. "Respirare?"

"Sott'acqua" preciso. "Vuole andare a fare immersioni in apnea. Quest'informazione è in via non ufficiale, comunque."

"Perché tu?" mi chiede.

Faccio spallucce. "Perché non io? Tu hai scritto quell'articolo, ricordi? Mi hai definita Amazing Hyman."

Mi guarda sbattendo le palpebre. "Pensavo che quella bravata non fosse vera."

"Come puoi saperlo?"

Tira fuori il cellulare. "Giusto per chiarire... non stai uscendo con lui?"

Mi acciglio. "Perché?"

"Questo." Mi spinge il proprio telefono tra le mani.

Esamino l'immagine sullo schermo. Nella foto, Tigger è in piedi davanti a una bellissima bionda. Sembra che le abbia appena lasciato la mano: una mano con l'anulare ricoperto da un diamante grosso quanto il Principe Reggente.

Il mio stomaco si riempie di azoto liquido. "Che cosa sto guardando?"

"È la sua promessa sposa" risponde Waldo. "È anche lei una nobile della..."

Non sento il resto, perché le parole "promessa sposa" mi rendono sorda, cieca e muta nello stesso tempo.

Promessa sposa?

Una stramaledetta *fidanzata*?

Non può essere! Vero? Voglio dire, dopo essersi sottoposto agli esami medici, mi aveva detto che *non* va a letto con tutto quello che si muove. Aveva affermato che, di solito, fa sesso solo quando ha una relazione, ma che i suoi continui viaggi non contribuiscono ad averne.

Come si concilia questo con "promessa sposa"?

Stringo le mani a pugno, fino a farmi male.

Era tutta una bugia? Se ha una fidanzata, è chiaro che si tratta di una relazione.

Questo è di gran lunga peggiore della mia preoccupazione iniziale che fosse un puttaniere. Anche se venire a letto con me, pur avendo una fidanzata, è la prova che *è* effettivamente un puttaniere. Un puttaniere traditore.

Ma, seriamente, c'è qualche altra spiegazione?

Controllo il mio telefono.

Sono le undici e venti. Avrebbe già dovuto chiamarmi.

Che sia una prova? Mi ha cancellata, ora che ha ottenuto ciò che voleva?

"Stai bene?" mi chiede Waldo, ma la sua voce mi giunge come se provenisse da lontano.

"Puoi inviarmi quella foto?" gli chiedo con voce rauca.

Ho intenzione di stamparla e farla ingoiare a Tigger.

O ficcargliela su per il culo.

O addestrare ogni gatto che conosco, da Hannibal a Machete, nei fondamenti del terrorizzare...

"Mi spiace" risponde Waldo. "Non posso. Verrà pubblicata come parte di..."

Non mi prendo la briga di ascoltare il resto. Ho bisogno di quella foto e non ho l'energia, per discutere con lui di integrità giornalistica.

"Devo andare" gli dico. "Scusa."

Mi guarda con occhi spalancati. "Quindi, stavi *davvero* uscendo con lui?"

"No." Mi alzo in piedi, cercando di sembrare il più infelice possibile (il che non richiede affatto grandi abilità di recitazione). "Posso avere un abbraccio?"

Per un momento, sembra stordito. Sa che sono suscettibile in fatto di contatto fisico. "Certo" risponde, infine, e mi cinge tra le sue braccia esili.

"Grazie" gli dico, mentre gli sgraffigno il cellulare. "Ne avevo bisogno."

M'infilo il suo telefono in tasca e prendo l'appunto mentale di scusarmi per questo, più tardi. E anche d'immergermi nella candeggina.

"Di niente" sussurra.

Mi ritraggo. "Mi dispiace tagliare corto in questo modo."

"Capisco" dice.

Girando sui tacchi, corro via.

Quando sono abbastanza lontana da Waldo, tiro fuori il suo cellulare e inserisco il PIN che l'ho visto usare, spiandolo, poco tempo fa.

Fiù!

Per un attimo, ho temuto che l'avesse cambiato, ma no. Sono dentro.

Mi invio la foto e, non appena ce l'ho sul mio telefono, la inoltro a Tigger con un brusco:

Vuoi spiegarmi questo?

Capitolo Ventinove

*P*assano dei minuti che sembrano secoli, senza alcuna risposta da parte di Tigger.

Quando arrivo a casa, sono furiosa: arrabbiata con me stessa, quanto con lui. Come ho potuto avvicinarmi così tanto a qualcuno, quando avevo delle riserve così ragionevoli? Che cosa mi ha fatto pensare di poter stare con un ragazzo, in primo luogo? Io, con tutti i miei problemi?

Ripensandoci, dovrei darmi un po' di tregua. Ho superato la mia fobia dei germi e sono andata a letto con lui... e questo è ciò che ottengo per il mio coraggio.

Stronzo!

In preda alla rabbia, compongo il suo numero.

Il telefono squilla e squilla, finché parte la segreteria telefonica.

"Stai ignorando le mie telefonate?" ringhio. "D'accordo. Non disturbarti a richiamarmi. Non voglio vederti né parlarti mai più."

Ecco. Se solo potessi convincere anche me stessa!

Sentendomi sporca, in parte per il messaggio che gli ho lasciato, ma soprattutto per l'abbraccio di prima con Waldo, mi faccio una doccia. Riesce a calmarmi temporaneamente. Tuttavia, dopo aver indossato dei vestiti puliti, ricomincio a dare di matto e mi rimprovero per aver abbassato la guardia con Tigger.

Incapace di pensare a qualcosa di meglio da fare, videochiamo Blue e le spiego tutta la situazione.

"Cavoli, mi dispiace tanto" dice, quando ho concluso. "C'è qualche possibilità che si tratti di un malinteso?"

"Certo" rispondo amaramente. "E sai chi potrebbe chiarire la situazione? Tigger! Ma è irraggiungibile."

"Perché non mi mandi quella foto?" propone. "Posso passarla nel nostro database di riconoscimento facciale, per vedere cosa riesco a scoprire sulla sua fidanzata."

Faccio come suggerisce e la guardo digitare sul portatile.

Il mio campanello suona.

"Chi è?" mi chiede Blue. "Tigger?"

"Non lo so" rispondo, col battito che accelera. "Fammi andare a controllare. Ti richiamo io."

Potrebbe essere Tigger? Se è così, che si sia dimenticato di controllare il cellulare, prima di tornare qui? A dire il vero, perché sarebbe dovuto tornare qui? Vuole usarmi per il sesso qualche altra volta, prima di tornare dalla sua fidanzata?

Se è così, potrei indurre Hannibal a mordere Sua Durezza Reale?

"Chi è?" chiedo, quando raggiungo la porta d'ingresso.

"Waldo" risponde una voce familiare.

Apro la porta e guardo il mio amico con confusione.

"Ciao" mi saluta, entrando. "Dopo che te ne sei andata, mi sono preoccupato sempre di più, così sono venuto a vedere come stavi. Scusa se non ho telefonato... sembra che abbia perso il cellulare. Tu non l'hai mica visto, vero?"

"No" mento. Dovrò rimetterglielo in tasca di nascosto il prima possibile. "E io sto benone. Come ho detto, non c'era niente tra me e il principe."

Waldo sembra sollevato. "Davvero?"

"Davvero davvero. Ora, se non ti dispiace, dovrei..."

"Aspetta." Waldo sposta il peso da un piede all'altro. "Devo dirti una cosa."

Mi acciglio. "Altre cattive notizie?"

Fa un passo indietro. "No. Beh, spero di no."

Lo guardo con aspettativa.

"Io... volevo chiederti... Ti va di uscire a prendere un caffè, uno di questi giorni?"

Guardo Waldo come se stesse per schizzare caffè dagli occhi. "Non è una cosa che facciamo in continuazione?"

"Allora, a cena, magari" si corregge. "O a pranzo."

Aspettate un attimo! "Waldo" esclamo, incredula. "Mi stai chiedendo un appuntamento?"

Facendo un altro passo indietro, annuisce timidamente.

"Stai chiedendo un appuntamento a me, la tua *amica*? A me, pur sapendo perfettamente quanto io sia vulnerabile in questo momento?"

Fa un altro passo indietro. "Credevo avessi detto che non t'importava di lui."

"Ho mentito!" Avanzo minacciosamente verso di lui. "Era questo il tuo brillante piano fin dall'inizio? Rivelarmi che il ragazzo che sto frequentando ha una fidanzata, solo per potermi chiedere tu stesso di uscire?"

So che, in un certo senso, me la sto prendendo con il messaggero, ma non m'importa. Le parti intime di Waldo sono in pericolo tanto quanto lo sarebbero quelle di Tigger, se fosse qui.

Waldo deve leggermi in faccia qualcosa del genere, perché indietreggia fino allo stipite della porta e si gira parzialmente, in modo da nascondere le suddette parti intime. "Volevo chiederti di uscire molto prima che lui entrasse in scena, fin dal nostro primo incontro, in effetti, quando ti ho intervistata per quell'articolo."

Scuoto lentamente la testa, troppo sbalordita per trovare parole.

"Dovrei andarmene?" mormora.

Faccio un respiro profondo. "Sì, per favore. Non voglio uscire con *nessuno* a breve."

Con espressione affranta, Waldo si gira e sfreccia via.

Ritorno al mio frenetico camminare avanti e indietro, ora confusa e arrabbiata in egual misura, con un pizzico di senso di colpa. Fa quasi male ammetterlo, ma sembra che, come ciliegina sulla torta, Tigger avesse ragione su Waldo.

Il mio amico non era contento che fossimo solo amici.

Mi fermo sui miei passi.

Aspettate un attimo!

È per questo che Waldo ha sottolineato che Tigger fosse (cito testuali parole) "un totale playboy"? Stava sputtanando la concorrenza?

Ciò significherebbe che non solo assomiglia al Green Goblin, ma è anche guidato da un mostro verde.

D'altro canto, Waldo non ha costretto Tigger a fidanzarsi. A meno che...

Una videochiamata di Blue illumina il mio telefono.

"Ho delle novità" annuncia senza preamboli.

"Dimmi" ringhio, mentre lo stormo di colombe fa le capriole nel mio stomaco.

Blue porta il telefono vicino al viso e scandisce ogni parola, dicendo: "Quella foto è un falso."

Capitolo Trenta

*U*n falso?

Anche se la mia mente stava per saltare proprio a quella stessa conclusione, prima che lei mi chiamasse, sentirlo dire ad alta voce suona abbastanza folle.

"Che cosa intendi?" Alzo il volume del telefono, per non perdermi nemmeno una sillaba.

"Intendo che la foto è stata estratta da un video che si trova sulla versione ruskoviana di YouTube. In quel video, il tuo ragazzo ha semplicemente baciato la mano della bionda. Non le ha mai messo un anello al dito. E, secondo le ricerche che ho svolto, dubito che l'avesse mai incontrata prima di quel giorno, né dopo. Lei è una cantante ruskoviana e baciarle la mano è stato solo un segno di rispetto, o un leggero flirtare, che non ha portato da nessuna parte."

Ogni parola di Blue è come uno schiaffo in faccia. "Non è una nobile?" mormoro.

"Non più di me e te."

"Ma l'anello..."

"Photoshoppato" dichiara. "È fatto bene, ma nella mia agenzia abbiamo degli strumenti che ci permettono di smascherare queste cazzate."

Merda!

Il messaggio di gelosia che ho scritto a Tigger. E quello vocale che gli ho lasciato in segreteria. Se non mi stava ignorando prima, lo farà sicuramente adesso.

"Ci pensi tu, da qui in poi?" mi chiede Blue. "O hai bisogno del mio aiuto per vendicarti di Waldo?"

"Che cosa intendi con vendicarmi di Waldo?" le chiedo, ma so già cosa dirà.

Waldo è il responsabile.

È stato lui a photoshoppare una foto di Tigger.

Ha inventato un finto fidanzamento per farci rompere.

In effetti, ha fatto finta di essere mio amico per tutto l'anno e mezzo in cui ci siamo conosciuti, aspettando solo l'occasione per balzare all'attacco (e non nel modo sexy di Tigger).

"Oh, scusa" risponde Blue. "Ho dimenticato di dirtelo. È stato lui. Dato che era la fonte dell'immagine, ho dato un'occhiata al suo computer di lavoro e ho visto i file di Photoshop."

Stringo i denti. "In tal caso, no, grazie. Non avrò bisogno di alcun aiuto per vendicarmi di Waldo. Fidati."

Lei annuisce solennemente. "Fammi sapere, se cambi idea."

"Sarà fatto" dico e riattacco.

Se Waldo non fosse stato un amico fino ad oggi, avrei permesso a mia sorella di aiutarmi e lei avrebbe potuto fare qualcosa di veramente malvagio, come inserirlo in una lista nera del governo.

Non che io sarò molto più gentile, considerando quello che ha fatto.

Sentendomi quasi stordita da tutte le rivelazioni, mando un altro messaggio a Tigger:

Possiamo parlare?

Nessuna risposta.

Gli telefono e gli lascio un nuovo messaggio in segreteria. "Mi dispiace per prima. Chiamami."

Mentre aspetto che Tigger mi richiami, corro al computer e trovo una foto che ho conservato per uno scherzo particolarmente cattivo: un enorme collage di micro-peni con varie malattie veneree.

Reprimendo i conati, invio l'immagine via email a Waldo. Poi, sblocco il suo cellulare e salvo l'immagine in locale, prima di selezionare tutti i nomi della sua lista di contatti e inviare loro i micro-peni con la seguente didascalia: "Dov'è quello di Waldo?"

Mando la stessa email a tutti quelli che conosce, ad eccezione dei contatti che hanno il suo stesso indirizzo email di lavoro (perché non sono un mostro totale) e, poi, uso le applicazioni dei social media sul suo telefono per twittarla, postarla sul suo Instagram, appuntarla sul suo Pinterest e farne la sua foto profilo su Facebook.

Prendendomi una pausa dalla vendetta, controllo il mio cellulare.

Niente da parte di Tigger.

Dove diavolo sarà? Ormai è pomeriggio e la sua riunione era alle otto. Qualsiasi riunione, per quanto lunga, sarebbe già finita, il che significa che non mi sta dando intenzionalmente la possibilità di spiegarmi.

Per dirla in altre parole: ho rovinato tutto.

Capitolo Trentuno

*H*o decisamente rovinato tutto. Tigger non mi risponde e, se fossi nei suoi panni, sono sicura che non lo farei nemmeno io.

Cazzo!

Immagini della nostra epica sessione di sesso mi attraversano la mente, seguite dai nostri pseudo-appuntamenti, dagli esercizi di allenamento e da tutto il resto, finché non mi sento la testa sul punto di scoppiare.

Beh, fanculo a tutto ciò!

Se ho rovinato le cose, posso riaggiustarle.

Se lui vuole ignorarmi, potrà farlo di persona.

Digrignando i denti, chiamo un taxi.

Destinazione: il Palace Hotel.

Capitolo Trentadue

L'atrio del Palace è di nuovo brulicante di pappagalli e pavoni.

Correndo verso la receptionist, chiedo di poter vedere Anatolio Cezaroff.

Quella mi guarda con aria spocchiosa. "E lei è?"

"Gia Hyman" rispondo. "La sua allenatrice."

Digita qualcosa nel computer, forse per controllare che io sia nell'elenco dei "visitatori approvati." Annuendo verso lo schermo, mi chiede: "Posso vedere un documento?"

Le mostro la mia patente di guida.

"Grazie. Lasci che lo chiami."

Compone un numero e aspetta. E aspetta.

"Sembra che non sia nella sua stanza" dice. "Mi dispiace."

Merda! Mi starà dicendo la verità, o lui le ha chiesto di non farmi salire? La seconda opzione sembra piuttosto improbabile, data la trafila di chiedermi il

305

nome e il documento d'identità (a meno che lei non sia una bugiarda di livello da maghi).

"Può darmi una copia della chiave della sua stanza?" chiedo. "Vorrei salire a vedere se sta bene."

"Mi dispiace" risponde. "È contro la nostra politica."

"Posso almeno salire e bussare alla sua porta?"

"Mi dispiace" ripete, ricordandomi i pappagalli vicini. "È contro la nostra politica."

Adocchio le chiavi delle camere nella scatola sopra il bancone. Persino con tutta la mia prodigiosa abilità di borseggiatrice, non c'è modo di sgraffignarne una e farla codificare per la stanza di Tigger, senza che lei se ne accorga.

Tiro un sospiro. "In tal caso, vorrei vedere suo fratello, Kazimir."

Lei sgrana gli occhi. "La sta aspettando?"

"Sì" mento.

"Aspetti." Compone un altro numero e blatera qualcosa in ruskoviano. Tutto quello che riesco a capire è il mio nome e il suo tono complessivamente dubbioso.

Qualsiasi cosa dica la persona dall'altra parte della linea la sorprende abbastanza, da farle sgranare gli occhi a livelli comici.

Raddrizzando la schiena, mi dice: "Sua Altezza Reale la riceverà subito."

Wow, Kaz. Un bel trip di potere? Inoltre, assocerò sempre quel titolo altisonante al cazzo di Tigger?

La receptionist rivolge un cenno della mano a un

bestione in calzamaglia nelle vicinanze e gli dice qualcosa in ruskoviano.

"Da questa parte" mi dice il tizio, con accento marcato, e comincia a camminare.

Lo seguo attraverso l'atrio e su per una scala lussuosa. Poi, svoltiamo a destra ed entriamo in un enorme teatro.

Mi guardo intorno con invidia. Kaz potrebbe ospitare uno spettacolo di Broadway, qui dentro, se volesse. Darei il mio mignolo sinistro (e, forse, anche il mio lobo dell'orecchio) per fare uno spettacolo di magia su quel palco, anche solo una volta.

"Che cosa ne pensi?" mi chiede Kaz, comparendo dal nulla.

Stringendomi il petto, faccio un respiro calmante. "Penso che i tuoi dipendenti dovrebbero chiamarti Vostra Ninjatezza Reale."

"Intendevo della sede" precisa Kaz, senza nemmeno un accenno di sorriso in volto.

Il tipo in calzamaglia, invece, sembra sul punto di buttarmi fuori dall'hotel.

Ok, ricevuto. D'ora in poi, niente più scherzi con Sua Serietà Reale.

"Che cosa intendi per sede?" gli chiedo.

Kaz rivolge un lieve, ma imperioso cenno al tizio in calzamaglia.

Quello fa un inchino e indietreggia per qualche metro, prima di girarsi e allontanarsi in fretta.

Una cosa è la deferenza, e un'altra è questo. Sembra

che qualcuno stia prendendo il tema del Palace un po' troppo sul serio.

Kaz indica il palco. "Non sei qui per controllare la sede?"

Lo guardo sbattendo le palpebre. "Perché dovrei?"

Aggrotta la fronte. "Stamattina, Tigger mi ha convinto a ospitare il tuo show qui. Ho pensato che fosse solo una questione di tempo, prima che tu volessi venire a vedere se è accettabile."

"Accettabile?" Indietreggio barcollando, fissando a bocca aperta le tende, le luci da palcoscenico, i posti a sedere per migliaia di persone...

Mi sta prendendo in giro o fa sul serio?

"Non capisco" dico. "Tigger ti ha parlato a nome mio? Stamattina?" Poi, mi viene in mente. "La sua riunione segreta delle otto era con te?"

"Segreta?" Le sue labbra assumono una linea di disapprovazione. "Non me ne ero reso conto."

Dimeno le braccia. "Non fa niente. Hai detto sì?"

Annuisce bruscamente. "Ho pensato che fosse un'ottima idea. Una maggior varietà di spettacoli ci farebbe comodo, qui, e le illusioni si adattano bene al tema dell'hotel."

Santo Houdini!

Sembrerei poco professionale, se facessi le capriole?

Sono anche tentata di dare a Kaz un abbraccio di gratitudine... ma lui sembra una persona che lo gradirebbe ancora meno di me.

Non riesco a credere che Tigger abbia fatto questo per me!

È straordinario.

Incredibile.

Sbalorditivo.

In realtà, mi rimangio tutto. *Riesco* a credere che l'abbia fatto. Ha sempre fatto cose straordinarie per me. Ecco perché mi fa così male il pensiero di averlo perso.

Supponendo che sia così. Mi è meno chiaro, adesso... almeno, dato che non ha ancora ritirato questa iniziativa con suo fratello.

"*Dov'è* Tigger?" gli chiedo. "Non sono riuscita a contattarlo."

Kaz sbatte le palpebre. "Non saprei. La nostra riunione non è iniziata prima delle nove, perché c'è stata un'emergenza all'hotel che mi ha fatto ritardare. Dopo che abbiamo discusso, ha detto che sarebbe andato a parlare con alcune persone dei media. Pensa di poter sfruttare la sua notorietà per ottenere pubblicità per il tuo show. Non mi ha dato molti dettagli, ma ho pensato che intendesse qualcosa tipo scattare foto di te che lo seghi a metà, come nella classica illusione."

Uhm. Tagliare a metà un bel principe. Potrei assolutamente farlo e, magari, eseguire lo stesso trucco di Penn & Teller, in cui, alla fine, lo faccio sembrare un incidente cruento.

"Quindi, sta parlando con i paparazzi?" chiedo, con l'eccitazione mitigata dalla cautela.

Anche se ciò che ha detto Kaz fosse vero, quante possibilità ci sono che Tigger non abbia visto i miei messaggi, né ascoltato la segreteria?

Accigliandosi, Kaz tira fuori il cellulare e guarda lo schermo. "Sono passate parecchie ore. Dovrebbe aver finito da un pezzo, ormai."

Ecco che quella speranza se ne va.

Tigger mi sta *davvero* ignorando, soltanto non dalla sua stanza d'albergo.

Il telefono di Kaz gli squilla in mano.

Guardandolo con disapprovazione, risponde. "Pronto."

Qualunque cosa gli dica la persona dall'altra parte della linea rende i suoi lineamenti tanto tempestosi, quanto il cielo di Mordor.

Sarà Tigger, che gli dice di togliermi l'accesso a questo hotel?

"Quando?" ringhia Kaz.

Questa domanda non corrisponde alla mia teoria.

Kaz stringe il telefono in mano. "Mi ripeta di nuovo il nome dell'ospedale."

Mi si gela lo stomaco.

Qualcuno sta parlando di un ospedale. A Kaz.

Il sangue mi defluisce via dalla faccia, quando mi rendo conto che c'è una teoria a cui non avevo ancora pensato.

E se Tigger non mi stesse ignorando? Se non potesse rispondere alle mie chiamate perché...

"Che cos'è successo?" La domanda di Kaz è una richiesta imperiosa.

Vorrei strappargli il telefono di mano per sapere anch'io cos'è successo.

Se le espressioni potessero uccidere, quella di Kaz ammazzerebbe l'interlocutore all'altro capo della linea. "Sono suo fratello, cazzo. Ditemi che cosa..."

Si blocca con un ringhio e posso vedere che è sul punto di fare a pezzi il cellulare.

"Ha riattaccato" afferma, fissando l'apparecchio con aria incredula. "Non gradiva il mio fottutissimo linguaggio."

"Che cos'è successo?" grido, resistendo a malapena all'impulso di strozzarlo per estorcergli le informazioni.

Lui incontra il mio sguardo. "Si tratta di Tigger. È in ospedale."

Capitolo Trentatré

"Cosa?" esclamo. "Che cos'è successo? Ha..."

"Lo stronzo al telefono non ha voluto dirmelo" ringhia Kaz. "Ha detto di andare lì di persona. Qualcosa a proposito di una conferma d'identità."

Uno strano intorpidimento mi assale. "Quale ospedale?"

Lui mi risponde e il nome mi suona familiare.

Molto familiare.

"La mia amica è appena stata ricoverata lì per una reazione allergica" dico con voce instabile. "Andiamo."

"Giusto. Andiamo." Con la mascella serrata, esce dalla sala così velocemente, che devo sgambettare per stargli dietro, cosa che non mi dispiace affatto.

Più in fretta arriviamo lì, meglio è.

"Tigger è allergico a qualcosa?" chiedo senza fiato, raggiungendolo.

Lui scuote la testa, senza voltarsi.

"Ha praticato la respirazione subacquea senza di me?"

Si stringe nelle spalle, di nuovo senza voltarsi.

Cazzo! È possibile che Tigger sia annegato? Questo mi renderebbe complice di...

No. Non ha senso. La piscina è in questo hotel e, se si fosse fatto male qui, Kaz l'avrebbe saputo. Qualunque cosa sia successa dev'essere accaduta dopo che Tigger è andato a parlare con i media per conto mio.

Mi viene in mente uno scenario orribile, mentre lo immagino alla guida della sua dannata Lamborghini. Con il suo modo di guidare, se avesse un incidente, potrebbe anche non sopravvivere.

No.

Per favore, fa che non sia così!

Tutto tranne questo.

Raggiungiamo l'atrio e Kaz abbaia ordini al suo staff, come un generale su un campo di battaglia.

In un batter d'occhio, le gomme di una limousine stridono fuori.

"È la nostra" m'informa Kaz concisamente, precipitandosi fuori.

Non appena saliamo, la limousine si lancia in avanti.

Attraverso la foschia del panico, mi viene un'idea e tiro fuori il cellulare per chiamare Blue.

Kaz mi lancia uno sguardo di disapprovazione.

"Mia sorella potrebbe essere in grado di aiutarci a

capire cos'è successo" gli spiego, mentre la chiamata si connette.

"Ciao" mi saluta Blue. "Hai..."

"Non c'è tempo per i convenevoli. Ho bisogno di aiuto urgente."

"Che succede?"

"Tigger è nello stesso ospedale in cui era Clarice l'altro giorno. Non ci hanno detto cosa gli è successo. Puoi scoprirlo?"

"Certo" risponde lei. "Ti richiamo io."

Riattacco e spiego la situazione a Kaz, la cui espressione non è più di disapprovazione.

"Grazie" mi dice, proprio mentre la limousine si ferma, stridendo.

Ci precipitiamo fuori e Kaz si dirige verso l'ingresso familiare dell'ospedale.

Lo seguo fino alle porte automatiche.

Le porte si aprono.

Lui corre dentro, ma i miei piedi smettono di muoversi.

Cazzo!

Non di nuovo.

Capitolo Trentaquattro

*M*i preparo psicologicamente per entrare.

Tigger è lì dentro. Potrebbe essere sul letto di morte.

Perché non posso essere normale, solo per questa volta? Perché ho bisogno di una tuta protettiva per entrare in un ospedale?

In realtà, l'ultima volta, nemmeno la tuta è servita.

Non sono soltanto la peggiore amica, sono anche la peggiore fidanzata di sempre (e sì, mi sono appena elevata al rango di fidanzata, per sottolineare il punto).

Magari, un solo passo?

Con uno sforzo di volontà, costringo i miei piedi a muoversi e avanzo di qualche centimetro verso la porta.

Ok, questo è il massimo a cui sia mai arrivata, ma non sono ancora dentro.

Kaz torna con una maschera chirurgica in mano.

"Tieni." Me la lancia. "Ho pensato che la piscina pulita e la tua riluttanza ad entrare potessero essere collegate."

"Grazie." Afferro la maschera con gratitudine e me la metto sul viso.

"Io vado" mi dice. "Ci vediamo dentro."

Certo. Dentro. Così semplice!

Stringo i pugni.

I miei piedi non si muovono.

Stringo i denti.

I miei piedi rimangono incollati al suolo.

Stringo lo sfintere e i muscoli di Kegel e tutto ciò che è stringibile... e avanzo di un passo.

E un altro.

Poi un altro ancora.

Per il sistema immunitario di Houdini! Lo sto facendo davvero.

Oltrepasso la soglia.

Sì!

Sono all'interno dell'ospedale, ormai.

Il mio passo successivo è più stabile. Quello dopo ancora è quasi sicuro.

Prima che me ne accorga, sto camminando velocemente... solo che non ho idea di dove sto andando.

Merda!

Dov'è Kaz?

Immagino che dovrò tornare in portineria e...

Il mio telefono squilla. È un messaggio di Blue.

È stato ricoverato per un'intossicazione alimentare.

Per poco non vado a sbattere contro un'infermiera di passaggio.

Intossicazione alimentare? Scommetto che è stata quella stronza di Matilda con il suo latte non pastorizzato. Dannata mucca! Aspettate, questo è fare fat shaming? No, si tratta di una mucca, perciò va bene. Tutto ciò che so è che le conviene sperare di non incontrarmi mai, altrimenti potrei prendere a pugni la sua faccia da vacca. E se Tigger non dovesse farcela, mi mangerò il fegato della mucca con un bel contorno di fave e un buon Chianti.

Scrivo al volo a Blue.

Dov'è?

Lei risponde immediatamente.

Secondo piano. Camera 2E.

Mi fiondo verso l'ascensore e schiaccio il pulsante del secondo piano.

"Starà bene" mi dico.

Ripensandoci, forse no. Solo i casi più gravi di intossicazione alimentare richiedono l'ospedalizzazione, specialmente così presto, dopo che stava perfettamente bene.

No.

Sta bene.

Dev'essere così.

Quando esco dall'ascensore, mi arriva un nuovo messaggio.

Strano. È appena stato dimesso.

Un'ondata di sollievo mi colpisce, forte.

Non si viene dimessi, se non si sta bene.

Guardo in fondo al corridoio e l'ondata di sollievo diventa uno tsunami. C'è Kaz, con un paio di guardie del corpo in calzamaglia e, insieme a loro, c'è Tigger.

Sembra vagamente verdognolo, ma è in grado di camminare da solo (cosa sulla quale il suo entourage sembra avere delle obiezioni).

Mi precipito in avanti.

Avvistandomi, Tigger stringe gli occhi e mi rendo conto che potrebbe essere difficile riconoscermi, per via della maschera.

"Gia?" chiede.

"Sono io" rispondo senza fiato. "Ti prego, dimmi che stai bene."

"Sto bene." Lancia un'occhiata irritata ai tizi in calzamaglia. "Qualcuno ha esagerato, portandomi qui. Vai in coma una volta e tutti cominciano a trattarti come se fossi fatto di porcellana."

Mi lancio in avanti e lo abbraccio forte. "Niente più latte non pastorizzato" gli dico severamente. "Mai più."

Lui ridacchia debolmente. "Sarà facile. Non credo che vorrò mai più mangiare né bere niente di quello che ho consumato oggi."

Uhm. Finora, si comporta come se non avesse ricevuto i miei folli messaggi.

Se è così, potrei fare in modo che non li scopra mai.

Entrando in modalità borseggio, gli sgraffigno il cellulare dalla tasca, mentre mi ritraggo. "Quando è successo? Stavo cercando di contattarti."

"Non sono sicuro di quanto tempo sia passato" risponde. "Non ho avuto la possibilità di controllare il telefono a causa di tutte le attività innominabili che mi hanno tenuto occupato." Sembra ancora più verdognolo, al ricordo. "Diciamo solo che non guarderò mai più *L'esorcista*."

"Non aggiungere altro." Chiamo l'ascensore, dato che siamo nelle vicinanze. "Sono solo felice di non averti perso."

Ecco. Se ha ascoltato i miei messaggi, la sua reazione lo darà a vedere.

"No, myodik, non puoi liberarti di me così facilmente."

Come speravo. Non ha idea dei messaggi.

Entriamo in un ascensore affollato e io mi metto dietro a tutti.

Questa è la mia occasione.

Conosco il suo pin e ho il suo cellulare.

Posso sbloccare il telefono e cancellare quello che mi serve, e lui non se ne accorgerà mai.

Solo che qualcosa mi frena.

Senso di colpa.

E non quello trascurabile dei maghi.

Questo senso di colpa è di un tipo difficile da ignorare.

Considerando tutto ciò che Tigger ha fatto per me e quello che provo per lui, non dovrei invadere la sua privacy così. Né mentirgli.

Non voglio che la nostra relazione sia basata sull'inganno.

Per la coscienza di Houdini! Sembra che dovrò restituirgli il telefono... nonché confessargli la mia mancanza di esperienza nella respirazione in apnea.

Il che significa che potrei ancora perderlo.

L'ascensore si apre e io attraverso l'atrio dell'ospedale in un silenzio teso, mentre gli altri conversano in ruskoviano.

Una volta fuori, vedo non una, bensì due limousine.

Tigger guarda i suoi accompagnatori in calzamaglia. "Andate con Kaz, per favore."

Annuiscono.

Ottimo. Abbiamo un po' di privacy.

"Arrivederci, Kazimir." Mi tolgo la maschera chirurgica. "O dovrei dire: 'Arrivederci, Vostra Altezza Reale?'"

Per la prima volta da quando lo conosco, un accenno di sorriso sfiora gli occhi dell'uomo. "Dopo oggi, puoi chiamarmi Kaz."

Tigger fischia beffardamente. "Che onore!"

Ignorando il fratello, Kaz mi rivolge un cenno cortese e scompare nella limousine.

Tigger mi apre la portiera. "Pronta?"

"Grazie." Dandogli un bacio sulla sua guancia come depistaggio, gli rimetto il telefono in tasca di nascosto.

Solo perché ho sviluppato una coscienza non significa che sia una santa!

Salendo in auto, Tigger si accoccola accanto a me e chiede all'autista di alzare il divisorio per la privacy.

"Allora" esordisce, quando il divisorio è sollevato. "Per quanto apprezzi che tu sia venuta in ospedale a controllare come stavo, non sono sicuro di come ci sei riuscita. Kaz era il mio contatto d'emergenza e non ha il tuo numero."

Sospiro. "Ho una cosa da confessarti."

Inclina la testa. "Avevo il presentimento che fosse così."

Mi tolgo il guanto e gli prendo la mano. Il piacere formicolante del suo tocco mi rende più coraggiosa. "Dopo che te ne sei andato e non ti sei fatto sentire per un po', ho pensato che tra noi fosse finita."

Solleva di colpo le sopracciglia. "Finita? Perché?"

Gli stringo la mano. "Pensavo di essere un Everest per te."

"Cosa?" Mi guarda come se la suddetta montagna mi fosse appena caduta in testa. "Di che stai parlando?"

La mia presa si stringe ulteriormente. "Temevo che, dopo aver fatto sesso, avresti perso interesse per me. Non si scala mai l'Everest una seconda volta, quindi ho pensato che, forse..."

"Fermati." Mi copre la mano con la sua. "Non potresti sbagliarti di più, myodik. Con te, è più che altro come se fossi arrivato in cima all'Everest, avessi piantato lì la bandiera ruskoviana e avessi deciso di restarci per sempre."

Lo stormo di colombe nel mio stomaco dà di matto. "In tal caso, potresti ignorare i messaggi che ti ho lasciato? C'è stata questa cosa con Waldo e..."

Mi blocco, dinnanzi all'espressione tetra sul volto di Tigger, e mi affretto a chiarire: "Non è successo niente. È solo che avevi ragione tu. Ci ha provato con me... ma, prima, ha cercato di farmi credere che tu fossi fidanzato."

"Cosa?"

Sembra pronto a fare a pezzi Waldo, perciò gli spiego cos'è successo e come mi sono vendicata.

Questo sembra placarlo un po'. Non sembra più pronto a commettere un omicidio.

"Tieni." Sblocca il proprio cellulare e me lo porge. "Cancella quello che vuoi."

Wow! Sono sicuramente contenta di non averlo fatto prima, di nascosto. Così è molto meglio.

Faccio tabula rasa e gli restituisco il telefono. Ora, la vera difficoltà. Chiamo a raccolta il mio coraggio. "C'è un'altra cosa che dovresti sapere."

Aspettate, dovrei andare fino in fondo? E se, alla fine, lui mi lasciasse?

Devo ammettere che, se fossi una psicopatica, la mia vita sarebbe molto più semplice.

Lui si rimette in tasca il telefono e mi guarda con aria preoccupata. "Di che si tratta?"

"Si tratta dell'allenamento." Abbassando lo sguardo, esamino il tappetino di lusso. "Tu pensavi che fossi capace di trattenere il respiro per venti minuti, hai presente?"

Cautamente, alzo lo sguardo, solo per scoprire che lui sta sorridendo.

"Ah sì?"

Stringo gli occhi. "Beh, sì. Mi hai assunta perché..."

"Ti ho assunta per starti vicino" afferma. "Sapevo che la tua prodezza subacquea era solo un trucco. In tua difesa, non mi hai mai guardato negli occhi affermando il contrario."

Mi sento come se mi avessero appena tolto una mucca dalle spalle! Una malvagia, per giunta, come Matilda.

Lui sapeva.

Per tutto questo tempo, voleva solo un pretesto per stare con me.

E che pretesto perfetto! Mi ha fatta sentire fiera di una delle mie illusioni.

"Aspetta" dico. "E l'immersione in apnea in quel lago? Era solo un pretesto?"

Dovrei essere arrabbiata per il fatto che mi abbia *ingannata*?

Ma no! Sarebbe super-ipocrita.

Lui scuote la testa. "Vorrei *davvero* farlo, un giorno. Ma se non ti dispiace, mi farò allenare da un vero esperto, prima di provarci."

Sogghigno. "Insisto perché tu lo faccia. La maggior parte del mio addestramento girava intorno al fatto di vederti con meno vestiti possibile."

La limousine si ferma e lui mi apre la portiera. I suoi occhi felini brillano. "Ti va di fermarti da me, guardare un po' di Netflix e rilassarti?"

"C'è bisogno di chiederlo?" Gli afferro la mano e scendo dall'auto.

Entriamo nel Palace camminando mano nella mano, anche se mi sembra di attraversare l'atrio fluttuando.

Il che mi ricorda: presto, terrò uno spettacolo proprio in questo hotel. Tigger l'ha reso possibile.

Tra lo spavento per via dell'ospedale e tutto il resto, non ho avuto la possibilità di elaborare completamente questo fatto, ma ora ce l'ho... e, se non fosse per la sua mano, fluttuerei verso il soffitto come un palloncino ad elio!

Questo mi dà un'idea. Dovrei dedicare un'illusione alla giornata di oggi. Eseguire la mia versione di un classico: il volo. Ho già alcune idee fortemente ispirate alla versione di David Copperfield di questa incredibile illusione.

Quando ci troviamo di fronte alla porta della sua suite, mi rendo conto di essermi persa nelle mie fantasie magiche per tutto il tragitto.

Mi giro e scruto il viso di Tigger.

"Hai un aspetto migliore" commento (e dico sul serio). Quella tinta verdognola è sparita senza lasciare traccia.

"Grazie." Apre la porta. "Immagino che un lato positivo dell'essere andato in quello stupido ospedale sia una guarigione più rapida."

Dei forti latrati m'impediscono di rispondere.

Mefistofele è ai nostri piedi, scodinzolando con energia sufficiente, da alimentare tutta Manhattan per una settimana. Anche Caradog è felice di vederci, ma il suo scodinzolio è molto attenuato, in confronto a quello dell'orso più giovane... cioè, del cane.

La parte strana di questo benvenuto è che Caradog regge un bastone tra le fauci. Avanzando verso di me, si solleva sulle zampe posteriori, con un linguaggio del corpo chiarissimo: *prendi il bastone, umana.*

"Vuoi giocare al riporto?" afferro il bastone e guardo Tigger. "È sicuro da lanciare?"

Lui sorride. "Fallo qui nel corridoio. Le mie composizioni floreali sono fragili."

Lancio il bastone.

Caradog non si muove, ma Mefistofele insegue il bastone come se il destino del mondo dipendesse da questo.

Guardo il cane più grande. "Gli stai insegnando a riportare indietro il bastone?"

Quegli occhi intelligenti dietro gli occhialini sembrano rispondere: *Proprio così.*

"Puoi giocare con loro, mentre mi faccio la doccia e mi lavo i denti?" mi chiede Tigger.

Annuisco e lui mi porge dei biscotti per cani, prima di allontanarsi.

Lancio il bastone ancora un paio di volte, poi ripeto le mie mosse di magia della moneta usando i biscotti, per la gioia di entrambe le bestiole.

"Come ci riesci?" mi chiede Tigger, cogliendomi sul fatto, proprio mentre faccio sparire un altro biscotto.

"Magistralmente" rispondo, alzando lo sguardo.

Immediatamente, mi viene la bava alla bocca in stile cane pavloviano.

Tigger indossa solo un asciugamano e il suo aspetto cagionevole non è altro che un lontano ricordo. Infatti, è l'epitome della salute... e della virilità.

"Continueremo un'altra volta, ragazzi" dico ai cagnoloni.

Tigger mi conduce in camera da letto, chiude la porta a chiave e mette della musica.

Sorrido e comincio a spogliarmi. "È 'The Final Countdown'?"

"Sì." Lascia cadere l'asciugamano. "Ho pensato che ti sia utile."

Indico Sua Durezza Reale. "Quello funziona meglio."

Lui risponde con un sorriso, poi mi attira a sé e preme le labbra sulle mie.

Prima che me ne accorga, esegue la sua mossa magica, mettendomi sul letto in un batter d'occhio. Fermandoci solo per coprire la nudità di Sua Durezza Reale con un soprabito di lattice, ci uniamo l'uno all'altra e, stavolta, le sue spinte dentro di me sono lente e contemplative. Coprendomi con il suo corpo, intreccia le dita con le mie, come il giorno in cui l'ho toccato per la prima volta, e quello che stiamo facendo non sembra più sesso, ma piuttosto qualcosa che inizia con la lettera 'A'.

Veniamo insieme, e il mio orgasmo è più potente di tutti quelli del giorno precedente messi insieme. Mentre ce ne stiamo sdraiati lì, esausti e profondamente appagati, lui si solleva sul gomito e mi scosta una ciocca di capelli dietro l'orecchio, prima di posare il palmo sulla mia guancia. I suoi occhi nocciola sono dolci e calorosi, quando mormora: "Devo dirti una cosa."

326

Il mio battito cardiaco sale di nuovo alle stelle, mentre l'adrenalina di prima mi scorre ancora nelle vene. "Che cosa?"

"Il giorno in cui ci siamo incontrati, non mi hai rubato soltanto la cintura" dice dolcemente. "Mi hai rubato anche il cuore."

Per la produzione di ossitocina di Houdini!

Il mio petto sembra sul punto di scoppiare dalla gioia.

"Quando pensavo di averti perso, oggi, mi sembrava di aver perso l'ossigeno" ammetto, girando la testa per baciargli la mano.

Il caldo bagliore nei suoi occhi aumenta. "Questo perché io e te stiamo bene insieme. Come lupini e peonie."

"No" dico senza fiato. "Come cappelli a cilindro e conigli."

Annuisce. "Come il base jumping e il paracadute."

Copro la sua mano con la mia. "Ti amo."

Non l'avevo ammesso con me stessa, finché non l'ho detto, ma è vero.

Assolutamente vero.

"Anch'io ti amo" dice lui. "Sei l'unica montagna che voglio scalare."

Raggiante, guardo Sua Durezza Reale risvegliarsi di nuovo. "In realtà, sembra che tu mi monterai e io scalerò te."

Epilogo

TIGGER

*I*l palco è enorme, il più grande della Ruskovia, nonché uno dei più grandi al mondo.

Gia sta eseguendo la sua famosissima illusione del volo e, come al solito, sono sopraffatto dallo stupore e dalla meraviglia.

Inoltre, irritantemente, non ho idea di come faccia. Siamo all'aria aperta, quindi non ha nessun posto dove attaccare eventuali fili, a meno che non ci sia un elicottero silenzioso sopra le nuvole.

In realtà, lei sostiene di non usare fili e, in genere, non mente su come *non* esegue un trucco.

Sarò onesto. In quanto proprietario di questo parco a tema, ho chiesto ai membri del personale di riferirmi se vedono un accenno di filo o un'altra spiegazione di come Gia faccia quello che fa, ma finora non mi hanno dato alcun indizio. Lo stesso vale per il personale dell'hotel di Kaz.

Ehi, non mi dispiace. Non molto, comunque.

Suppongo che, se la mia ignoranza rende felice la mia myodick, posso conviverci. Naturalmente, se scoprissi qualcosa da solo... Beh, se in amore e in guerra tutto è lecito, tutto è lecito anche senza la guerra.

Terminando la sua ultima manovra acrobatica, Gia atterra con grazia sul palco, accanto a uno spettatore che funge da osservatore per il resto del pubblico. I capelli corvini le fluttuano teatralmente intorno, evidenziando il pallido bagliore del suo viso.

Lei lascia che lo spettatore controlli l'assenza di fili ancora una volta e, poi, esegue un grazioso inchino per il grande pubblico.

Gli spettatori (tutti i centomila) saltano in piedi e fanno la più entusiasta delle standing ovation per Gia. L'applauso è fragoroso. Come gli altri, anch'io batto le mani così forte, che mi fanno male i palmi, e persino i miei genitori, seduti accanto a me, applaudono con riluttanza.

Non so descrivere a parole quanto amo questa donna. Mi sono innamorato di lei immediatamente. Quando mi ha rubato la cintura, era come in quella canzone di Bryan Adams: vedevo i miei figli non ancora nati nei suoi occhi...

Quando l'eccitazione si placa e il sipario cala, mi affretto ad andare dietro le quinte.

Gia mi accoglie con un bacio appassionato. Dalla nostra prima volta insieme, non è più minimamente preoccupata dagli scambi di fluidi corporei con me. Anzi, ne è impaziente.

Com'è normale vicino a lei, il mio cazzo (o la mia Durezza Reale, come l'ha soprannominato lei) diventa completamente eretto, reagendo alle sue curve sinuose. Con la sua pelle di porcellana, i capelli scuri, gli occhi azzurri e il vestito di pelle nera, mi ricorda la vampira più sexy di sempre e, anche se non gliel'ho mai detto, ho avuto una grossa cotta per Kate Beckinsale in *Underworld*.

Mi ricompongo come meglio posso. "Un altro spettacolo grandioso."

Lei sorride, raggiante. "Lo pensi davvero?"

"Oh, sì. E la parte migliore è che si vedeva che i miei genitori non avevano idea di come facessi. Sono sicuro che non abbiano gradito la cosa neanche un po'."

Il suo sorriso diventa subdolo. "Pensi che ordineranno alla CIA ruskoviana di scoprire i miei segreti?"

"Non lo escluderei." Inoltre, non è una cattiva idea. Forse, potrei farlo.

Nell'ambito di questo viaggio nella mia madrepatria, Gia ha incontrato il re e la regina... e dopo non ha rotto con me, il che è un miracolo tanto quanto le cose che fa sul palco.

I miei genitori non sono esattamente persone affabili, specialmente con quelli che considerano inferiori a loro, cioè praticamente tutti.

"Ho una sorpresa per te" le dico. "Vieni, lascia che te la mostri."

In realtà, ho due sorprese: una grande e una enorme.

Lei si lascia condurre nella stanza dove la prima "sorpresa" ha detto che ci avrebbe aspettati.

Apro la porta con un gesto plateale. "Gia, voglio presentarti un tesoro nazionale ruskoviano. La grande, straordinaria... Rasputina."

Gia sgrana gli occhi, quando vede la figura femminile che è vestita in modo simile a lei (il che non stupisce, in realtà, poiché Rasputina ha avuto una grande influenza sul personaggio teatrale di Gia).

Non riesco nemmeno a immaginare come si senta la mia myodik, in questo momento. Incontrare questa maga famosa, per lei, è come incontrare Evel Knievel per me.

"Non ne sono degna" mormora Gia.

"Sciocchezze" dice l'altra donna, con un sorriso contagioso. "Ho visto il tuo spettacolo. Sono onorata di conoscerti."

Gia scuote la testa. "Signora Rasputina, lei è..."

"Per favore, chiamami Sasha" afferma.

"Sasha." Gia sembra saggiare la parola e trovarla deliziosa. "Posso avere il tuo autografo?"

Sasha esegue volentieri, mentre io osservo tutto molto attentamente, perché non dimenticherò mai una cosa che Gia mi ha detto una volta: "Se mai dovessi andare a letto con una donna (situazione da pistola puntata alla testa), andrei a letto con Rasputina."

Per questo motivo, mi sono assicurato tre volte che non ci siano armi nel mio parco, oggi. Sono troppo geloso, per accettare che la mia donna vada a letto con chiunque altro, persino con un'altra donna.

"Dunque" esordisce Sasha. "Sai che io faccio previsioni sul futuro?"

Gia annuisce. "Sì. Sono straordinarie."

Se lo chiedete a me, sono al limite dell'inquietante. Mia madre ha speso una fortuna e conferito titoli nobiliari a questa donna, in cambio delle sue "profezie", che, per quanto ne so, si sono in qualche modo avverate.

Un fulmine sembra scaturire dalla mano di Sasha ai suoi occhi: un trucco magico, ovviamente.

"Voi due starete insieme per tutta la vita" dichiara, guardando ognuno di noi a turno. "E sarà un'unione felice."

All'inizio, sono sbalordito quanto Gia.

Poi, mi viene in mente.

Rasputina sta rovinando la mia sorpresa enorme, che avrebbe dovuto aver luogo nella sala da ballo del palazzo reale, con i nostri cani a recitare i loro adorabili ruoli e tutto il resto.

Cazzo!

Ora, dovrò improvvisare.

In effetti, data l'importanza dell'occasione, forse questo sarà altrettanto memorabile (se non di più) per Gia.

Tirando fuori dalla tasca una confezione di carte da gioco, mi metto in ginocchio.

Con espressione diabolica, Sasha punta l'attenzione di Gia su di me.

Gia si gira e si blocca, con aria comicamente sbalordita. "Che cosa sta succedendo?"

"Questo." Apro cerimoniosamente la confezione di carte, come Clarice mi ha insegnato.

Lentamente e maestosamente, l'anello di diamanti fluttua fuori dalla scatola e atterra sul mio palmo.

Anche se Gia potrebbe sapere come si esegue questo trucco, sussulta e si stringe il petto.

Un buon inizio.

Prendo l'anello tra il pollice e l'indice. "Gia Hyman, stare con te è stata la più grande avventura che io abbia mai intrapreso." M'interrompo, per assicurarmi che la mia voce non assuma un tono poco virile. "Ho scalato l'Everest. Ho fatto surf a Cape Fear. Ho fatto base jumping dal Burj Khalifa. Ma nessuna di queste imprese è paragonabile al solo tenere la tua mano." Stringendole delicatamente il polso, le tolgo i guanti di scena e le avvicino l'anello al dito. "Mi concederesti l'onore di diventare mia moglie?"

Gia guarda me, poi l'anello, prima di rivolgersi al suo idolo. "Sapevi che sarebbe successo questo?"

Sasha fa l'occhiolino e Gia si gira verso di me.

"Sì!" esclama, infilando il dito nell'anello. "Per le palle di Houdini, sì! Certo che ti sposerò."

Salto in piedi e do a Gia un bacio come si deve. Nel frattempo, Sasha canticchia "Put a Ring on It" di Beyoncé.

"Diventerò una principessa?" mi chiede Gia, quando alla fine ci stacchiamo. "Una vera principessa? Io?"

"No" replico con un sorriso. "Per quanto mi riguarda, sei già una regina."

Anteprime

Grazie per aver letto *Royally Tricked – Inganno regale*! Se ti è piaciuta la storia di Tigger e Gia, per favore considera di lasciare una recensione.

Ti servono altre commedie romantiche tutte da ridere? Se non l'hai già fatto, devi conoscere la famiglia Chortsky! Leggi la storia di Vlad in *Hard Code – Codice Duro*, la storia di Bella in *Hard Ware – Arnese Duro* e la storia di Alex in *Hard Byte – Lavoro duro*, dove appare anche l'eccentrica sorella gemella di Gia, Holly.

Se desiderate ricevere una notifica quando il prossimo libro verrà pubblicato, iscrivetevi alla mia mailing list delle nuove pubblicazioni sul sito www.mishabell.com/it/.

Misha Bell è una collaborazione tra marito e moglie, gli autori Dima Zales e Anna Zaires. Quando non ti stanno facendo sbellicare dalle risate sotto lo pseudonimo di Misha, Dima scrive romanzi di fantascienza e fantasy, mentre Anna scrive storie d'amore dark e contemporanee. Da' un'occhiata a *Il titano di Wall Street* di Anna Zaires, per altri bollenti miliardari mozzafiato!

Volta pagina per leggere le anteprime di *Hard Byte – Lavoro duro* e *Il titano di Wall Street*!

Estratto de Hard Byte - Lavoro duro
di Misha Bell

È una verità universalmente riconosciuta che un uomo single in possesso di peli sul viso debba avere bisogno di radersi. E di darsi una riordinata. E di un finto appuntamento.

Mi chiamo Holly Hyman. Amo l'ordine e i numeri primi... e sono nei guai. L'azienda per cui lavoro sta prendendo una svolta che non mi piace. La nostra nuova gestione? Alex Chortsky, un bellissimo e trasandato diavolo russo. La nostra nuova direzione? Intrattenimento virtuale di tipo piccante.

Forse, la cosa non mi dispiacerebbe così tanto, se il lavoro della mia vita non fosse destinato ai bambini. O se non avessi accidentalmente rimorchiato una versione virtuale del mio capo diabolicamente bello.

L'unico modo per salvare il progetto dei miei sogni è

stringere un patto faustiano. Per una sera, fingerò di essere la ragazza di Alex Chortsky.

Che cosa potrebbe mai andare storto?

———

"Quindi, non mi aiuterai?"

Un sorrisino da satiro illumina i suoi splendidi lineamenti. "Non ho detto questo. Penso che potrei aiutarti... per un prezzo."

Ecco.

Riesco praticamente a immaginarmi, mentre mi pungo un dito e firmo un contratto che esigerà il mio primogenito.

Cominciano a tremarmi le budella, non più solo le ovaie. "Che cosa vuoi?"

"Altre due cose" risponde, con voce bassa e profonda. "Non inerenti al lavoro, stavolta."

Lo sapevo. Il Diavolo esige un accordo (non si può nascondere la propria natura).

"Quali sarebbero?" Sono impressionata da me stessa. La mia voce è ferma e l'accento britannico non è riapparso.

"Bella sta impazzendo dalla voglia di sapere cosa ne pensi della tuta" afferma. "Voglio che tu le faccia un rapporto completo. Questo la renderà felice."

Lo guardo a bocca aperta. Da un lato, la sua richiesta non è completamente estranea al lavoro, ma dall'altro, è pazzesca.

"Non sono qualificata per questo" affermo, rendendomi conto che mi sto arrampicando sugli specchi. "Non sono del controllo qualità."

"Oh, non preoccuparti" replica. "Bella ha un modulo da compilare e tutto il resto. Inoltre, può metterti in contatto con Fanny: lei ha esperienza in queste cose."

È coinvolta una donna di nome Fanny? Poverina! In Inghilterra, quella parola significa 'vagina' (malgrado qui negli Stati Uniti significhi 'culo', quindi non è comunque una gran bella associazione).

Merda! Ora, il Diavolo mi sta facendo pensare a vagine e culi.

"Che altro?" gli chiedo con disinvoltura.

I suoi occhi brillano. "Domani è il compleanno di mio padre. Voglio che tu venga insieme a me alla festa."

Il mio respiro accelera. "Tipo... un appuntamento?"

Il sorrisetto è ricomparso. "Non un vero appuntamento. Un finto appuntamento. Mia madre sta cercando di incastrarmi con donne a caso e voglio che la smetta."

Che stronzetta! Come osa cercare di appiopppargli qualche sgualdrina? Come mai mi sto...

Wow! La cosa si è aggravata rapidamente. Per quanto ne so, sua madre potrebbe essere una signora adorabile.

"Non un appuntamento." Assaporo le parole e le trovo carenti.

Non dovrei sentirmi sollevata dal fatto che lui non abbia preteso quel primogenito (né di essere il padre del suddetto primogenito)? Inoltre, perché mi riesce così facile immaginare questo ipotetico figlio del diavolo? Avrebbe senza dubbio i suoi occhi cerulei, il mio viso ovale, il suo...

"Dunque" dice il Diavolo, strappandomi al mio delirio indotto dagli ormoni. "Sei mai stata a una festa russa?"

Scuoto la testa.

"In un ristorante russo?"

Un altro scuotimento di testa.

"Allora, ti aspetta una bella sorpresa. Ci sarà cibo fantastico e uno spettacolo." Mi guarda da capo a piedi. "Tieni solo presente che il codice di abbigliamento è piuttosto formale, quindi potresti voler indossare qualcosa di carino."

Sta insinuando che non sto indossando qualcosa di carino *ora*? Stronzo! Per giunta, lui indossa una felpa con cappuccio. Il bue che dice cornuto all'asino?

"D'accordo" replico a denti stretti. "Accetto le tue condizioni."

"Ottimo. Ti manderò un messaggio con i dettagli."

Girando furiosamente sui tacchi, mi dirigo verso la porta.

Con una velocità degna della sua natura soprannaturale, il Diavolo balza in piedi e me la apre.

A quanto pare, convincere il mondo della propria inesistenza non è l'unico trucco che il Diavolo cerca di mettere in atto. Vuole anche farmi credere di essere un gentiluomo.

Merda! Ora, se voglio lasciare questo ufficio, dovrò

passare vicino a lui o chiedergli maleducatamente di spostarsi, cosa che vorrei evitare.

Faccio un passo avanti.

Un lieve aroma di tè delizioso mi penetra le narici, facendomi venire l'acquolina in bocca. Oolong, Keemun, forse Lapsang Souchong, insieme a qualcosa di ineffabilmente maschile.

Un altro passo.

I nostri sguardi si fondono.

Nel mio ventre, c'è un tumulto: le mie infide ovaie stanno indubbiamente cercando di soffocarsi a vicenda.

Più mi avvicino, più vengo ipnotizzata dal suo sguardo.

Forse, dovrei indietreggiare oppure essere scortese, dopotutto?

Sarebbe saggio, ma non faccio nessuna delle due cose. Come una stella condannata, intrappolata dalla gravità di un buco nero, sono attratta da lui (dev'essere per questo, che chiudo la distanza).

Vattene, Holly.

Mi sembra di avere i piedi saldati al suolo.

Non farlo, Holly.

Mi sollevo in punta di piedi.

Lui china la testa verso di me.

———

Visita il sito www.mishabell.com/it/ per ordinare la tua copia di *Hard Byte – Lavoro duro* oggi stesso!

Estratto de Il Titano di Wall Street di Anna Zaires

Un miliardario che vuole una moglie perfetta...

Il trentacinquenne Marcus Carelli ha tutto: ricchezza, potere e il tipo di look che lascia le donne senza fiato. Un miliardario che si è fatto da sé, dirige uno dei maggiori hedge fund di Wall Street ed è in grado di affossare le grandi società con una sola parola. L'unica cosa che gli manca? Una moglie che sarebbe una grande conquista come i miliardi sul suo conto bancario.

Una gattara che ha bisogno di un appuntamento...

Emma Walsh, impiegata ventiseienne in una libreria, è rinomata per essere una gattara. Non è esattamente d'accordo con tale valutazione, ma è difficile negare la realtà dei fatti. Vestiti logori ricoperti da peli di gatto? Ce li ha. Ultimo taglio di capelli professionale? Più di un anno fa. Oh, e tre gatti in un piccolo monolocale di Brooklyn? Sì, ha anche quelli.

E sì, non frequenta un ragazzo da... beh, non riesce nemmeno a ricordarlo. Ma quella parte può essere corretta. Non è a questo che servono i siti d'incontri?

Un caso di errata identità...

Un'elegante organizzatrice di incontri, un'app di incontri, un fraintendimento che cambia tutto... Gli opposti possono attrarsi, ma può durare?

———

Inspirando profondamente, entro nel ristorante e mi guardo intorno per vedere se Mark sia già lì.

Il locale è piccolo e accogliente, con dei séparé disposti a semicerchio attorno a un bancone. L'odore del caffè tostato e dei prodotti da forno mi fa venire l'acquolina in bocca e borbottare lo stomaco per la fame. Avevo intenzione di optare solo per un caffè, ma decido di prendere anche un cornetto; il mio budget dovrebbe bastare.

Solo alcuni séparé sono occupati, probabilmente perché è martedì. Esamino le persone, alla ricerca di chiunque possa essere Mark, e noto un uomo seduto da solo al tavolo più lontano. Non sta guardando nella mia direzione, quindi tutto quello che posso vedere è la sua nuca, ma ha i capelli corti e castano scuro.

Potrebbe essere lui.

Raccogliendo il coraggio, mi avvicino al séparé. "Scusa" dico. "Sei Mark?"

L'uomo si gira verso di me, e il battito schizza nella stratosfera.

La persona davanti a me non assomiglia affatto alle foto sull'app. Ha i capelli castani e gli occhi azzurri, ma questa è l'unica somiglianza. Non c'è nulla di arrotondato e timido nei lineamenti duri dell'uomo. Dalla mascella d'acciaio al naso simile a un falco, il suo viso è audacemente virile, con una sicurezza di sé stampata sopra che rasenta l'arroganza. Un accenno di barba gli copre le guance magre, facendo risaltare ancora di più gli zigomi alti, e le sopracciglia sono spesse strisce scure sopra i suoi penetranti occhi chiari. Anche seduto dietro il tavolo, sembra alto e potente. Le sue spalle sono larghe un chilometro nel completo cucito su misura, e ha le mani due volte più grandi delle mie.

Non è possibile che questo sia il Mark dell'app, a meno che non abbia trascorso un bel po' di tempo in palestra da quando sono state scattate quelle foto. Potrebbe essere così? Una persona potrebbe cambiare così tanto? Non ha indicato la sua altezza nel profilo, ma avevo ipotizzato che l'omissione significasse che non fosse un gigante, come me.

L'uomo che sto guardando non è affatto basso e sicuramente non indossa gli occhiali.

"Sono... sono Emma" balbetto, mentre l'uomo continua a fissarmi, con volto duro e imperscrutabile.

Sono quasi certa che sia la persona sbagliata, ma mi sforzo di chiedere: "Sei Mark, per caso?"

"Preferisco essere chiamato Marcus" mi risponde scioccandomi. La sua voce è un profondo rombo maschile, che suscita qualcosa di primitivo e femminile dentro di me. Il mio cuore batte ancora più velocemente e i palmi iniziano a sudare, mentre si alza in piedi e dice senza mezzi termini: "Non sei quella che mi aspettavo."

"Io?" *Che diavolo sta succedendo?* Un'ondata di rabbia offusca tutte le altre emozioni, mentre osservo il maleducato gigante davanti a me. Lo stronzo è talmente alto che devo alzare il collo per guardarlo. "E tu? Non assomigli affatto alla persona nelle foto!"

"Suppongo che entrambi siamo stati ingannati" ribatte, con la mascella stretta. Prima che io possa rispondere, fa un gesto verso il séparé. "Tanto vale che ti siedi e pranzi con me, Emmeline. Non sono venuto fin qui per niente."

"Mi chiamo *Emma*" lo correggo, furiosa. "E no, grazie. Devo andare."

Le sue narici si dilatano e si sposta sulla destra per bloccarmi la strada. "Siediti, *Emma*." Pronuncia il mio nome come se fosse un insulto. "Dovrò parlare con Victoria, ma per il momento non vedo perché non possiamo condividere un pasto come due adulti civili."

Le punte delle mie orecchie bruciano per la rabbia, ma scivolo nel séparé piuttosto che fare una scenata. Mia nonna mi ha insegnato l'educazione fin da piccola e, anche se sono un'adulta che vive da sola, trovo difficile ignorare i suoi insegnamenti.

Non approverebbe, se dessi un calcio nelle palle a questo idiota e gli dicessi di andare a fare in culo.

"Grazie" dice, scivolando sul sedile di fronte a me. I suoi occhi brillano di un azzurro gelido, mentre prende in mano il menu. "Non è stato così difficile, vero?"

"Non lo so, *Marcus*" replico, ponendo particolare enfasi sul nome formale. "Ti conosco da appena due minuti e mi sento già omicida." Offro l'insulto con un sorriso da signora, approvato dalla nonna, e, poggiando la borsa nell'angolo del mio posto nel séparé, raccolgo il menu senza preoccuparmi di togliere il cappotto.

Prima mangiamo, prima potrò andarmene da qui.

Una risatina profonda mi fa sussultare. Con mia sorpresa, il coglione sta sorridendo, con i denti che brillano di bianco sul viso leggermente abbronzato. Niente lentiggini per lui, noto con invidia; la sua pelle è perfettamente uniforme, senza nemmeno un neo in più sulla guancia. Non è bello in senso classico—i suoi lineamenti sono troppo audaci per essere descritti in quel modo—ma è straordinariamente affascinante, in un modo potente, puramente maschile.

Con mio sgomento, una scia di calore s'insinua nel mio intimo, facendomi stringere i muscoli interni.

No. Non è possibile. Questo stronzo *non* mi sta facendo eccitare. Riesco a malapena a stare seduta di fronte a lui.

Stringendo i denti, guardo il mio menu, notando con sollievo che i prezzi in questo posto sono effettivamente ragionevoli. Insisto sempre per pagare il mio cibo agli appuntamenti, e ora che ho conosciuto Mark—anzi, *Marcus*—non gli permetterei di trascinarmi in un posto lussuoso, dove un bicchiere d'acqua del rubinetto costa più di uno shottino di Patrón. Come ho potuto sbagliarmi così clamorosamente sul ragazzo? Chiaramente, aveva mentito sul fatto di lavorare in una libreria e sull'essere uno studente. Per quale motivo, non lo so, ma tutto dell'uomo di fronte a me grida ricchezza e potere. Il suo vestito gessato gli abbraccia le spalle larghe come se fosse stato fatto su misura per lui, ha la camicia blu inamidata e sono abbastanza sicura che l'elegante cravatta a scacchi sia un marchio che fa sembrare Chanel un'etichetta Walmart.

Mentre prendo nota di tutti questi dettagli, mi viene in mente un nuovo sospetto. Qualcuno potrebbe avermi fatto uno scherzo? Kendall, forse? O Janie? Entrambe conoscono i miei gusti in fatto di ragazzi. Forse una di loro ha deciso di attirarmi a un appuntamento in questo modo—anche se il motivo per cui me l'abbiano organizzato con *lui*, e perché lui abbia accettato, è un enorme mistero.

Accigliata, alzo lo sguardo dal menu e studio l'uomo di fronte a me. Ha smesso di sorridere e sta sfogliando il menu, con la fronte corrugata in un cipiglio che lo fa sembrare più vecchio dei ventisette anni dichiarati sul profilo.

Anche quella parte dev'essere stata una bugia.

La mia rabbia s'intensifica. "Allora, *Marcus*, perché

mi hai scritto?" Lasciando cadere il menu sul tavolo, lo guardo storto. "Davvero hai dei gatti?"

Solleva lo sguardo, aggrottando le sopracciglia. "Dei gatti? No, certo che no."

La derisione nel suo tono mi fa venire voglia di dimenticare la disapprovazione di nonna e di dargli uno schiaffo sul viso magro e virile. "È una specie di scherzo per te? Chi ti ha spinto a fare questo?"

"Scusa?" Le sue folte sopracciglia si sollevano in un arco arrogante.

"Oh, smettila di fare l'innocente. Mi hai mentito nel tuo messaggio, e hai il coraggio di dire che *io* non sono quella che ti aspettavi?" Posso praticamente sentire il vapore uscirmi dalle orecchie. "*Tu* mi hai inviato il messaggio, e *io* ero completamente sincera sul mio profilo. Quanti anni hai? Trentadue? Trentatré?"

"Ho trentacinque anni" risponde lentamente, con il cipiglio che riaffiora. "Emma, di cosa stai parlando—"

"Esatto." Afferrando la borsa per una cinghia, scivolo fuori dal séparé e mi alzo in piedi. Insegnamenti della nonna o meno, non cenerò con un coglione che ha ammesso di avermi ingannata. Non ho idea di cosa potrebbe spingere un ragazzo a giocare in questo modo con me, ma non rimarrò qui a farmi prendere in giro.

"Buon appetito" ringhio, voltandomi e raggiungendo l'uscita, prima che possa bloccarmi di nuovo la strada.

Ho così tanta fretta di andarmene che quasi mi

scontro con una bruna alta e snella, che si avvicina al ristorante, e al ragazzo basso e grassoccio che la segue.

————

Visita il sito <u>www.annazaires.com/book-series/italiano/</u> per ordinare la tua copia di *Il Titano di Wall Street* oggi stesso!

L'autore

Sono l'autore Misha Bell. Adoro scrivere storie umoristiche (spesso del genere inappropriato), con lieto fine (di entrambi i tipi) e con personaggi abbastanza stravaganti da essere definiti strambi.

Se ti piacciono le storie d'amore con una forte componente comica e vibrazioni positive, visita il sito www.mishabell.com/it/ e iscriviti alla mia newsletter.